中国散文 60 强

水知道

任林举 / 著

北京联合出版公司
Beijing United Publishing Co.,Ltd.

图书在版编目（CIP）数据

水知道 / 任林举著. -- 北京 ： 北京联合出版公司，
2024. 8. --（中国散文60强）. -- ISBN 978-7-5596
-7790-7

Ⅰ. I267

中国国家版本馆CIP数据核字第2024WJ0985号

————————————————————————————

水知道

作　　者：任林举
出 品 人：赵红仕
出版监制：张晓冬
责任编辑：刘　恒
特约编辑：和庚方　张　颖
封面设计：立丰天

————————————————————————————

北京联合出版公司出版
（北京市西城区德外大街83号楼9层　100088）
三河市同力彩印有限公司印刷　新华书店经销
字数150千字　650毫米×920毫米　1/16　14印张
2024年8月第1版　2024年8月第1次印刷
ISBN 978-7-5596-7790-7
定价：65.00元

————————————————————————————

中华散文的文脉与发展

——"中国散文60强"总序

邱华栋

中国是诗的国度，亦是散文的国度。

穿越千年时空，从明清至唐宋，再由魏晋南北朝至两汉先秦一路回溯，汉语言文学中的散文实乃根深叶茂，硕果累累。无论是"唐宋八大家"之雄文美文，还是骈俪多姿的辞赋，以及名垂史册的《史记》《左传》，均为中国文学史上的璀璨明珠。"散文"与"诗"一道，成为中国文学的"嫡系"。尽管，后来从西方引进嫁接技术所催生的"小说"，大有"喧宾夺主"之势，终究还得"认祖归宗"，血脉和基因是无法改变的。

在中国散文流变历程中，曾出现过两次鼎盛期。一次是被文学史家所公认的"先秦散文"时期。其时，伴随着春秋时期的思想解放，诸子蜂起，百家争鸣，一大批散文家以饱满的气血、驳杂的学识和破茧的精神，创造出了散文的繁荣和辉煌局面，对后世产生了极大的影响。

到了"五四"时期，中国散文迎来了第二次鼎盛期。白话文如劲风激浪，吹刮和涤荡着神州大地。沉睡的雄狮醒来了，偃卧的小草开始歌唱。许多学贯中西的进步文人，肩扛文化变革的大纛，冲锋陷阵，掀起了一波又一波的新文学浪潮。《新青年》上刊载的散文，犹如一束束亮光，不但给人以希望，还给人以力量。"五四"以来的散文作品，无论是观念和主题，还是形式和风格，都跟以往的散文迥然不同。最具代表性的，当属鲁迅先生的散文（包括杂文），其刚健、凌厉的文质，疗救了中国散文长久以来颓靡不振、钙质疏流的顽疾。此外，周作人、郁达夫、朱自清、萧红、沈从文等一大批作家的散文创作亦各具特色，呈一时之盛，影响深远。

时代的前行催生了文学的发展，然而文学与时代有时并不同步甚至充满了"张力场"。"五四"的个性解放虽然催生了一批个性鲜明的散文精品，但这样的生态并未持续多久，中国散文的波峰出现了向低谷滑行的趋势。有论者指出，"散文在 50 年代既是对解放区散文文体意识的放大，又是对五四散文文体精神的进一步偏离。这种放大和偏离表现在个体性情的抒发让位于时代共性或者时代精神的谱写，政治标准优先于艺术标准，批判性为歌颂性所取代等诸方面。"（董健、丁帆、王彬彬《中国当代文学史新稿》）1960 年代初，散文创作一度出现了活跃，"专业"从事散文创作的作家群凸显出来，刘白羽、杨朔、秦牧相继登场，迅速成为散文界的三位名家。但他们的作品后人评价褒贬不一，认为其中颂歌式的写法较为单向，这种模式化的写作，不但对散文的建设毫无益处，反而扼杀了散文的个性和神采。

"文革"十年，中国散文更是一片凋零和荒芜，乏善可陈。1970 年代末，一些历经浩劫的作家开始复血，解除思想枷锁，重新拿起笔来写作，中国散文才又凤凰涅槃，焕发生机。加之各种文学刊物纷纷复刊和创刊，以及大量西方文化读物的译介出版，更为这些饥渴、桎梏太久的散文作者提供了登台亮相的舞台和瞭望世界的窗口。

1980 年代初期，伴随改革开放的热潮，思想解放大旗招展，文化随之繁荣，诸多承续"五四"精神的作家以笔为旗，抒发胸中压抑既久之块垒，出现了一批抒情性质浓郁的散文，使得现代散文这块"百花园"芳菲争艳，蔚为大观。特别是 1980 年代中期，随着作家主体意识的不断强化，中国文学开始呈现出一个崭新局面，作家从"集体意识"中抽身而出，重新返回"个体"，注重对生活的体察和内在情感的表达。这一时期，散文的艺术性得以强化，文本的精神内涵和表现空间得以拓展。

进入 1990 年代，社会发展日新月异，城镇化进程锐不可当，文化领域亦呈多元格局。各种文学思潮相互碰撞，人文精神的讨论更是打开了作家们的创作思路。"大散文"概念的提出，引发了散文界对散文的内涵和外延的重新讨论和界定。风靡一时的"文化散文"热，成为文坛上一道靓丽的风景。"新散文""原散文""后散文""在场散文"等散文流派"你方唱罢我登场"，争奇斗艳，各领风骚。

及至二十世纪末，一批深具先锋意识和文体自觉的新锐作家，像一头公牛闯入瓷器店，使散文天地发生了激烈的碰撞和变化，形成一股新的散文潮流，提升了散文的审美品质和精神向度。

纵观 1978 年至 2023 年四十多年来，中华大地在"改开"的黄金时代中，社会生活奔涌激荡，各种思潮风起云涌，散文创作更是云蒸霞蔚、气象万千，涌现了众多成就斐然、风格各异的散文作家和具有思想深度、艺术上乘的散文作品。岁月的流水冲走了枯枝败叶和闲花野草，中流砥柱却巍然屹立。时间留住了新时代的散文经典，经典在时间的长河中绽放光芒。以沙里淘金的经典散文向"改开"的时代致敬，是我们不可推卸的责任和义务。

别看散文的门槛貌似很低，要真正写好，却实属不易。优质散文是有难度的写作，它不但需要作者的智识、胸襟、眼界、修养和气度格局；更需要写作者的态度、立场、慈悲、良知和批判勇气。遗憾的是，散文创作繁荣和光鲜的另一面，却是大量平庸甚至低劣之作的泛滥，不但败坏了读者的胃口，而且造成了物质和精神的极大浪费。散文作家层出不穷，散文作品汗牛充栋，可真正能让人记住的散文佳构却凤毛麟角。

散文要发展，文学要前行。发展和前行就要从平庸的樊篱中突围。在突围的过程中，散文作家不可太"聪明"，不可太世故，要永存对文学的敬畏之心。一言以蔽之，散文的尊严来自散文作家的尊严。也可以说，要想散文繁荣，首先需要有一批人格健全，品德高尚，铁肩担道义的散文作家。什么样的人写什么样的文章。特别是写散文，最容易看出一个作家的内在品质和境界涵养。一个人格不健全的人，哪怕他作文的技法再高妙，也很难写出撼人心魄、抚慰灵魂的散文来。作家精神品质的高低，直接决定其作品的精神向度。

为了散文写作的突围和发展，为了建设独具特质的当代散文，也是为了更好地从经典散文中汲取营养，我认为有必要正视和重申一些常识性的思考。高头讲章的理论是灰色的，常识之树却葳蕤常青。

一、作家的个体精神决定散文的优劣。常言道，散文易学而难攻。难在什么地方，不是难在技巧，而是难在作家个体精神的淬炼上。倘若作家的个体精神不够丰富，不够深刻，不够清澈，纵使他手里握着一支生花妙笔，也写不出令人称赞的散文。那么，如何才能做到个体精神的丰富性呢，这就要求作家时时刻刻不背离生活，要知人情冷暖，体察人间百态，关心民瘼，有忧患意识，不要做生存的旁观者。一个冷漠甚至冷酷的人，是不适合从事散文创作的。

二、真诚是确保散文品质的基石。散文创作跟作家的生存经验息息相关，可以说，真正优质的散文，无不牵连着作家的血肉和心性。作家的喜怒哀乐，悲欢离合，都或隐或显地暗含在他的作品中。假如在一篇散文作品中，读者既看不到作者的体温，又看不到作者的态度，那这篇作品或许就是失败的。说明这个作者在他的作品中"说谎"或"造假"，缺乏真诚之心。作家一旦失去真诚，为文必定矫揉造作，作品也必定会失去生命力。因此，真诚是散文的"生命线"，也是"底线"。

三、个性是促进散文生长的养料。人无个性便无趣，文无个性便平质。当下，每年都会诞生数以万计的散文篇章，但能够让人记住，且读后还想读的作品并不多，何故？概在于这些数量庞大的散文，无论题材，还是语感都千篇一律，像是从"模具"中生产出来的，缺乏辨识度。散文要发展，必须要求作家具有"个性意识"。"个性意识"不是标新立异，更不是哗众取宠，而是一种"创新意识"和"审美意识"。但凡在散文创作方面被公认的那些大家，都是"文体家"，他们以自觉的写作实践，开创了散文写作的新路径。不合流俗方能独步致远，推动散文的建设和繁荣。

当然，以上几点并非创作散文的圭臬，谁也没有资格去为散文"立法"。

散文是自由的创造，散文精神即自由精神。我之所以提出来，仅仅是希望引起散文同行们的重视和参考，共同为中国当代散文的发展尽力增光。

我们策划、编选"中国散文60强"（1978—2023）的初衷，旨在对新时期以来的中国散文创作作出梳理、评价和选择，试图精选出风格各异的代表性散文作家，以每位一部单行本的形式，呈现出中国新时期优质散文的大体样貌。此项目的发起人为资深出版人张明先生。多年来，他一直追求做高品位的纯文学书籍，也曾连续多年与中国散文学会、中国小说学会合作，出版年度《中国散文排行榜》和年度《中国小说排行榜》。2023年他策划出版了《中国小说100强》，反响不俗。身处喧嚣、纷杂的环境，能以如此情怀和心力来为文学做如此浩大的工程，不能不令人钦佩！

感谢张明先生邀请我和叶梅、冯秋子、陆春祥、吴佳骏、张英、文欢组成编委会，共同遴选出60位作家。我们在召开筹备会的时候，即将作品的思想性、艺术性、代表性以及影响力作为编选的基本原则。在确定入选作家名单时，我们认真商讨，反复研究，生怕因为各自的眼力、审美和趣味之别，造成遗珠之憾。好在我们的工作得到了作家们的积极回应和鼎力支持，惠风和畅，大地丰饶。

60位入选的作家，既有令人尊敬的文学大家，如孙犁、张中行、汪曾祺、史铁生、邵燕祥、流沙河、刘烨园、宗璞、贾平凹、韩少功、张炜、梁晓声、阿来、冯骥才等。这批散文大家的作品，文风质朴、清朗、刚健，充满了"智性"和"诗性"。无论他们是写怀人之作，还是针砭时弊，歌咏风物，都有着鲜明的文化立场和审美取向。他们或出入历史，借古观今；或提炼人生，洞明世事，输送给读者的都是难能可贵的"精神营养"。

也有被散文界公认的名家，如李敬泽、王充闾、马丽华、周涛、冯秋子、叶梅、筱敏、张锐锋、周晓枫、于坚、鲍尔吉·原野等。这些作家的散文作品，特色鲜明，风格独特，诚挚内敛，从内容到形式，都作出了各自的探索和尝试，为当代散文注入了活力。从他们的作品中，我们不但能够领略汉语之美，更可以借此反观生活与存在，寻找人之为人的价值和尊严。

还有散文界的中坚力量和青年才俊，如彭程、谢宗玉、江子、雷平阳、任林举、塞壬、沈念、傅菲、吴佳骏、周华诚等。从他们的作品中，我们见到的，不只是中国散文的文脉传承，更是自由精神的张扬。他们文心雅正，笔力锋锐，不跟风，不盲从，始终保持着独立的思索和判断，在各自所开辟的散文园地中精耕细作，以崭新的姿态参与和推动当代散文的变革。

其实，细心的读者不难发现，入选本丛书的老、中、青三代作家都有个共性，即他们均在以自己的作品审视心灵，心系苍生，弘扬真善美，鞭挞假恶丑，充满了正义感和人道主义精神。这自然与时下众多书写风花雪月，一己悲欢，充塞小情趣、小可爱的散文区别开来。正是因为有他们的存在，中国当代散文才呈现出一幅绚丽多姿的长卷。

需要说明的是，有些重要的散文家，如张承志、余秋雨、王小波、苇岸、刘亮程、李娟等人，由于版权或其他不可抗原因，未能将他们的作品收录进来，我们深以为憾。

我们还要感谢北京立丰天文化传播有限公司的资金支持，感谢北京联合出版公司的精心编校，他们慷慨和无私的义举，对于繁荣中国当代散文创作、对于赓续中华优秀散文文脉、对于中国新时期的文化积累，均具重大价值和意义，可谓善莫大焉。这套丛书的出版意义将同《中国小说 100 强》一样，旨在给读者以经典的指引，这既是一项重要的原创文学工程，同时也是助力推动全民阅读和研究传播文化的公益工程。

郁郁乎文哉，中国散文有幸！

是为序。

2024 年 5 月 12 日星期日

（作者为全国政协常委，中国作协副主席、书记处书记）

目 录
Contents

001 ｜ 斐波那契数列

022 ｜ 枸　杞

026 ｜ 十只羊

043 ｜ 钓　风

048 ｜ 水知道

072 ｜ 霜雪花开

076 ｜ 瑞雪丰年

092 ｜ 白　杜

096 ｜ 投影关系

105 ｜ 水竹谣

114 ｜ 国师纵逝洮河北

126 ｜ 冰雪之"炉"

131 ｜ 家住大泽西

140 ｜ 西塘的心思

148 ｜ 阿尔山的花开与爱情

159 ｜ 向海之蜃

164 ｜ 怀　念

171 ｜ 长春的雪

176 ｜ 一棵草或更多的草

188 ｜ 评酒师

201 ｜ 在时光的倒影中

206 ｜ 再约来生

斐波那契数列

一

前夜的梦，生动而古怪，让我无法保持梦醒后的无动于衷或麻木。

梦的场景模糊不清，平生经历之中找不到一处实地、实景能与之契合、对应，像是一片宽广的草原，像是长满了庄稼的田野，像是茂林边缘的平坝，也像是那些以高楼大厦为背景的街巷。至于是阴是晴，天空里有没有云彩已经没有太深的印象了。仿佛黄昏，又仿佛黎明，有光，从半透明的衬景背后隐隐透出，暧昧中蕴含着几分诡异。据此，很难推测出薄幕的另一端正在闪烁的，是天堂之光，还是地狱之火。

一幅无声的、平静的，甚至洋溢着些许祥瑞之气的画面，让我沉浸于一种有如怀念有如憧憬的情绪之中。

猝不及防的变故，恰恰在这时发生。画面的一角，那些浅色的明亮之处突然涌起了波纹，一个黑色的物体，破茧而出，迅猛地倾轧过来，那是一条不断胀大、呼啸前行的大蛇，繁复的花纹，黑亮的眼睛，挟裹着湿冷的风，由远及近，又由近而远。一方方规则的网纹，从眼前快速掠过，如一列均匀分布的窗口。很快我就发现，那并不是蛇，原本就是一列一眼望不到尽头的列车，我能够清晰地感觉到来自脚下微微的颤动和那种只有钢铁机械才能发出的"喘息"。

于是，我闭目聆听着它有些骇人的节奏，希望它尽快从我身边消失。果然，没过多久，几分钟，或者只有几秒钟之后，耳边的风声和眼前的暗影，就已经销声匿迹。一睁眼，见一条深暗的大河横亘脚下，滔滔的河水无声汹涌，波浪每翻涌一次，暗黑色的河水就绿了一分，河水就在翻来涌去的摇荡中一点点变成了翠绿，像一片春天的麦田。风吹过，有一层金色的光芒以电光的速度从波涛上一闪而逝。

此时，我不知道怎么突然之间就从俯视的角度进入仰视的状态，满眼皆是高大的玉米，一棵棵，树一样挡住了我的视线。原来，我已经被那一片绿色的波涛淹没，脚下竟然是黔黑的田垄，我弯下腰向垄的那端望了望，内心里隐隐的希冀却转瞬被一种没有尽头的深远压抑成透不进一丝光亮的绝望……

我孤独地走在一条没有出口的隧道里，脚印却印在了长满青苔的墙壁上。细看，每一个脚窝里都开着一朵娇艳的花儿——马蹄莲、牵牛子、秋海棠、延龄草、金凤花、波斯菊——每一朵花儿又都以自己的花瓣暗示着一个数字：1，1，2，3，5，8，13，21……

一个似曾相识的数字组合，看似简单，又似意味深长。后来，我终于还是辨认出来，它就是那个叫作"斐波那契"的数列。

自学生时代起，有关数列的问题就一直让我感到头疼。一个个分立的数字，就如一个个被黑夜隔开的日子，虽然一天与一天之间紧紧相连，却很难确定，这个日子和下一个日子究竟有什么内在的、必然的联系，它们将永无休止地延续还是会在哪一天突然停住。最艰难的是，当那些数列真的要没头没脑地一直延伸下去，延伸至我们无法列举，无法预见的远处，之后，再让我们凭眼前几个数字确定坐落在第 N 项的那个数儿到底是什么，或给出一个预设的结果让我们指出，那种结果一旦出现，应该发生在第几项。

这是一个多么要命的问题！我哪有能力知道一万天之后在我自己身上或在我的周围会发生什么，我又哪有能力知道我的"时来运转"或不幸之事会发生在哪年哪月的哪一天？

那时，我除了每天要忧愁自己的课程，同时还沉浸在对未来的恐惧之中，担心这一生会像父辈们那样，一辈子服着"面朝黄土背朝天"的苦役，永无出头之日。那个叫作斐波那契的数列，据说在近于游戏的推理运算之外，还隐藏着许多生命与命运的秘密，它是真正的"数"或"数的学问"。所以，这个数列带给我的困惑、困难与恐惧往往是双重的。

面对这样的难题，我经常目光滞涩、大脑空白。难以凝聚的思绪如被风吹散的流云，没有方向、没有目标地在现实与未来之间无序翻卷。那时，老师经常向我提的问题就是为什么不动手做题，而我经常性的回答却是，我不知道应该从何处入手。

多年以前的旧精灵。一直以来，自以为彻底摆脱了它的纠缠，没想到，穿过了漫长的岁月，穿过幽暗的梦境，它会再一次找上门来。这个数列，不论形态上还是内容上都更像一条变化多端、神秘莫测的毒蛇，一坨无法凝固的稀牛粪似的，盘成一个圆环，只将骄傲、阴森的头竖成一个无解的问号，挡在我少年求学的路上。我曾经拿它毫无办法，动了它的"头"，它的"尾"就成了另一个"头"；动了它的"尾"，真正的头马上露出可怕的毒牙。

在那天的梦里，我好像最终领悟了它所蕴含的奥义，醒来时却失望地发现，我又一次不可救药地陷落于它表象的迷宫，坠入云里雾里的错乱和迷惘。

二

　　记得老师第一次在黑板上写下那组长长的数列时，我正在一个春日午后温暖的阳光里打盹儿，困顿中只感觉有一束白色的条状物体，在老师的手下，沿着漆黑的黑板慢慢向前爬行、蠕动。蛇！我本能地打了一个激灵，清醒过来。清醒后，那条"蛇"却在瞬间化为许多碎片，伪装成一个个彼此独立的数字，规规矩矩地保持着煞有介事的间隔。

　　稍后，当我的知觉再一次被它的难解与枯燥逼得睡意蒙眬，它们再一次聚为一体。是的，它们本来就是一体的，在暗处，有一些看不见的东西已经将它们紧紧串联在一起。这有一点儿像传说中的"千脚蛇"，平时显现在人们眼中的就是一条暗红色无懈可击的"蛇"，当受到惊扰或打击时，"它"就会即刻分解成无数个细小的虫子，四散而去，待一切恢复正常，虫子重新聚拢、组合，又是一条完整的蛇。上个世纪 70 年代，一位胡姓科考队员在神农架原始森林里发现并纪录了这种奇特的动物。

　　我对蛇的恐惧由来已久，但并不是来自于它们一咬致命的"毒"，而是来自它们老谋深算且不动声色的"阴"——那份不知藏有多少玄机和变化的叵测。就那么一段视力极低而又发不出声音的"烂绳头儿"，无足、无翅，怎么就有了上天入地的本事？怎么能一会儿盘绕于大树的枝头，一会儿又潜入深深的地下，一会儿盘踞于某户人家的檐前，一会儿又涉过了两山之间的河流？

　　想当初，它们在伊甸园里出没、行走的时候，应该不会是这个丑陋而邪恶的样子吧？一种能够道破善恶与生死秘密的精灵，要么是天使，要么是先知，却何以沦落到这个境地呢？令人惊诧的是，尽管它们已经被神诅咒得万劫不复，却始终没有舍弃那给自己种下祸根的智慧，宁愿永不直立行走，也要把那些"预知"和"窥破"的神秘力量分藏于每一节腹环之中，紧紧地掩压在身下。

少年时，只要看见蛇，哪怕它们像个死物一样，正静卧于某处向阳的草滩或石板上晒太阳，我也会感觉到毛骨悚然。我一直担心这善于伪装的伏击者，说不准哪一刻就会冷不防地从地上蹿起，箭一样向我射来。于是，我便暗暗地攥紧了拳头，反复思量着如何在关键时刻对其进行猛烈的还击。因为害怕，心底里便迅速升起了抵抗和反击的冲动，久久不能平息，以至于一两天后，脑子里仍然充满了与蛇搏斗的种种假想。

所幸，那样的交战终究还是没有发生。我对蛇的恐惧加兴奋，不久就被另一种恐惧加兴奋所取代。我们不得不面对老师的逼迫，辗转反侧、颠来倒去地向那个比蛇更难以捉摸、难以把握的斐波那契数列寻求某一个答案。

斐波那契，一个奇特的数列。它的"定义"告诉我们，从第三项开始，每一个数都是前两项之和，就那么叠罗汉一样一直累加、铺陈下去，以至无穷。不可思议的是，这个数列中的每一个数都与自然、社会事物的状态以及运行规律有着对应、暗示、影射、牵引等神秘莫测的关系。比如，"3"这个数自然中就有百合花和蝴蝶花的花瓣儿与之对应；"5"则有蓝花耧斗菜、金凤花、飞燕草、毛茛花与之对应；"8"有翠雀花，"13"有金盏，"21"有紫宛与之相对应，而雏菊则把花瓣分生成几种，一种34瓣、一种55瓣、一种89瓣，总之，鬼使神差地就要与那个数列里的数儿对应上。再比如，兔子的繁殖、树枝的生长，都会在遵循自身生长周期的同时按照1，2，3，5，8，13，21……这样的节奏往下演变。一棵树，第一年是一个枝条，第二年就变成了两个枝丫，第三年就拥有了三个枝权儿，第四年就演化为五个枝权……不仅是树，其他如松果、凤梨、树叶的排列，蜂巢、蜻蜓翅膀花纹的排列等等都与这个数列有着严密的对应关系。

老师为了证明这个数列的神奇，曾经给我们出过一道题。说有一段楼梯有 10 级台阶，规定每一步只能跨一级或两级，要登上第 10 级台阶有几种不同的走法？全班同学花了整整两节自习课，没有一个人能够准确给出答案。临放学前，老师终于出现在讲台上，用教鞭指着我们的头说："你们不用费劲巴力地抠了，我还是告诉你们吧，正确的答案，就藏在斐波那契数列之中：登上第一级台阶有一种登法；登上两级台阶，有两种登法；登上三级台阶，有三种登法；登上四级台阶，有五种登法……结果是按照 1，2，3，5，8，13，21，34，55，89……的规律排列，因此推出，登上十级台阶，有 89 种登法。"

关于数列的命题，因为难解，让我饱尝了折磨与烦恼，却也因为它的神秘莫测，让我生出了足够的激情与敬畏。曾有一个时期，我几乎天天把自己的生命及生活放在数列里去对位、推演，以期从中找出某种规律，在事情还没有发生之前，就窥知它的状况和结局。很难说，这样的努力有没有什么益处，但近于痴迷的好奇却推着我忐忑前行，欲罢不能。

每当我盯着数列发呆时，就会想，自己是不是一个赌徒，面对反扣在桌上的扑克牌，在决不允许翻牌的规约下，却试图将牌微微掀开一条缝隙，偷偷看一眼牌面；或者，也像一个十分愚笨的学生，总是在无法解完一道题或解完后落笔写下结果之前，因为毫无把握，忍不住先去翻看一下书后的参考答案。我也在想，我们的始祖亚当和夏娃，听上帝说"唯有园当中那棵树上的果子你们不可以吃，也不可摸，免得你们死"之后，心里是不是就再也没有放下过那个果子？因为那果子的滋味和死，对于他们来说都是没有体验过的，不知道死是什么感觉，怎么能知道"不吃"到底是对是错，是应该还是不应该呢？

如果能够通过那个数列窥测到未来，我也就会知道对于摆在眼前的这一堆难解的数列，还有没有必要去苦思、苦寻其正确的答案。有一天，爷爷历数了我的成长经历：1 岁时会呀呀学语，2 岁时直立行走，3 岁能学着大人的样子跑动，5 岁开始背诗习字，8 岁涉足学堂，13 岁学会和父辈们一样侍弄庄稼……说到 13 岁时，我突然感到内心的战栗，又是一串儿咒语般的数字。那么，接下来的 21 岁和 34 岁两个特殊的年龄，又将会发生些什么特殊的事情呢？祖先们重复走了几百上千年的路，我可没有勇气继续走下去，我已经是一个赌怯了手的赌徒，只想把即将揭开的牌重新扣紧。在结局没有最后确定之前，我只相信自己内心期待的点数。

三

从我有记忆以来，父亲就通过直接教诲或以书本上的文字不断向我灌输，古时男人 14 岁就已是"丈夫"，不但可以娶妻生子，更应该立事、齐家。于是从 13 岁起，我就按照父亲的言传身教，在每一个农忙季节跟在他身后，帮他完成"自留田"间的劳动。尽管我有时还表现得力不从心，但那却是我愿意做的。如果以后有一天我必然要离开土地，我就得抓紧为父亲分担一切我能够分担的劳役，否则怕是没有更多的机会了。但我不愿意或深深担忧的，却是从此一直把农活干下去，从而渐渐远离能够支撑着我一步步走向梦想的课本儿。果然，这种担忧在不长的时间内有了应验。仲秋时节，我因为赤着脚帮母亲收拾碗筷，不慎被一把从灶台上滑落的菜刀砍中，右脚的五个脚趾被砍伤了四个，其中最严重的大脚趾被砍得露出了白森森的骨头，纵使血流汹涌也没能挡遮住那寒光闪闪的白。更可怕的是，我努力挣扎了几次，想忍痛走到内屋，却怎么也凝聚不起站立、行走的力量。

"13"，就这样即将成为我人生的重要转折。如果不能顺水顺风地过了这个"坎儿"，直达下一个"定数"，原有的轨迹恐怕就会发生改变，进入另一个成长或生存维度。这个意外的变故很像一个不祥之兆，隐隐约约，让我感到了某种强烈的牵引，仿佛要将我走得好好的路硬是扭向歧途。

全家人立即围绕我下一步上学的问题进行了隆重的商讨。是继续上学，是休学，还是停学？继续上学，几乎没有可能，那么重的伤，右腿连动都不敢动，怎么能够行走几里地去上学？就算是大人用手推车把我"运"送到学校，我也无法忍痛坚持把一天的课上完。休学？一休就是一年的时间，那样的家境，哪有时间和财力支持一个学生没完没了地读书？辍学呢？父亲第一个做出了激烈的反应，马上表示，就是把这个破家卖掉一半也不能让孩子辍学。很快，刺心的疼痛就从我的肉体转向了精神，里应外合、无处不在地将我围剿，让我连续几天无法安眠。最后还是我自己做出了决定，不休也不停，只是先跟学校请个假，伤稍好，我就算是爬，也要爬到学校去。

接下来，我把所有睁着眼睛的时间都用来自学刚刚接触到的初中课程。一页页陌生的知识，如夜晚堆积到一处的黑暗，揭开一层，下面还有一层，似乎深远得无极无底，揭也揭不完。别的孩子坐在教室里慢条斯理地听课，那是在求学求知，而我独自忍住或忘却伤痛，激奋地啃着那些坚硬的知识，却相当于求生。

最后，我还是在伤口接近完全愈合时，将半本语文和半本算数啃了下来。当光明渐渐透出时，我感觉自己拥有的已经不只是光明和生路，而是渗入到血液里的一种特殊物质——具体的钙或不具体的信念和力量——这些特殊的物质终于支撑着我坚持到可以和别的孩子一样，重新走在去学校的路上。两个月之后，虽然我走在路上仍然是一瘸一拐的样子，但却感觉自己像是一个打了胜仗的伤兵，脸上洋溢着大难不"死"的庆幸表情。

风驰过，持续地拂过我的面庞，但我却觉得风和风之间是有间隔的，它们是以"列"的方式排成一行，挨着个儿向我表示亲善和抚慰的。这情形和以往大不相同。以往，虽然我也从来没有看见过风是什么样子，更不知道风是单独的一种事物还是很多事物连在了一起，像一条绳子接续着另一条绳子，只要它或它们一来，我就会感知到有一些东西从身边流逝而去，有时竟然是猛烈的流逝。

这样，我就不知道风穿过了我的身外，还是在身体外绕过。但不论如何风的路也不都是很顺利，风的思想或方向也经常无法统一。有一些时候，大约是两股朝向不同的风，不期而遇地撞到了一起，你挡了我的路，我挡了你的路，互不相让，便扭打在一起，且行且厮杀，就一路搅起了地上的尘土和草屑，让它们的身形暴露出来。村里人把这种状况描述成"旋风"，而它的学名是叫龙卷风。

其实，龙卷风和龙并扯不上什么关系，那并不是两条龙，而是两股风在厮杀。如果它们的火气不那么大的话，就相当于小打小闹一场，厮打一气，气焰高至十丈、八丈也就算了，扭打一段距离，便在人们的视野里隐去，各走各的路。如果杀红了眼，便一直杀到了天上去，杀上了云端，连天上的云都被它们搅出旋涡。至于地上被它们的"脚""踩"到或被它们高高举起的事物，或立时粉身碎骨或从天空摔到地上，结局同样是粉身碎骨。

然而，再残酷的厮杀，只要过去，只要时间足够漫长，都会烟消云散而不留下任何残酷的痕迹。所以一直以来，并没有人知道世界上到底发生过多少事情，也没有人知道某一个人在他成长过程中发生过什么。

短暂而漫长的两个月之后，我的课程不但没有被同学们落下，反而比他们的进度还要快出至少半月有余。关键的是，从此我学会了如何把自己的全部心智凝聚于一个或一些必须解决的问题上，依靠自己，走出自己的泥潭。

四

多年后，我与一个当年的同学坐在茶馆里聊天，共同回忆起我们所经历的那些平凡和有一点儿传奇色彩的经历时，我已经没有太多的兴致因为大款同学言不由衷的赞美而重温远逝的荣光，我想到了人生中另一些扑朔迷离的问题。

假如，一个人被事先排定的命运轨迹并不光辉灿烂，那么，真的被某个意外打破又有什么不好呢？当初，我若不是拼命维持住学习成绩，坚持走一条求学就业之路，而像那位同学一样，游游荡荡地玩一些年，然后抓住某一个从商的机遇，我如今是不是也会和他一样腰缠万贯、挥金如土，过上土豪的生活？

我之所以想到这些，并不是因为后悔自己的当初，也不是向往他的现在，我只是感慨于命运的变化无常和不可捉摸。成败、兴衰的幻化与演绎，总如被狂风吹起的一块塑料糖纸，究竟能飞多高，什么时候在哪里停下来，落在地上时是正面还是反面，其结果都与你的愿望如何和干预与否没有确定的关系。

斐波那契数列，作为一个数学题目本身也并不算是最难解的，但它会和其他的常数或变数，有理数或无理数，以一种或几种运算方式组成一个全新的数列，那时，它才变得面目全非，无法辨认。命题人或老师大概都深晓其中的奥秘，所以，我们上学时学到的解题技巧多是通过一些特殊但却机智的处理方法剔除或剥离其冗余的部分，最后让一些实质的、关键的部分裸露出来，裸露到一目了然的程度。

这时你就会发现，斐波那契数列永远是一个坚硬的核儿，完整地隐在其间，从来也没有改变。经过伪饰的枯叶蝶，纵然外形再像一枚没有生命的枯叶，经慧眼辨识，它的灵魂、它的生命本质依然绚烂如花。斐波那契数列之所以与众不同，就是因为它的某种本质是恒定的，永远不会改变。如果我们拿数列中任意两个相邻数做一次除法，以小数除以大数就得到或接近于 0.618033989……，以大数除以小数则得到或接近于 1.618033988……，并且数值越大的两个相邻数之比越是接近这个恒定不变的比值。这就是我们最熟悉的黄金分割线，它就隐含在这个数列之中，在每一个数与数之间的缝隙里。

0.618033989……一个神秘的术数，真的值得一个数列用它整个存在和无休无止的罗列来反复说明或强调吗？

一棵牵牛子于早春的泥土里怯生生地探出一片叶子，连路过的小山鼠都以为它这么早出来，是急于想说点儿什么。但它什么也没说，只是在不长的时间里又探出了一片叶子……其实，绿叶就是植物的语言，如果说一片叶子就是一个单词，那么两片叶子就已经组成了一个词组，三片叶子就可以构成一个短语。有一本专门研究植物生长的书上说，那两片叶子虽然长得几乎一模一样，但它们出土的角度却是迥然不同的，量一量，两片叶子之间的角度，相隔了 222.5 度，拿这个角度和整个圆周角 360 度一比，恰恰近乎 0.618033989……也许，这就是作为植物的一种回答或佐证。

之后，穿天杨的叶子也从芽苞里展放出来，谷莠草、荠荠菜、蒲公英都学着牵牛子的样子，打着旋儿向天空伸出了娇嫩的小手，吹出了翠绿的音符，它们的语意雷同得如某一个接头"口令"，一模一样，不差毫厘地在阳光下传遍了大地。植物们共同遵循的这个咒语般的角度，通常被称为"黄金角度"，它们唯有按着这个指令把自己的每一片叶子安排好，才能保证每片叶子从中轴附近抽出后，可以在生长的过程中一直处于最优状态，最佳地利用空间，最多地获得光照。

美术老师向我们阐释 0.618 时，一只手扶着一个断臂的石膏像，女的，裸露着圆润饱满的胸，象征着衣服的皱褶堆在她的胯下……后来我才知道，那就是著名的断臂维纳斯。那是我平生第一次看到那么刺目、蜇心的女体，心狂跳，目光摇荡着而不敢直视。以至于老师的另一只手指向我时我都没有察觉，直到他大声喊出我的名字，我才如梦初醒，从座位上站起。老师问我："这个雕像美不美？"我不知道如何回答，只好点点头，同学们哄笑；"你知道为什么美吗？"我依然无法说话，只摇摇头，同学们再一次哄笑。老师把手放在雕像的脐上说："秘密就在这里。"因为世界上任何一个完美的事物都遵循着黄金分割律 0.618，人体以脐为线，上身与下身之间最美妙的比例刚好是 0.618。

经过那次美的洗礼之后，好长一段时间，我内心深处都翻涌着一种莫名的失落，总感觉有什么缺憾在心的一角隐隐作痛。那天，老师为什么偏偏叫我站起来回答问题呢？是他发现了我内心的杂念，还是看到了我自身结构的不完美？同学们的哄笑大概是因为我的头有些大，我的上身有些偏长，最关键的是我的衣衫有些破旧，与那美丽的雕像形成了鲜明的对比吧？总之，我感到了自己的丑陋和污浊。

在那天的美术课上，同我一样被点到名字的还有一个女生叫潘亚芹。我刚刚坐下，美术老师就把潘亚芹当作人体标致的典范指给了同学们，当时潘亚芹虽然被"点"得两颊绯红，但羞涩里明显多出几分自豪或自傲，否则后来也不会把头扬得那么高。在以后的日子里，每一次与潘亚芹相遇，都会让我想起老师用在她身上的比喻："像一棵水灵灵的小水葱似的。"可是小水葱有什么好呢？心中无数、叶管空空，里边装了一筒"大鼻涕"，无非就是葱白与葱叶的比例又合上了 0.618，光长得水灵顶什么用呢？人生的意义终究不是供别人蘸着大酱嚼了充饥。

突然有一天，我想开了，也感觉到了释然，不再羡慕小葱，也不想去做一棵小葱，而是想做一只不说话的闷葫芦。圆圆的葫芦，敲一下没有回响的葫芦，可以不用按着黄金分割线生长，也不能被某一种公式所计算，它只是不声不响地从里往外生长、扩张着，让谁都吃不准它内心里究竟都装着些什么，有多少籽，有多少瓢，有多少生长的经验和感悟，折合多少智慧与思想。

冬天来了，潘亚芹那美丽的头不再对同学们高高昂起，逢人总低低地垂下。尽管如此，我们也时常能看到她眼睛的红肿，并且经常一声接一声的咳嗽，致使她高耸的胸一阵接着一阵地上下起伏。谁也不知道潘亚芹到底怎么了，但谁都知道一定有一些不好的事情在她身上发生。

终于有一天，有了结论。在一阵剧烈的咳嗽声过后，潘亚芹望着手帕上一个半透明的物体，放声大哭，然后跑着离开了教室。正在大家莫名其妙之时，她同桌的女生及时给大家一个解释，潘亚芹在大哭之前，惊慌失措地问同桌她咳出来的那东西是不是一个小孩儿，同桌看形状很像，便点了点头。同学们面面相觑，有的惊诧，有的讪笑，有的似乎明白了到底是怎么回事儿，有的似乎仍然不太明白。事情就这样过去了，但从此同学们再也没有看到过潘亚芹，据说，后来她举家迁往外地。

五

入了冬，季节正好轮转到一年的四分之三处。这时，事情总是最糟的，也是最好的。糟的是我们不能再看到那个名叫潘亚芹的漂亮女生，好的是从此潘亚芹也许不用再低着头走路，会变得和从前一样快乐一样骄傲；糟就糟在一年中最寒冷、最难过的日子终于把我们死死抓住，往死里折磨；好则好在只要挺过这段残酷的日子，春天就来了。

冬天之所以残酷，就在于它往往会毫不留情地剥夺了一些人和一些事改正、转变或重新开始的机会，只蒙受最糟，而"挺"不到最好。

我家门前，曾栽过一棵据说可以安全越冬的"耐寒型"玫瑰。5月下苗，7月放苞，本以为8月盛放之后，9月便可歇了花事，没想到它延宕至10月中旬才进入了盛开的状态。10月末一场薄霜降下，它也没有枯萎，靠着体内剩余的激情与能量，继续傲立于冷飕飕的寒风之中。直挺到12月雪落下来，气温降至零下20度，它的叶和花仍然没有掉落，但却像被火灼烧过一样，碳化为黑色。这枝勇敢而莽撞的玫瑰，在踩到了斐波那契时间窗时，当藏不藏，没有凋谢、撤退，没有停止生命的张扬，生命之火便被冬天毫不留情地剿灭。这样的剿灭，会让一个美丽的花魂直入"十八层地狱"，就算春天再来十次，它也没有一次重生的机会能随春天如期而至了。

在一年的周期里，进入冬天就已经迈过了一年的黄金分割线。一年中真正的黄金分割线应在24节气的八分之五处，即第15个节气——白露。白露一过，应该成熟或成功的一切都注定要成，没有成的就注定会败落下来。有时悖反节律的努力只能延缓事物的进程，而不能从根本上改变结果。冬天，就是一步步滑向结局，一点点揭开谜底的过程。所以冬天里，总是有很多惊天动地的事情发生。冬天里，不仅会有一棵小小玫瑰的夭亡，而且也经常会有一军甚至一国之殇。

据记载，1812年，拿破仑发动了大规模的侵俄战争。6月，正是莫斯科一年中气候最为凉爽宜人的夏季，博罗金诺战役结束，拿破仑踌躇满志，在未能消灭俄军有生力量的情况下，便贸然率领大军进入了莫斯科，以胜利者的姿态等待着沙皇主动求和。结果等了又等，不但没有等到沙皇求和的好消息，反而等来了后方的坏消息。直到10月19日，按照中国的农历计算，已过白露10天，第二天就是中秋节了，拿破仑才幡然醒悟，发现情况不妙，必须马上撤军，但为时已晚，他没有给自己留出足够的时间在冬天到来之前安全撤离。马洛雅罗斯拉维茨之战后，一支浩浩荡荡的大军饥寒交迫地跋涉于零下30多度的严寒里，历经维亚济马、维尔纳等一系列惨烈的败仗之后，被打得七零八落。待拿破仑仓皇逃回法国时，50万大军，最后只剩下2万多人。此一役，成为历史上完败的典型战例。算一算，他三个月的胜利进军加上两个月的盛极而衰，从时间之轴上看，已经越过了黄金分割线，但当时的拿破仑大帝并不知道有黄金分割一说，所以做梦也没想到自己会鬼使神差地误入了一个宿命或神秘节律的泥潭。

在相同的俄罗斯大地上，还曾发生过另一场不可思议的战争。那是1941年6月，纳粹德国启动了针对苏联的"巴巴罗萨"计划，实行闪电战，在极短的时间里，就迅速占领了苏联广袤的领土，并继续向该国的纵深推进。在长达两年多的时间里，德军一直保持着进攻的势头，直到1943年8月，"巴巴罗萨"行动结束，德军从此转入守势，再也没能力对苏军发起一次可以称之为战役行动的进攻。被所有战争史学家公认为苏联卫国战争转折点的斯大林格勒会战，就发生在战争爆发后的第17个月，正是德军由盛而衰的26个月时间轴线的黄金分割点。又是一个奇寒的冬天，又有一支急于成功的强大军队因为触犯了一个平凡的小数儿 0.618 而付出了 150 万条生命的代价。

自古就有"寒来暑往，秋收冬藏"之说，每到冬天，特别是中国的北方，大地冰封，草木凋零，很多动物进入冬眠，蛰伏在树洞或冰雪之下。此时，人类的生活和生命节奏自然而然地就要随着天地万物的节奏慢了下来。城里的人们深居简出，农民停止耕作"猫"起冬来，每日两食，无所事事，翻着日历企盼年关早过，春风再度。而学生时代的我，也总是在冬天里变得更加沉郁，咬紧牙关，忍着食物粗陋和每日两食造成的饥饿、单薄衣衫抵挡不住的寒冷以及怎么熬也难过的漫漫长夜。每天挤出三分之二的精力用来学习，而另外三分之一的精力主要用来品味生活的艰辛和胡思乱想。

后来，我从多种角度审视过那一时期自己的状态，如果用一个简单的词概括，就是挣扎。挣扎，在一条冷暖、明暗、存亡、荣辱的灰色边界上，全身心以赴。《易经》里有爻词曰："初九，潜龙勿用。"细想，那个时节那个人生阶段，除了忍耐与挣扎还能做些什么呢？

入夜，随着灯盏的熄灭，世界忽悠一下就落入了黑暗。以后就一直在无声无息地下沉，时间消失，只有一种不易察觉的行程在延续：一丈、两丈、三丈、四丈……像一排没有尽头的数字一样，不可遏制。直到大人的鼾声响起，仿佛流星般远逝的生命才有了依托，落了实底，但终究还是看不清人生的刻度正指向命运的几分之几处，更不知道自己最终要落到哪一个"数"或哪一个点儿上。

突然，一声悠远的汽笛刺破茫茫夜色，从 10 公里之外的铁路小站传来。梦一样，闪着银色的光芒在耳际一掠而过。轰隆隆的声响，是车轮撞击铁轨的声音，也是时光迈开双脚正步行走的声音。但时光的脚步从来不像人类的脚步一样，总是"一二一、一二一……"地间断、起伏着向前。它展开脚步的方式往往如捋起一条没有尽头的线，或如驱动一趟没首没尾部的列车,密密绵绵,气势如虹,一泻千里。

在这样的列车上,只有和它同一个量级的岁月才有资格当它的乘务员。所以,尽管我们有时说不清自己的座位是几车厢几号,列车已经运行至哪里,但岁月却能够知道得一清二楚。只是有一个情况大家有所不知,岁月,原是一个患有失忆症的见证者,很多的事情都放不到它心里。刚刚查验过我们的车票,就不再记得我们的面容;我们什么时候应该下车,它也来不及提醒,它总是匆匆忙忙地一直从前往后走。前边车厢里的人都已经下车,一节节空空的车厢已杳无人迹,它也无暇理会,反正它眼前的车厢总是那么拥挤,这就有足够的理由支持它往后走,往后走,一直往后走——

六

就某些特性来说,"斐波那契"是一个十分诡异的数列。在这个数列的前端或"童年时段"(如果数列也有成长过程,也有童年、青年、中年和老年的话),数列数值小,其特性也就越不明显、越不成熟。前端的小数之比,原则上还算不上黄金分割率,只是接近罢了。比如 1:1=1;1:2=0.5;2:3=0.66;3:5=0.6;5:8=0.625;8:13=0.6153;13:21=0.619……只有数列延伸到无限远,数变得很大,比如 10946:17711,那个比值才会接近标准:0.618033……也就是说,这个数列更适合用于大数,如果把它放在许多朝代、许多年月的历史背景下或把它放在由许多个星系组成的宇宙中,而不是地球上某一弹丸局促之地,它才更能够显现出它的精确与神奇。

而人类,在搭乘到时间列车之后,待不了多久就得下去了,无法长久坚持，也无法亲眼看到斐波那契显现出精准的预示。人类所能拥有的数儿基本都是小数儿，所以，人生里每一个所谓的黄金分割点基本都是个近似值，一切都来不及精确，一切看起来都是模糊的、难以确定和难以把握的。

我过 40 岁生日那年，偶然遇到了一个"解命"的术士。他在了解了我的基本信息之后掐指一算，给我画出了一条生命运行轨迹。术士说，我 1 岁的时候，有帝王之尊，从 3 岁开始进入败运，命有贫寒之象；一直到 20 岁，开始一生的劳碌与打拼，屡屡险象环生，又总能逢凶化吉，虽然一直处于上行的状态，但一直要受着命星的压抑，苦斗与挣扎而不得伸展；过 55 岁之后将有一程繁花似锦的好时光，天高地阔，日朗天清，彩虹飞现……我当时听了此话，既觉得似是而非，又觉得无可置疑。巧的是，几个关键时点恰巧都落在了斐波那契之数上。于是闲暇之余，不自觉地来了一番回想与复位。

术士说我 1 岁时可坐享帝王之尊。看似滑稽，但也不是没有道理。一个近于赤贫的家庭，两个大龄青年，好歹结上了婚，又喜得贵子，不论如何都会视之如珍宝，待之如掌上明珠。相比之下，就算是个真皇帝又有什么可稀罕？虽然龙袍加身，又怎比得上新生儿美丽柔嫩的肌肤！虽然山珍海味，又怎么比得上天然的母乳！纵然是耳边有连绵不断的山呼万岁，满朝文武又有几人真心实意盼着你永远不死？但是，人长到 3 岁，从心理和生理上都应该彻底与母体分离了，独立行走，独立进食，独立摇摇晃晃地走向世界。就算是当惯了"皇帝"，也得走下宝座，面对残酷的现实了。吃、穿、教育、成长、尊严等等，无不要受到来自贫困家庭的制约。所以那先生关于我一生的总体判断，当时看，说得也没错，不仅是我，每一个农家子弟的路都不会走得很顺畅，一步一坎地艰难前行，人生自然就充满了波折。

回想起自己的人生转折应该是 1978 年。这个数儿，与术士说的那个转折点 20 岁，就差得太多了，前后差了 5 年，误差率在 25% 左右，已近谬误。本来，我是不信宿命和定数的，我只相信个人的努力和拼搏，但人走着走着就会走到一个特殊的时刻，你就会发现你的未来、你的命运与你的努力竟然毫不相干，你只能依靠一只骰子为你的命运或未来做出决定。

那一年，是中国恢复高考制度的第二年，人们刚刚从"文革"的麻木中苏醒，不知道这短暂的光明之后会是更大的光明还是重回黑暗。我当时也骑在未来的"墙头"之上，面对左右为难的境遇。是从初中直考中专，还是考取高中后再考大学？这对于我来说，是一个非常艰难的抉择，向左或向右，都有可能造成一生的遗憾。于是我选择了一双脚踏两只船，两条路一齐走，既考中专，又考高中。结果两条路并行了两个月以后，突然拉开了角度，分道扬镳。

我手里攥着两张通往不同方向的"通行证"，不知所措。拎着一张理工科学校的录取通知书上中专？一是很可能此生就再也实现不了上大学的梦想，二是从职业选择上可能就与自己心爱的文学告别，无法实现那个当作家的梦想了，哪种结果都可能成为我心中一生的痛。拿着高中的录取通知书上高中？怕国家形势突变，再一次取消高考，最后连中专也上不成，落得个竹篮打水一场空。

至此，人生之路竟然真的成了一场难以回避的赌局。押左或押右，必须下注，否则就会被未来的路弃于荒野。但我自知是一个农家子弟，我没有赌本，没有胆量和勇气下那笔大注，我只能退而求其次，选择一个稳妥的方案，去了一所理工科中等专业学校学工程技术。接下来若干年的彷徨、割裂与跋涉，就自不必细说，人生的愉悦和幸福本来就只是两次失意或伤痛之间那短暂的间隙。

一个人活到 55 岁，就已经临近退休年龄。一生的苦累、逼迫与失意都抛在了身后，一旦从执着中抬起头来，就会发现，一辈子的奔波不过就是为了一个内心的平和与宁静。一些具体的事物，本来就如跑在眼前的电动兔子，追与不追可能结果并没什么两样，不同的是，追的人显示了自己的勇气、信念和力量，而不追的人却表现出自己的放达与平和。谁见到过自己的"命星"是个什么样子呢？一生中时刻压迫着自己的那个人也许正是自己。人一旦活到了这个境地，什么也不用扛起，不放下也会放下，自然也就天高地阔了。

面对斐波那契数列，我有时想说很多话，有时却什么也说不出来。因为我知道，每一句来自于神的话语都是无法破解的，也是无法与我们所知的一切对译或互证的。对它，我确实心存几分敬畏，也确实不太坚信。我似乎有点儿不太相信宇宙间的秘密和规律果真会暗藏于一串奇异的数字之间，也有一点儿不太相信一些神秘语言的明喻与暗示果真能够与一个具体的事件或细节握手言欢。

《圣经》里说："为义受逼迫的人有福了，因为天国是他们的。"

对于这样一句字面意义十分明确的话语，我尚需花费好多年的时间去理解、破译，更何况那些没有词义的谜题？其实，直到现在，我仍然说不准应该如何表达才能更贴近那话语的真意。我只知道有福分或福气是好的，但并不知道什么是福。快乐是好的吗？但仍可能乐极生悲；灾祸和苦难是好的吗？但却没有人拒绝化了装的祝福？失败和惩戒就一定很糟吗？但不经历惩戒的人怎么知道什么是正确的又如何坚持？没有经历过失败的人，又怎能取得真正的成功？天国是好的，可是天国里就没有白天和黑夜，没有寒暑之别吗？可能我够不上一个"义"人，所以理解起那句话时，总会生出很多的歧义。

我认识一个炒股票的朋友，自称非常了解斐波那契数列，于是便很执着地把股票的 K 线图在一个高度与另一个高度之间用所谓的黄金分割截成很多个层面，以此来归纳以往的涨跌规律，进而又推断出未来的走势。为此，他扬扬自得，还专门出了一本书，论述斐波那契数列与股市股价间的关联，似乎他通过几条线就把股票的规律画得清清楚楚。后来，他终于耐不住诱惑，亲自入市操作，但股票的运行由线往往会在他预设的点上发生很大的偏离或拐向相反的方向；常常不等走到他预设的某一条横线，就发生了惊天的暴涨或断崖般的狂跌，只几个回合，不多的本钱已经折去大半，他苦笑着摊开双手，归咎于如今的人心、人意已经不再顺应天道。

他的话音未落，我已经把目光投向远处的天空和曾经熟稔的大河。如果是从前，这个季节应该有浩荡的季风自西南而来，长驱直入，河上将有成行成片的风帆，追逐着水下的鱼群逶迤前行……但我却什么也没有看见，一场浓重的雾霾，像一块灰色的幕布挡住了我的视线，我看不见，猜不透幕布后隐匿着的任何秘密。

我突然怀念起具有河之形态、风之性情的斐波那契数列。它的数、数与数的缝隙之间，藏匿了我太多的过往：我的青春岁月、我的陈年往事、我的希望、我的失望、我的苦、我的乐、我的伤、我的痛、我的那些流星般闪着光辉的快慰……只是不知道它那古怪刁钻的脾气，如今是否有所改变，如果它不再像从前那样令人头疼，令人生畏，我可能会再一次鼓起此生剩余的全部勇气，向它追索我不小心丢失的一切。

就在这个念头刚刚生出时，我突然又鬼使神差地想起了斐波那契数列的另一个特性——从第二项开始，每个奇数项的平方都比前后两项之积少 1，每个偶数项的平方都比前后两项之积多 1——那么，这突然而至的提醒又意味着什么呢？这数列，到底是一组封存往昔的密码，还是一把开启未来的钥匙?！

（原发《人民文学》2015 年第 9 期，《新华文摘》2016 年第 3 期转载，获三毛散文奖。）

枸 杞

躲在向海写《粮道》的时候，每天饭后在院中散步。

每一次散步都从一排台阶开始，最后再从那排台阶结束，因为我喜欢从那排台阶上下的感觉。那排台阶，每一级都已经在中间的侧面裂开，从缝隙里长出一些蒲公英之类的嫩叶植物，很有岁月感，似乎每一级都由时光和往事砌成，只要坐下来就能够回到从前。

但我一直没有在那里坐下来，因为我在行走时总是担心，太多的往事会缠住自己前行的脚步，而此时，我有一点害怕在往事里沉迷。

院子边缘的路差不多是开放式的，走下防水的护坡就到了湖岸，其中，有两面是沿湖而修，院子里平时很少有人，每天就我一个人沿路走过来又走过去。从远处看过来，我的那个样子一定会被人误认为在寻找什么或守卫什么，或像一个巡逻的哨兵吧。

在院子最西南的柳树下，有人种了一片枸杞，大约有二十多株的样子，但由于树下是一片堆满了沙子的沙丘，所以在那种干旱的环境里生长得都很小，最粗的树干都不及手指，与一些杂草混在一起，如一片没有什么章法的野生灌木。

一开始的时候，我基本上没有认出它们，后来在某一天早晨，我看到了鲜红的零零星星的枸杞子，从那些灰绿色的枝叶间露出来，才认出了它们。

记得小时候家里的园中，也种过一些枸杞。一到结果的季节，满枝红艳艳的，枝头都压弯了，果粒也要比这里的大得多。因为晒干后要当作药材拿去卖钱的，所以我们很少吃。偶尔偷偷地拿几颗放在嘴里，却舍不得马上咀嚼咽下，就放在嘴里含着，让果汁从果蒂的破裂处一点点渗出来。那种甜中有点微苦的味道，如童年的时光一样，令人难忘。

经年累月的远离，已经让我把老家的环境忘得差不多了。细想起来，不是和向海的环境相近吗？干旱少雨，到处沙丘。只不过那时家里住着土平房，没有水泥地面和花坛，房前是一个浮着一层白色土面儿却看似十分平坦的院子……但是，那些鲜艳的枸杞子，直到今天，仍然在记忆里泛着永不衰减的光华。

相比之下，向海的枸杞子就显得寒酸多了，不但结果稀少，而且果粒很小。只是那味道，虽然经受了这许多年的阔别，依然如旧。那天早晨散步，突然想尝一尝那些鲜红的小果儿，便像孩提时一样摘几颗放到嘴里。一品，却被它们那奇特的味道迷住，淡淡的甜里透着微微的苦，还是从前的味道，还是从前的感觉。仿佛那小小的果粒里面储藏的，并不是果汁，而是从前的时光。

后来，每天清晨的散步，似乎已经不再是为了最初的想法，不再是为了舒动筋骨，而只是为了那几颗枸杞。每天早晨绕到那里，去看一看它们开花和结果时的样子；每天早晨摘几颗果实放在嘴里，并和小时候一样，很久地那么含着。

最让人感动的，还要数枸杞树上那些米粒大的小花儿。每一天都有那么几朵，藕荷色的，星星点点地开放在晨曦里，如点点乡愁。让我在那些寂寞的时光里，感受了来自于它们生命深处的娇艳。

日子久了，我便知道这几天树上开了多少花儿，有几朵已经凋谢结成了果，有几颗果粒已经长大到可以品尝。但有那么几天早晨，我却发现已经长大的几颗果粒突然不见。因为院落子里很少有人来，除了我没有人这么早到院子里散步，所以我断定一定会另有原因。第二天，我起来得更早，天刚蒙蒙亮，就到了"西南角"。当我快要接近那片灰色的小灌木时，突然有一只瞪着可爱大眼睛的小鸟儿从那里"腾"的一声飞走了。原来就是它，在天天和我分享那些微小得都有一点儿脱离了物质形象的枸杞子。

以后，每一次来差不多都能看到它的身影。彼此熟悉之后，每天我来时，它可能会很识趣地飞走，也可能并不飞走。如果我因为某些事情内心感动、柔软，我就不摘树上的枸杞子，让它自己独享；如果我哪一天并不开心，我就不再让着它，和它所做的一样，吃掉所有剩下的果实。

树上的枸杞子一天天少了起来，再到后来，就彻底消失了。然而，我却一直每天怀着感动或温柔的心情去看那些小灌木，因为一个时期以来，它们就像闪烁在地上的小星星一样，记录、见证了我生命里的波澜和心情的脉动。我相信，它们一定会知道我内心的那些情感，就如我相信日子逝去时间会知道，云飘过天空会知道，冷暖过去季节会知道一样。因为它们是自然的精灵。

但那鸟儿，却和我一样莫名其妙地怀旧，可食的枸杞子都不在了，它还在守候！

临走的那一天早晨，我又看到了那只小鸟。它就那么长久地停落在空空的枝头上，看起来神情有一些落寞。

我只是在心里向它微笑了一下，很亲切的那种，以示来自于心灵深处的依恋。

已经是深秋了，我要走了，你也走吗？

它侧歪着头，似乎很不解地看了看我。

当我转身离去时，那鸟儿仍然没有离去。

突然觉得那鸟儿与我们人类相比，自由而又独特。它们也许从来不受什么逼迫，用不着在一个规定的时间里赶到某处，想走就走，想留就留，毫无牵绊与阻碍。它们完全有权利以守候或守望的方式，表达着自己内心对某一事物的依恋；而我却只能经常以告别的方式，对某些事物展开另一程的思念。

（原发2014年1月《文艺报》，中国作家网等广泛转载。）

十只羊

一

我的羊丢了，所以我必须去四处寻找。

在我 10 岁那年一个春天的午后，我像寻找丢失了的兄弟或自己的**性命**那样，焦躁而悲伤地寻找着那些刻意躲开我的视线，藏在暗处的羊。我几乎找遍了它们可能去的一切地方，只差了碧落黄泉，却仍然不见它们的踪影。

当我翻上村南的那道沙岗时，心情变得更加绝望。站在这样的一个制高点上，一眼就望尽了大平原。放出目光，似乎连哪一片青草的芽尖长得更长都能够看得一清二楚，更别说那些肥硕雪白的羊啦，但是那一刻，我的视野里却空空荡荡，杳无一物。

情急之下，便觉有潮湿的水汽如雾，从空落的心底里升上来，一点点模糊了双眼。

再抬头看天上的流云，就怎么看怎么像浩浩荡荡的羊群。从天边到天边，无始无终、无尽无休的样子。到底是谁在放牧着这么一大群羊呢，我的那三只羊会隐藏在那里边吗？

就那么看了很久，也想了很久，终究还是没有一个结果。最后竟听到了仿佛千军万马向前奔腾的隆隆响声，仔细辨别，却是那天上的流云，如受了惊的羊群一样，从四面八方聚拢到一处，颜色由原来的银白变成了铅灰，密度由原来的疏朗有致，变成死死的一团。

再后来，便有泪水一点一滴地落了下来。起初，我还不清楚到底是谁在哭泣，是天上的羊还是躲在羊群后面不让我看见的牧羊人。可最后发现，哭泣的竟是伤心绝望的自己。

我在内心里一遍遍地自责，我真不是一个合格的牧羊人，或实在、直接一点说，真不是一个好羊倌儿。如果是一个好牧人，就应该与自己的羊同在，甚至当羊遇到危险的时候，宁可自己迎上去或做出牺牲，也不能让羊直接面对危险，就像当时小学课本里所讲的那对儿"草原英雄小姐妹"一样。

如果，仅仅是自责，仅仅是流泪就能够免去内心的懊悔和悲痛，倒也没什么，悔过了，哭过了，站起身回到家中也就烟消云散。但是那一次我真的无法站起身来就若无其事地回家，因为丢羊的事情关系重大，几乎是人命关天，况且那时我也真的找不到家在哪个方向了。那一次，我几乎心如死灰，准备同羊一起丢掉或消失。

天黑时，父亲还是把我从沙岗上找到了。看到父亲的一瞬，我的心如乱箭穿射，伤痛难忍。我知道我多么对不起父亲，对不起他对我的信任，对不起他对这个家的苦心经营和日夜操劳，更对不起我的弟弟，因为这些羊紧紧地和我弟弟的命系在一起呀。

父亲性情火暴，但在我小的时候，他却很少对我进行责打，那是因为我一旦犯了错误，经常会很深刻地反思自己，经常能够在很短的时间内形成较高的认识，并及时加以改正。我知道，当儿子的如果懂事和顺服，体谅父母的苦心，世上有哪一个父母会忍心让自己的孩子受苦呢？

但这一次所犯的错误却与以往不同，这一次错误几乎是上一次错误的重复，如果我不在牧羊时看"闲"书，那些羊怎么会走丢呢？这一次，我还能够躲过责打吗？就算是能够躲过，我的心也不会安宁。想到这里，真盼望着父亲能够劈头盖脸地痛打我一顿，也许那样我会更好受一些。

但那次，父亲却并没有打我，甚至没有说什么责备的话。他只说了一句："别哭了，回家吧，羊都好好的。"原来，那三只羊吃饱之后，已经很懂事地自行回到家中，只有不争气的我，把自己弄丢了。

我知道，羊好好的，就意味着弟弟会好好的，弟弟好好的就意味着我们家会好好的。

二

其实，弟弟本来也是好好的，就他那个排行是不好的。

在我们家族的传统里，有一点宿命色彩，曾很深地忌讳着"三"这个数字。据说，从古至今，本族中凡行三的男人都是生性怪异，命不久长。更远的例子怕是没有人说得清楚了，但从我曾祖的那辈到我祖父那辈，两代行三的男人，却真都是孤零零地长眠地下。末了，连个伴儿都没有，因为他们都是在 20 岁左右的年纪，还没来得及娶妻就离奇地辞世了。

曾祖三爷，据说是一个天才的画家，从未从师，却能画什么像什么。他的怪处是整天不说一句话。人问，谁教你的画，他不吭声，只是埋头画；人问，你怎么不吭声，他也不吭声；后来问的人不耐烦，说，你哑了吗？他仍旧不吭声，只是埋头画画。

我问过爷爷，曾祖三爷是画什么的，爷爷也说不清楚，反正就是"画什么像什么"。我问这个问题的目的是想确定一下，曾祖三爷到底有多大的艺术天分和成就，是一个天才的艺术家还是小有灵性的乡村画匠。透过那些追问，或可窥探一点冥冥中我们无法接近的天机。但不管怎么说，对于曾祖三爷那个时代的人来说，已经不容易了，如果不是有一份难以说清的力量在他的生命里奔腾不息，他为什么偏偏要走绘画那条路呢，干什么不可消磨那灰暗如雾的人生？

大概，这样的一些人在人世间短短的生存过程，总不会与平常人走相同的路，他们有他们的使命，他们有他们的时刻。一个普通的农民来到世间，他的使命就是要长成一个健壮的体魄，与锄犁为武，侍弄土地，然后娶妻生子，传宗接代，以至于这土地能被世代耕种，永不荒芜。而如曾祖三爷这样的人，来到世间，也许就是要找到一件临时的"营生"，而这"营生"却绝不会让他自己进入到正常人的生命轨迹，周而复始地运行不息。他们是这世间真正的过客，他们埋头做着一件事情，只是为了迎接或等待着某一个时刻的到来。所以，不到20岁，曾祖三爷便手握画笔，在某一个寂静的夜晚悄悄离开了人世。

我的三爷，就是我爷爷的亲弟弟，不仅短命，更是一个有一点传奇色彩的人。在他21岁辞世之前，没找到过一件正经的"营生"，他就那么整天游荡在草地和树林之间。

当他的脚步走过或脚步声响起，所有的爬行动物便纷纷如中了咒语，顿时失去行动能力。蜥蜴和蛇立时"放白"，肚皮朝天；而林中那些成堆附着于树木表皮上的大、小毛虫却纷纷如雨般落在地上，年轻的三爷便从容地从地上捡起那些让人看了直恶心的虫，大嚼大咽起来，有时竟会有绿色的汁液从嘴角流出。

那时，家里因为出了这样一个人物而愁云不散，也有人把三爷视为妖怪。但平日里的三爷却温顺腼腆得如一只胆小的猫，从来不与人争执，也不找任何人的麻烦，偶尔有话碰到他内心的敏感处，还会有红晕浮上脸颊。后来族里有稍通巫术的人说，只要给三爷娶上一房"八字"制衡的媳妇，这些怪癖便自然会被"降"住或被"冲"掉。

于是我家全族动员，给三爷物色对象。第一个说媒的刚到，三爷便如中邪一般，躺倒在床上，一病不起，直到对方主动退掉亲事，他才从垂危中好转过来。当第二个媒人到来时，他又病倒了，通巫术的人说："别理他，一切都是伏在他身上的妖孽在作怪，等媳妇迎到家时它就再也伏不住了，谁坚持到最后谁就能够取得胜利。"但迎亲的日子一到，三爷就不行了，还没等天亮，便已经一命归西。

后来又有更高的术士到了我们家，说一切都是一个数在作祟，如果族内男子能够有效地避开"三"字，便可逢凶化吉，安然无恙。就这样，从父亲那一辈人开始，族里就不再有行三的男人了。虽然我本族的叔叔、大伯十来个，却没有一个人被唤作三叔或三大伯的。

小弟弟降生时，天赐了一副浓眉大眼的俊相，把父亲母亲欢喜得连嘴都合不上，爷爷却长长地叹了一口气，说这孩子命相不济，赶上了行三，又逢上了属羊，真是弱呀，如果长得丑陋些倒好，会冲一下命相，更加好养一些。本来这些话一般是不轻易说破的，一说破，全家人的情绪马上就降到冰点以下。接下来的很多日子，父亲便冒着"搞封建迷信"的风险开始四处暗访，去寻找能够破谶的先生。直到现在，我还依稀记得，那一个时期，父亲消瘦而又奔波不止的身影，什么时候看上去都是一副疲惫而又沮丧的样子。

先生终于请来了，却是一个形迹十分可疑的人。来时，匆匆忙忙，走时，也急急火火；举止言谈总有些躲躲藏藏的意思，所以看起来就有那么一点鬼鬼祟祟，他在临出门前只丢下了一句话，却让我们全家人奋斗了好几年。

先生说，避开行三，在家里养十只羊，平安地过了 18 岁就能安享天年。

三

　　从那天起，弟弟就被唤作"老五子"。

　　接下来要解决的问题就是羊。

　　那是遥远的 1970 年代，著名的人民公社时期。生活在那个年代里的人们，是不允许有个人财产的，如果没有经过革命委员会同意，每一分私财都要被当作资本主义的尾巴坚决割掉。有一些地方，由于社员们的日子光靠"公家"那点有限的分配，实在是无法维系，便采取了宽松一点的政策，允许社员们自行种几垄地，养几头猪、几只鸡或几只鸭，以补充生活的不足。但这些私有浮财的前面都要冠以"自留"二字，证明这些财产虽然是私有财产，却是"公家"允许的。

　　看样子，父亲是横下一条心要按照先生的指点，一干到底。很快，他就找到了当时的大队书记，提出养羊的要求。大队书记十分不解，断然拒绝，理由是没有人可以公开破禁，发展个体经济。而父亲的理由似乎也十分有力，父亲强调，我们养羊并不是为了发展经济，而是为了自己的家用，别人家可以养猪养鸡我们为什么不可以养羊。大队书记说，养猪养鸡是当地的习惯和传统，而养羊却不是人人可以理解、认同的传统。父亲说我不管是不是传统，我们家就是想养羊，只要别人养猪我们就养羊，我们可以不养猪不养鸡，但必须养羊。

　　事情就这么僵持着，三年之内没有一个明确的结果，但父亲并不死心，他不想放弃，虽然这件事情对别人来说很微不足道，但对我家来说却比泰山还重。在父亲反复坚持，不断要求下，最后大队书记还是让步了。三年后的一个夏天，父亲把家里仅有的五只母鸡杀了两只，请大队书记喝酒，酒酣之后，大队书记说：你爱咋整就咋整吧，就是别整出矛盾。

事不宜迟，讨到"尚方宝剑"后，父亲立即实施，第二天，就用两麻袋玉米从舅爷家换回了两只山羊。

起初，两只母山羊被一根木桩两条长绳同时拴在房西的草地上。尽管它们不断地左冲右突，四处乱跑，但总是出不了一个不大的圆圈儿。没事儿的时候，我们就围着那两只羊看"新奇"，看着看着就对大人们生出了敬畏，觉得大人真了不起，真有办法，只用了那么一根木桩子就解决了羊的圈舍问题，不用垒墙，不用盖房，羊却眼睁睁地巴望着远处无法逃脱。但有时候又觉得羊很可怜，虽然它们不用天天干活儿、写作业，但也还是不如做人好。做人有房子有家，而它们就只有一根木桩子；做人脖子上不套绳索，而它们的脖子上却要套上绳索。虽然我们是一样的不能走远，但有绳子套在脖子上和没有绳子套在脖子上，却是自由或不自由的重要标志。

其实，只要有草吃，羊基本上也没有什么太多的想法，更不徒然挣扎。钉木桩的地方是爷爷选的，都是些野草茂盛的所在。一开始，羊就啃食身边的野草充饥，但对于两只正在生长的羊来说，那点草是远远不够的，于是家里的人便轮流去割草喂养它们。羊像吃草的机器一样，一筐草放在它们面前，不用抽支烟的工夫就被它们吃得精光。在一筐草与下一筐草的间隙，两只从来不曾停止咀嚼的羊，就很卖力气地继续啃吃周边残存的青草及树枝。不久，在以两条绳子为半径的圆圈内，便再也看不到一星半点的绿色。最后，连蹄下的草根都让它们刨出来充饥了，原来的绿草地就变成了一个撒满粪便的土坑。没办法，爷爷只好在稍远一点的地方再钉上一根木桩。然后，前边的那一幕再一次重演。

两只羊在闷着头不停吃草的时候，我常常坐在它们对面，痴痴地看着它们。不知道它们天天那么不停地吃，到底为什么，因为它们无时无刻不感到饥饿吗？如果它们不停地咀嚼，并不只是为了吃，那又是为了什么呢？大约只是让它们的胃维持蠕动吧！就像我们人类一样，脑子虽然在不停地转，但也并不一定就是为了思考，只是保持一种转着的状态罢了。从它们的表情和眼神中，我什么线索也捕捉不到。它们的眼神里似乎总是有着深深的疑惑和迷茫，同时也似乎有着不尽的傲慢与漠然；有时看起来充满了悲悯，有时看起来却充满了哀怨。我曾经试着和它们说些什么，但它们似乎并没有与我交流的想法和意愿，所以也就作罢。

　　两只羊不断地制造着土坑，不断地把自己的肚子吃圆。终于有一天，似乎不再吃什么食物，它们的肚子也是圆的了。爷爷说，这两只羊已经吃胖了。

　　对于长肥了的羊来说，常常会让人忘记它们身上肩负着某种隐秘而神圣的职责，而想起口感鲜嫩、泛着香气的羊肉。在那个艰苦的年代里，农民的餐桌上很难见到肉，就更别提羊肉了。那些日子，我一看到那两只羊，就想到热气腾腾的羊肉，于是，就能够感觉到自己的心在动，就像看到了漂亮姑娘和美丽的鲜花一样，心里扑腾扑腾地跳个不停。大概，人的罪性正是体现在这随处可见的贪欲里。

　　当那两只羊在吃草的间隙，偶尔抬起头咩咩叫的时候，我便很奇怪地想起了那首童谣《十个印第安小男孩》："十个印第安小男孩，为了吃饭去奔走，噎死一个没法救，十个只剩九；九个印第安小男孩，深夜不寐真困乏，倒头一睡睡死啦，九个只剩八……"

　　我说的奇怪，并不是由羊那带着颤音富有感染力的叫声里，一下子想到了某一首古老神秘的童谣。我奇怪的是，为什么我会由十只羊一下子想到十个印第安小男孩。虽然十只羊和十个印第安小男孩在数字上重合，都是十个，但十个印第安小男孩是要历经生活的磨难和不测一个接一个不幸死去的，而我们的羊却是要一只接一只地养下去，一直到养满十只的。十个印第安小男孩的结局是黑暗而凄惨的，而十只羊的结局应该是光明而祥和的，这应该有实质的区别。难道说，在我的潜意识里正偷偷地盼着羊一个接一个地死去，我们好一个接一个地把羊吃掉？

但是理智地想一想，如果真有这种念头，或潜或显，都是可恨又可悲的。再怎么样馋那羊身上的肉，也不应该盼望着那两只羊因为吃得太多而撑死或因其他的什么行为而遇有不测啊，与弟弟的命比，个人的小小馋欲算什么呢，太卑微了。从那时起，我尝试用一种高尚的情感或思想把内心里原有的一切覆盖掉，这应该叫作克制或净化吧。

两个月过后，木桩不见了，羊脖子上的绳索也不见了，我也不再把它们看成肉的化身了。如今它们和我们一样，都围着我们的房子打转转。羊不说话，但我相信羊终于明白了，对于它们和我们来说，那房子的意义是等同的，那就是我们共同的家。

为了表达我对小弟弟的疼爱和自己不馋羊肉的高尚，我每天利用课余时间拼命地割草喂羊，以期转年会有更多的羊降生，以期最终凑够十只。如果说那时候我就有了什么理想的话，十只羊就是我的理想，当然也是我们家的理想。

四

第二年的残雪还没有化净，两只母羊便双双产崽，一只一胎生下了两只小母羊，一只生下一只小公羊。两只变成了五只，这是一个好兆头，这就意味着弟弟的安全有了进一步的保障。

可是为什么有了羊弟弟就有了安全保障呢？自从羊来到我们家，我便一直在想着这个问题，而大人们的解释，总是闪烁其词，基本不作解释。直到后来有一件事情发生，我才隐约感觉到了一点养羊的好处。

盛夏的一天，久旱后终于有一场像模像样的雨降了下来，全村的大人小孩都兴奋地扒在窗台上看雨。傍晚时分雨终于停下，但天并未见晴，空气中仍有浓重的水汽四处弥漫。看样子这只是一场雨上下段之间的一个小小空当，说不定什么时候仍会有余兴未尽的雨水再一次倾泻下来。但困在圈舍中的禽、畜和屋子里边的孩子们早已经耐不住性子，立即吵吵嚷嚷地出现在院子里和村路上。

这时，突然有一个蓝紫色的光团像一只彩色皮球一样从房山角那边飘过来，缓缓地移向院子中心的方向。5岁的弟弟这时正站在院中，兴奋得几乎要张开两手跑过去将那光团捉住，而那光团似乎也有意向他的方向移动。接下来的一幕让在场的所有人都目瞪口呆，当火球正在加速移动时，被一只跳上板车吃草的羊撞上了，只听一声爆响，那只羊立即倒地，同时，两角之间有丝丝烟缕升腾、扩散……

父亲冲到院子，从泥里拾起呆若木鸡的弟弟仔细查看，并未发现有一丝半点的损伤，而那只产下了小公羊的大母羊却做了弟弟的替死鬼。父亲放下弟弟，开始心疼起那只已无气息的羊，反复摇晃、扶持，却怎么也无济于事。这时，爷爷说话了："别再摆弄了，怎么摆弄它也活不过来啦，再者说，它如果不死的话或许要出大事了，它们不就是为了给孩子搪灾的嘛！"那时，父亲才如梦方醒，而我，似乎也明白了一点什么。

这件事，在村子里引起了很大的轰动，一时间，议论纷纷，流言四起，原来长期受着无神论教育的村民，这时又突然旧病复发，开始出现浓重的宿命情绪，前世今生地感慨起来。为了拨乱反正，制止不良情绪的蔓延，当时的生产大队针对那团莫名其妙的火球，特意请了一位县里的什么宣传员，讲了一次雷电知识和预防事故发生的措施，用科学的解释清除村民的疑惑。

那只羊死后，父亲把羊肉分成了三份，一份给了大队书记，感谢他为我们家养羊提供了庇护；一份送给了舅爷，他曾慷慨地让出了自己的两只羊；一份留下来给自己家和左邻右舍，请那些因为各种事情需要我们说一句谢谢的人来家里共同大吃了一顿。而那张羊皮，让父亲扔给了前来吃羊肉的张皮匠，求他在干生产队里的皮活儿时顺便把皮子熟一熟，好在冬天的时候做一副套袖或皮坎肩。

接下来，父亲进行了更加宏伟的筹划。他说出自己的打算时，就是在那场乡村酒局之后，趁酒劲儿一口气说完的。他说目前虽然剩下了三只母羊，那不要紧，可以想办法，如果秋天时再弄两只母的，转年和队里放羊的说说，借队里的公羊配配种，再加上自家那只小公羊，一下子就变成十多只了，以后再有增加就可以宰掉吃肉。尽管这些话让我们听了感到了振奋，但接下来的话峰一转，却让所有人都哑口无言。父亲正说得高兴，突然眉头一皱，说，但我们的粮食怕维持不到年底，看样子那两只羊一时没法弄了，以后吧。

在以后的两年里，我们家的养羊事业急转直下，到了冬天，不但一只没有增加，反而因为缺少食物和天气寒冷有一只小羊没有撑过去，年根儿不到就死掉了。剩下的三只羊，由于生产队的羊倌儿不同意借公羊为那两只母羊配种，自家的小公羊又不中用，直到入冬，羊的数量仍旧是那一公二母。

第二年冬天，突然有了转机，北屯有一家人因为儿子娶亲要把手中的羊变成钱，便由中间人撮合把羊转到了父亲手里，两只羊，一公一母，虽然极便宜，但父亲还是有一些愁眉苦脸，因为他们心里清楚，这个漫长的冬天，到哪里去搞那么多的食物，搞不好又要让它们白白地死掉。现在我家的羊加起来又到了五只。为了这五张等吃的嘴，我们家几乎是全体动员，一有空就到收割过的田地和草甸子上去，收集可供羊充饥的秸秆和杂草，我们宁可让自己的手脚疼裂，也不让羊有一天吃不到食物。全家人像供养神明一样，供养着那几只羊，全力保证了那些羊每一天吃饱栖暖。那个冬天，应该是羊们最幸福的一个冬天了。

那时，由于我瘦小无力，无法准确地驾驭那些锋利的农具，致使劳动中不断地要付出流血的代价。直到现在，我的手上、腿上仍然残留着深浅不一、各种各样的大小疤痕，如早年的记忆一样难以磨灭。

那个冬天，就那么艰难而又顺利地过去了。第二年春天，三只母羊各产下一只羊羔。当爷爷赶着这一群羊走向草甸的时候，远远看去，已经有一点浩浩荡荡的意思了。

接下来就是夏天，那是养羊人家最好过的时节，因为田头、草甸到处都有可供羊啃食的青草。每天只要清晨把羊赶出去，傍晚再把它们赶回家，其他的就什么也不用管了。作为一个牧羊人，把羊带到一个指定的地点，与其说是自己在劳动，不如说是去看着羊劳动。羊不停地吃草的时候，表情总是那么庄严、神圣，态度总是那么虔诚、一丝不苟。不知不觉中，一天天就那么过去了，每一次按原路把羊赶回家中时，它们总会悄悄地攒了一些肉藏在身上，等着有一天集中向它们的主人奉献出来。这是多么好的一种动物啊，如果在各种动物里评选，我始终愿意把羊评选为最圣洁的动物，他们干净、顺服、不计较得失，如好孩子一样，如传说中的英雄一样。

五

    八月的草原，正是草美羊肥的时候。生产队社员和养有私畜的农户都在这个季节里纷纷奔向草甸，开始一年中很重要的一次农忙——"打羊草"。这实在是一件令人愉快的劳作，打草时，二三十名社员汇集一起，每人一把扇刀，拉开横排，在平整的草甸上轮动，随着一阵阵清脆的切割声，厚实的羊草被成排放倒，空气中则有一股青草浆汁的香气在四处弥漫。

    这是一种奇妙的清香，不仅仅开人心窍，愉悦心魂，而且又能时时给人带来梦幻般的想往。很多年之后，再回忆那种清香，仍然有一种陶醉和沉迷在心中激荡。

    我想，如果羊在那种气味儿里行走，定会更加心旷神怡的。但不幸的是，在这样的季节里，总会有一些羊没办法将高兴进行到底。因为这个时候，人们总是要杀几只羊来慰劳那些打草的人。某一天清晨，当羊们刚刚用眼神交流过梦里的温情，并以额相抵，以颈相交，预期着一天的好心情，突然就有几个彪形大汉闯进羊群，把同伴从身边带走杀掉。替羊想一想，那该是怎样的一种际遇呢？好在羊并不像人一样，总是把喜怒哀乐挂在脸上，羊从来不为自己和同伴争辩，羊甚至不像牛那样在自己被宰或同伴被宰时流下泪水，尽管它们从来都清白无辜，但它们从来不哭着吵着争取生存的权利，也不向人类表露悲情。

    这样，就让操刀和吃肉的人类心里好受多了，或者说心安理得多了。有时，羊在垂死的那一刻甚至会对围观的人群流露出一丝怜悯的情绪。按理说，那情绪不应该出现在被杀者的情绪里，但羊却是不同的，羊也许是一种人类永远都理解不了的动物。它们对死的看法，可能从来也无法与人类达成共识。

打过羊草不久，生产队来了工作组，要对农村的公有化程度进行调查。村民的想法是你们愿意怎么调查就怎么调查，反正这日子穷得叮当山响，怎么折腾也不会比现在差多少，所以，愿意说就说点什么，不愿意说就什么也不说，而大队的领导却希望工作组回去后多说好话。

然而，工作组也并不是只吃饭不干活的货，关键时刻还是能够抓到一些问题的。那一天，他们就到了我家，调查那一群羊的情况，父亲一如既往地理直气壮，还是别人养猪我们就养羊那一套。这可把大队书记吓坏了，赶紧把工作组的人拉走，说到大队详细解释。傍晚，大队书记一脸苦相，说你们什么都不要对人家说了，就破费一下吧，杀一只羊犒劳一下工作组，这事就算过去，否则不但你的羊养不成，我的书记也当不成。交涉的结果是把那只从北屯买来的公羊杀掉，供工作组的人品尝人民公社的集体经济成果。剩下的七只羊，必须在年底前自行处理掉两只，保持总数不超过五只。

吃饭的时候，小孩和狗不许上桌，小孩坐在敞开的窗口前盯着肥软的羊肉，闻着随风传来的阵阵香气，并不动声色、温文尔雅地咽下一阵阵涌出的口水。而狗则远没有孩子们有修养，很直接很丢人地蹲守在地下，两眼直直地看着炕上的人大吃大嚼，偶尔从喉部发出些似有似无的呜呜声。这时，有工作组的人发现了问题，从桌上扔下了一块骨头给那狗，于是那狗像得了宝贝似的又是摇头又是摆尾，感激得差点没哭出来，赶紧叼着宝贝去一僻静地方独享。路过我们脚下时，我对那不争气的东西狠狠地来了一脚。

其实，狗这种东西，我从来就没对它有过什么好感。我一直认为，狗是一些庸人的朋友和宠物，而羊才是人类真正的朋友或恩人。想一想，这些年这些狗，从它的祖先狼开始，到底为人类带来了什么好处呢？它们除了没节制地狂吠和乱咬还做了什么有益的事情？哪一个真正的贼是它的叫声制止的，哪一个误入院中的朋友没让它胡乱咬过？如果有谁出门时多留了一手，带一块骨头在包里，天下哪有几只狗不能成为他的朋友呢。所以民间常以"狗性"形容势利小人那种见利忘义、仗势欺人的嘴脸。而羊，吃的是最廉价的草，奉献的是最洁白的毛、最温暖的皮、最肥美的肉，在最紧要的关头又要英勇赴死，为人类挡灾，为人类摆平那些说不清道不明的问题。然而，它们却从来都是无怨无悔的，没有对人抱怨过一句，伤害过一次。反过来，人又对羊做了什么呢，有过足够的尊重和理解吗？有过对狗那么宠爱吗？人吃了一口狗肉时觉得罪孽深重，而吃了羊肉却心安理得。唉，这忘恩负义的人啊！

后来，轮到孩子们吃饭的时候，我就什么也吃不下了。看到盆里的肉颤动一下，就想起了"咩"的一声羊叫，每听到一声羊叫，就想起羊那温顺而又有一点忧郁的眼神。

多年之后，当我再一次回想起羊叫声，就想到了某种语言，一种我们还没有能力听懂的语言；当我再一次回想起羊的眼神时，便想起了奉献、祝福、拯救几个词意较远的词，但只要在羊的眼神笼罩下，我就无法辨别它们的词意，说不清它们之间的差异，就如同在某种宗教情绪的笼罩下一样。

羊真是一种很奇特的动物，它总是会带给我们一些无法理解的神秘且神圣的信息，尽管那些信息遥不可及。

六

弟弟 8 岁那年得了一场奇怪而重的肾炎。说奇怪，明明是肾炎，却怎么用药也不见好，越治越严重，刚开始还能行走，到后来连床都起不来了。

父亲把家里能够变成钱的物件都变成了钱，把能借到的亲戚都借遍了，仍没有把弟弟的病治好，后来，连县里的医生都冒汗了，因为按病理并没有什么不对，但却不知道为什么越治越严重。再后来，他们干脆就不留人了，几个大夫轮着劝父亲把弟弟转走，否则，出了人命他们也担待不起。

这期间，父亲连那些巫医都偷偷找过，但仍旧没有人说得清楚。

最后家里人还是听从了爷爷的建议："把那几只羊卖掉吧，去更大的医院给孩子看病，不管看好看不好，我们已经尽了全力。"

于是父亲与大队书记谈，能不能用羊做抵押，借钱给孩子看病。书记犹豫再三，但谁也不能见死不救啊，最后事情就那么定了。

一个月后，弟弟随着父亲像没事的人一样，蹦蹦跳跳地回到了家中，但父亲从大队借的钱却被一扫而光。回来后，父亲站在窗前向羊栏的方向呆看了许久。我能够猜出父亲的心思，他可能还在惦记着那一群曾花去他很多汗水和心血的羊。但是，那笔债务在当时看，已经太多了，如果没有什么意外之财的话，五年内别想还上，也就是说，那五只羊只能作为抵押物充公了。看来任何事情都不是人力能够完全控制的，以后的事情就不能想得那么多了，一切听天由命吧。父亲长长地叹了口气，不再提及养羊的事情，也不再敢提及弟弟的安全问题。

1978年以后，很多事情都发生了变化，农村的经济体制开始改变，高考制度已经恢复并连续实行两年，全国上下都开始崇尚科学，旧有的一切虽然刚刚翻过去不久，但已经恍如隔世。当我从省城的一所高校放假回家再提及前些年养羊的事情，父亲仍不无遗憾地感叹，到底也没有把该养的羊养到十只。

母亲说，迷信那东西你信就有，不信就没有，如果一切注定，人生又怎么能改变呢；如果不是一切注定，你又怎么能够算得清楚？几只羊怎么就能解决了人的生死运势。

母亲说这些话时，我看出爷爷的神色明显不对，他是从来不赞同这种说法儿的。但这一次爷爷并没有大声争论，他开始一只只计算着养羊以来羊的总头数，最后他大声宣布，我们家养的羊连死带活总数正好是十只。也就是说，最后卖掉的那五只羊，救了弟弟之后，便完成了它们的使命，从此我们家就可以不再养羊，而弟弟的平安也再不用担忧了。

爷爷的话，没有人反驳，不管他说的是不是事实，都正是全家人所期望的，谁愿意为了一个不知是对是错的道理而毁掉美好的生活呢？如果事情不像爷爷所说的那样，我们全家人那么多年的努力不是尽付流水了吗，说起来岂不更加令人懊悔和沮丧？所以大家最后都点头称是，于是十只羊的往事便成为了一个真相不明的悬案。从此，许多年不再有人提及，许多年不再有人想起。

弟弟果然就平安地度过了那个令人心惊胆战的 18 岁，参加工作，娶妻生子，进入平顺祥和的人生轨道。现在，就连他自己恐怕都不记得很多年以前的那段往事了。

那天，偶尔读到《圣经》，有这样一段文字："耶稣拿起饼来，祝福，就擘开，递给门徒说，你们拿着吃，这是我的身体。"于是我又想起了那十只羊，想起了它们奇怪的眼神。

钓　风

　　天空辽阔，大地广袤，没有人能够猜测风隐藏在哪里，也不知如何评估它的体量，如何描绘它的身形，但每一次来临，它都能带给人不同的感觉和感触。有时，它温顺如猫，静静地伏在不为人知的某处，眯起眼睛晒太阳，一动也不动，偶尔伸伸懒腰或迈动轻柔的脚步，也悄然无声，只有穿过树丛时才把树上的叶子碰得微微颤抖；有时它像一群飞鸟，呼啦啦掠过天空，留下了一片猝不及防的声响；有时它又像一个奔跑的牛群，在大地上卷起遮天蔽日的烟尘。

　　风已经千百次地与我们擦肩而过或并肩而行，但风总是依凭它的无形，把自己的一切作为成功地转嫁给别人。于是，我们对风的存在和所做的一切便始终保持着视而不见和麻木不仁。我们总是以为季节改变了人间的冷暖，改变了所有生命的状态，却不知道是风改变了季节。

　　当北方的天气在一天天变冷，地上的小草一天天枯萎，树上的叶子由绿转黄或变为鲜红、深紫，我知道寒秋将至，但一切还都完好无损，甚至呈现出某种华美的景象。这并不是传说，也不是谎言。如果没有风的刻意拆毁，把树叶一片片或一把把从枝头掠去，让小草在莫名的惊恐中瑟瑟发抖，我不会徒然地悲叹时光的流逝，也不会相信生命的衰败。

正对我书房窗口的窗外，有两棵树：一棵是紫李，叶子是深红发紫的颜色；一棵是杏树，叶子是透亮亮的金色。我说不好这深红和亮金都代表着什么，但每天都有风来，将树上的叶子吹落。先是稀稀拉拉地落，眼睛的余光中，偶尔就会有红的或黄的叶子，流星般倏地一闪而逝，像有一只行窃的手，很麻利地将那些美丽的叶子偷走藏在自己的口袋。抬头望望树，依然如火如荼般美丽，并没有因为风的这些小动作而变得不堪。

时间就这么无声地过去，突然有一天，发现两棵树都已经"毛发稀疏"，裸露出光秃秃的枝条。从此，我的心就失去了原有的安宁，每有一片叶子落下，就忽悠一下，仿佛有一个好日子逝去或一件美好的东西丢失。

就这样，随着树上的叶子渐渐稀少，心就渐渐空了起来。空了的心如秋天的天空，空空荡荡的空旷里除了冷，除了空，就只有来去无踪的风。那天，风突然停了下来，原有的空里又少了一些真实的感觉。什么也做不下去，连读书、写字都感觉这颗心是空的，轻飘飘，不踏实，如没有着落的树叶，随时都可能被风吹跑。幸好还有一些零散的记忆，闪闪烁烁地弥补着内心的虚无。

突然就想起那些年常在一起玩耍的朋友。那时大家都还年轻，每个人都像一棵不会倒下的常青树，水分充足，活力四射，似乎浑身上下有使不完的劲儿，有消耗不尽的精力。业余时间，常常一起去打球，去钓鱼，去郊外野餐。常聚的五人中如今只剩下我和老郎两人，其中有两人的生命之树已经被命运之神彻底从大地上连根拔起，另一个人也因为生命枯萎活力尽失，不知残喘于生活的哪个角落，久无音信。想起过往的事和过往的人，内心就有无限感念。于是，便突发奇想，约老郎去郊外的某片水域钓一场鱼。

为什么要选择钓鱼呢？我自己也说不清楚。或许是受到了怀旧情绪的鼓动，想借此重温一下往昔的时光；或许钓鱼可以满足深藏于人们内心的征服和获取的欲望，想借此找一下自己的存在感；或许在垂钓过程中可以感受到某种与运气、机缘有关的神秘力量，借此玩味一下命运的含义；或许我就无心与身外的一切争强斗胜，仅仅是为了淡淡的怀旧，仅仅是为了打发无聊的时间，排解内心的空虚。但可以确定的是，那天我和老郎谁也没有提起当年的几个兄弟。

那天，我们又遇到了风。准确地说，又有风从身后追击而来，它已经成为今秋以来最让我烦躁不安的一种事物。

出发时，晨曦初露，天空宁静，路边的树梢都不曾轻轻摇动。一路上的心情如想象中平展如镜的水面，平和且平静。就在那一片平静之中，我脑海中还浮现出了浮漂在静水中缓慢下沉的美妙情景。这样的想象和期待让我平静的心稍微起了一些波澜，但小小的激动之后，我还是把目光投向东方微红的天空，让起了波澜的心重归平静。因为波澜都是由某种风引起的，所以我也不喜欢波澜。我不喜欢风，不管是具体的风还是抽象的风。

赶到湖边时，风已经先于我们从四面八方而来，占据了所有的水面和所有的岸。但这时的风似乎还不算密集、凶猛，习习而进，时缓时急，还保持着温和、理性的节奏。我们选择一边背风的岸坐了下来，怀着侥幸的心态布线、调漂，并在心里暗暗祈愿，这一天风的规模和力量不要再进一步加大。布设完毕，投饵入水，虽然远处的深水区已经有大浪涌起，但不远的浮漂站立处，还保持着一片微澜不兴的平静。

在水边坐定不多时，便有风从身后跃起，夹裹着尘土，带着鸣响，像埋伏在农田里的尖兵一样，不失时机地袭来。之后便有连续不断的风断续跟进，越过我们的肩、我们的头，跃入前边的水中。原来，水里的波浪都是风跳入水中的瞬间砸出来的。转眼之间，湖上已经不再有一寸平静的水面，到处都是密集的浪和稀疏的浪，快节奏的浪和慢节奏的浪。浮漂在风浪里忽隐忽现，忽高忽低，却始终没有明显、明确地下沉或上升，也就是说始终也没有鱼儿来吃饵、上钩。长久地枯坐于水边，看波涛汹涌的水面，忍不住要想象水底的情景。在这样动荡不安的环境下，那些鱼儿能做些什么呢？可能都被波浪推搡着，像悬在水中的落叶一样不由自主地荡来荡去吧？或者，成群地躲在某一个隐蔽处等待平静时刻的到来？

突然，面前的浮漂瞬间就隐没于水底，呈现出大鱼吃钩的典型漂相。我不由分说地抬竿刺鱼。奇怪的是，手上并没有感觉到刺鱼时瞬间的震动，只觉得竿头沉重，被一股很大的力量压下去，竿子是弯的，竿梢儿是低沉的，我用了很大的力才将渔线缓缓拉出水面。等鱼线和鱼钩全部出水时，才发现并没有鱼儿上钩。不过是风，怪叫着紧紧地拉扯着鱼线。这时，我转头看看坐在右侧的老郎，他也在很吃力地控制着鱼竿，他也和我一样，只看到了鱼儿咬钩的漂相却没有钓到真正的鱼。

在接下来的两个小时里，同样的事情重复了许多次。在一次次的吃力操作中，我终于明白，那些漂相都是风"咬"出来的。每当风突然加速冲来，鱼竿和支架就会被吹得剧烈摇摆，正是鱼竿大幅度的横向位移，才造成了鱼儿咬钩的漂相。原来，我们一直在钓风。我们的直观视觉和所谓的理性判断一直都受风的引诱和左右，我们一直将虚无当作真实。

又一阵强风夹杂着尘土掩来，顿觉自己被浓厚的疲惫感和虚空感充满，仿佛已经在这岸边枯坐了一生的长度，身上也积满了一生的风尘。没有力量再坚持下去了，我和老郎简单地交换了一下意见，决定早早收竿回家。

一场游戏，就这样悻悻地结束了。收抄网时，才发现，这个抄网大半天也没有发挥过任何作用，但这时却盛满了风；收鱼护时，鱼护里空无一条鱼，可鱼护里也装满了风。风在这些盛放鱼儿的渔具里鼓鼓荡荡，拥有了很重很重的重量。说来奇怪，就在我把那些渔具折叠入包，准备装车时，风竟然小了，小到几乎安静。老郎停下了手中的动作，从侧面大声问我说，风消了是否继续垂钓。

我只是不无失落和遗憾地摇摇头，并没有停止装车的动作，嘴上说了一句模棱两可的话："或许吧，可是风哪能真消？"心里，却无端地想起了经书上的一句话："一切如风。"

（原发《红岩》2024 年第 2 期。）

水知道

一

当水进入大海，早已历尽沧桑。

实际上，它们已不再是普通的水。千回百转之后，虽依然明媚、纯净、富有生机，只要尝一口就知道，它们已把岁月凝成清澈的苦和透明的咸，它们苍老成了众水中的神灵，不死，不灭，近于永恒。

如今，它们竟握有关于色与味流转、变幻的法术。万千滋味都已经被他们概括成一种滋味——咸；万千色彩俱被它们幻化成一种色彩——蓝，其实，蓝也不是它真实的色彩，那是天空的色彩，它真实的色彩是一种不存在的色彩。经历过一切之后，它们看起来却如毫无经历；无尽地蕴含在胸，却宛如一无所有，一切可说和不可说的过往都藏于无限的深和无极的广，就如无形又无尽的岁月潜行于无际的光阴之中。

但我要说的水并不是那些海里的水，而是羁留于中途最后并没有抵达大海的水。很难确定它们留下来是被动地服从命运的安排，还是主动地选择了自己的命运。最终，它们只是以自己的清冽、甘甜滋养了自以为甘甜的陆地生物。它们就像人类中上古的智者，虽然也难免要经受轮回之苦，曾经丰盈，曾经瘦弱，曾经干涸甚至消失，但它们的生命长度却足以让它们睥睨其他一切生命；也足以见证这个世界的一切变幻和演化。它们历经很多世代，知道很多天地间的秘密，但它们始终缄默无言。虽有波涛汹涌与浪潮起伏，也都和语言、倾诉无关，那只是它们一时难抑的内心情绪。它们分散在大地各处，名号各异，有的叫泡，有的叫沼，有的叫池，有的叫湖。

我曾认识很多世界上著名的大湖——苏必利尔湖、贝加尔湖、维多利亚湖、休伦湖、密歇根湖……还有中国的鄱阳湖、洞庭湖、太湖、洪泽湖、微山湖、巢湖、兴凯湖、松花湖、月亮湖等等。通过阅读和行走，了解他们的身世与经历，并深深迷恋于它们风光的美丽、水色的旖旎、蕴藏的丰厚和各种传说的神奇；畏惧它们的翻云覆雨、喜怒无常和摧毁、淹没之能；也崇尚它们善渊、利物、不争和滋养、成就之德。但星布于江湖之远的众水均如传说中的奇人高士，高深、冷峻，恪守着只有水才懂得的道与天机，不与人说。

我曾怀揣一腔热忱和无限期待，四处寻访，逐一敲叩它们的无门之门，试图以各种方式接近、了解、读懂它们。却怎奈身后总有来自红尘有形无形不可抗拒的催促，终至行旅匆匆，去长留短，而每一片湖水都是一部烟波浩渺的史诗，每一部史诗后面都隐藏着不动声色的说唱者，往往，每一次探访都如出一辙——刚刚开始，便已到结束之时。我只捕捉到了它们意味深长的表情，只听到了深邃悠长的叹息，就不得不走在告别的路上。那没有边际的岁月之中，那绵绵无尽的昼夜相衔的链条中，那深不可测的波涛之下，究竟藏着什么呢？我不知道，但我知道水知道！

最后，我只能听从命运和天意的安排，回到根之所生、情之所寄的北方，重温那些如父、如兄、如儿时伙伴一样相生相伴的北方湖泊，以一棵树、一棵芦苇的姿态，一条鱼或一条船的姿态，守候，陪伴，聆听，凝视，进入，感悟，在季节之间，在昼夜之间，在风雨之间，在蓝天白云和苍茫大地之间，完成非同类之间话语的对读与交流，完成非同类之间生命的互动与领会。

二

当我真正靠近水的时候，我渐渐发现了自己作为个体生命的局限。有些事情，可能终生都可望而不可即，比如说对水的真正了解和认识。水依凭它可深可浅、可大可小、可静可动、可喜可怒、可清可浊、可肥可瘦等等变化无穷、高深莫测的禀赋，早被人类中的智者如老子认定"故几于道"，而我却只是一个心性和能力都十分有限的凡夫俗子，如何能深知水的品性和悟透水里的真道呢？

在说到对水的认识时，我想先说说我自己的身份。实际上，我有很多种身份，只不过有些身份适合公开，有些不适合公开，有些不愿意公开。公开或不公开，我觉得都无关紧要，只因为我现在还活着，身份似乎还能充当某种显见的标签。百年之后，所有的身份都将回归于零或一，就像所有的河流都要归于大海，曾经的身份又能说明什么呢？一切都只是表象，一切都和我这个人的本性和品质没有太大关系。尽管如此，我还要坚持说说身份，就是因为在我诸多的身份里，有一个身份与水有直接关系。

坦诚相告，有一些时候，我只是一个钓鱼的人，身份名称为渔人或钓者，叫渔翁也可以。在定位人与水之间的关系时，只有钓者这个身份不够庄严和正统，由它所确立的关系也有一点模糊和复杂，但这对我却是没有办法的事情。由于我不问政治，也对载舟覆舟的道理毫无兴趣，所以我并不适合做一个驾船弄舟的人；由于我天生恐惧那些幽深和难以把控的事物，不敢将自己身家性命全交付于水，所以我也不可能是一个泳者；由于我对于细微的东西毫无兴致，特别是那些与精神或灵魂无关的物质领域，我又做不成一个科考者或水文工作者；由于我生性沉重不嗜玩耍，更不可能是一个善于游山玩水的人。说来说去，我只适合以钓者的身份执一条鱼竿坐在水边，一次次以饵问鱼，以钩问水。

我这个人其实十分简单，滤去泥沙和招人喜欢或惹人厌烦的味道，我不过是一掬清水，只要了解了我的钓鱼生涯，也就看透了我的人生。我遍访江河湖泊和各种各样的水域，并没有更加高尚或高深的目的，说穿了，只是为了去钓鱼，或想象、猜测一下鱼儿在水下处于什么状态，都干些什么。不过偶尔会陷入蒙昧的沉思，问一问水和鱼之间、我和水之间、我和鱼之间究竟是什么关系，一切为什么竟会如此这般模样。

关于钓鱼这件事，我虽然内心喜欢欲罢不能，但也时时深刻质疑：为什么要喜欢做这样一件事？这件事情究竟有什么意义？终究，这是一个无法回答的问题，所以终究，我自己也搞不明白到底为什么。似乎有一个隐形的人始终坐在我的心里，天天指使或怂恿我去做这件在别人眼里毫无意义甚至是恶的事情。我的母亲是虔诚的基督徒，她并不支持我做出任何有失良善的事情，更别说像着了魔一样去钓鱼；我的好几个朋友都信佛，他们更是坚决反对我杀生取乐。在他们眼里，我可能是天天在犯罪或在罪行里浑浑噩噩地延长着自己的时日。尽管如此，我仍然如鬼使神差，像鱼儿寻觅鱼饵一样，不断走在寻觅鱼儿的路上。

我如此对水不离不弃，对鱼儿不依不饶，并不是我对鱼有什么仇恨。实际上，正是因为爱，凡事因为太爱了总会采取一种近于恨的极端方式。不管你们信与不信，我都是因为太喜欢水，也太喜欢鱼，才会不能自拔地一次次走近它们。

我喜欢鱼的样子，喜欢鱼在水里游动的样子，也喜欢鱼在鱼线的牵引下挣扎的样子，噼噼啪啪的击打声常常让我想起一些快乐、隐秘的事情，于是乎心跳加速、欣喜若狂。我喜欢鱼的鳞片，银色的或金色的鳞片精致、匀称排列，那一定是心思最细密的设计师或制造工匠的杰作，鱼儿们偶尔跃出水面，或在波浪间一闪而逝，总会在阳光的照射下发出耀眼的光芒，即便在夜晚，坐在漆黑的岸边也能感受到它们的身体随水花翻动的瞬间闪射出的银光。我喜欢它们浑圆、流畅、润泽的形体曲线和优雅摆动的胸鳍和尾鳍，它们在浅水或清澈的水中从容或迅疾游过，如飞鸟的影子在蓝天白云之间划过，甚至就如在水中飞翔。我喜欢鱼的眼睛，它们永不闭合的双眼如始终翕张不倦的嘴巴一样，都是某种恒定和永不懈怠的表征，就如永不关闭的窗子或永不蒙尘的镜子一样，收纳着来自水域、天空和宇宙的信息。鱼的双眼从不闭合，是不需要闭合，黑下来的天空自然为它们遮挡住光亮，它们的生命节奏早已经被巧妙设计，契合了天地运行的节奏。

我对鱼的胶着和不舍，实际不应该叫钓，而应该叫追逐，因为不能放手或不忍放手，我只能选择靠近的方式。我常常像阅读文字一样很上瘾地抚摸、触碰一条条形态各异的鱼，通过对它们的热爱，表达出我内心对造物者的赞叹、赞美和感激。同时也希求通过这些精美的造物，窥探天地之间的某些秘密。

后来，我终于悟出，鱼儿很可能就是水的思想或情感。很多的时候，水是通过鱼儿来透露自己信息的。如此说来，垂钓的过程便是与水对话的过程，那是一种语言之外只限于心灵与心灵之间的沟通或对谈。

我读水里的鱼、水上的浮漂、水下的线、鱼钩以及水质、生态和水的特性、禀赋；水通过它的镜像之眼，把我的身影、面容、表情和一举一动都深深地映照于心，读我的心态、性格、情绪以及一切表象之下那颗随风、随水、随鱼变幻着节律的心。

我不知道水是否会根据我的心性和态度应许我某种感受或某些的渔获。每当我凝神静气、面无表情、心无旁骛地坐在水边时，我只给我所熟悉和熟悉我的世界留下了一个传达不出任何信息的背影，没有人洞察我内心的波动。

然而，如果有人能以目光穿过我的背影，他必定能看到一泓碧波荡漾的水。

水上，有风走过时留下的足迹，有云飘过时留下的影像，有芳草碧树的倒影，有鸭雁鸥鸟掠过的身姿。

水下，有静止或悄然涌动的波澜，有无限丰富的蕴藏，有生命的律动，偶尔还会因力与力的碰撞、性灵与性灵的缠绕而引发出其不意的喘息和惊叫。

三

水面犹如世面。最初那些年，我去过的都是些很小的泡塘，比起大江大河大湖大海，它们不过是小小的村庄，甚至村庄的规模都不具备，巍峨大山或广阔平原之上孤零零那么几座房屋，即便勉强称之为村庄，前边也需要加上两个小字。一个人站在山上看山脚下的村庄，一定感觉那村庄小得一迈步就能从村东跨到村西。我站在那些水塘边上看水塘的感觉常常也是那样，它们都太小了，小得让人不相信里边真的能有鱼生存。

"你要相信！要相信水，也要相信鱼，只要有水的地方就一定有鱼。"有前辈站在水边及时提醒满心犹疑的我，他的语气坚定毋庸置疑。也许，这就是千百年来颠扑不破的事实，并且有一些事实和认知已经经过了我的亲身验证。

童年时，我老家就在沼泽边缘，雨水丰沛的年份我曾和小伙伴们去湿地的积水中捕捞一些小鱼小虾。按理说，北方的冬天极寒，一米以内的水域全部冰冻"绝底"，没有哪一只鱼虾能在坚冰中侥幸存活，可是第二年水中仍然还会有鱼在游动。其间，有几年大旱，湿地基本变成了盐碱滩，忽一年又雨水丰沛，大水涣漫，湿地里又出了鱼，吸引得家鸭、野鸭以及各类水鸟整日在湿地飞翔、游荡。没有人知道那些鱼虾是怎样生出来的。有小伙伴脑子灵光，瞪着惊恐的眼睛对大家说，他爷爷说那些鱼是从天上下来的，暴雨倾盆的时候，人们都躲了起来，鱼就在人们没察觉、不知道的情况下顺着雨丝降了下来。当时，我们都信以为真。

也有一些事情并不是我亲自经历或亲眼所见，是从别人口中听到的，但我相信那是事实。首先，讲故事的人是可靠的，他是我一个非常信任的亲属，并且和我一样，对水和鱼有着深切的关注。

那年，和月亮湖水库毗邻的它拉红水库满了承包期，水库承包人花大价钱从南方水乡请来了一个捕鱼高手，用拉网、插"迷魂阵"等方法在水库里折腾两个多月，据说把水里的鱼都捞个精光，连手指头大的小鱼都不剩几条。一湖空水，就只能用于灌溉农田。这一年，由于天大旱，致使它拉红这个只有出口而没有源泉的水库水位骤降。正值下游需要大量用水抗旱之际，几个村子的主管乡决定向月亮湖水库买水抗旱。月亮湖水库依靠洮儿河与嫩江的源源注入，水是不成问题的，但只因为湖里水产丰富，需要采取严格、稳妥的措施防止鱼虾外流。于是，当月亮湖向它拉红水库注水时，水库管理局在注水口加了三层拦鱼网，一层是网孔只能插进一个指头的铁丝网，外加两层更加细密的尼龙网，保证哪怕连一条小鲫鱼都不会顺水外流。

让人难以置信的是，本来一个冬季可以出产 200 多万斤鱼的月亮湖，当年打冬网比往年多干了一个月却只打出 50 万斤鱼，连最熟悉这个水库的养鱼专家都找不到不出鱼减产的原因。封冻前每日巡湖，大家都能看得到，岸边并没有死鱼上浮，说明湖里的鱼没有大面积死亡。难道说湖里的鱼都神秘"土遁"了或飞到了天上去？更让人百思不得其解的是，第二年它拉红水库却出鱼了，湖边的村民每日去水里下挂子，都能挂上来不少半斤以上的大鱼。冬天村里组织人力打冬网，一网竟然能出鱼 10 万斤。"神了！"所有的人都异口同声，但从此不再有人敢说自己知道或了解水里的事情。没有人敢对有鱼没鱼这类的事情说三道四、妄加评议。对于真正懂得水里事情的人来说，鱼就像水中的神灵，行踪不定、难以捉摸。

果然，当我把钓台、竿架和钓竿布设好，抛钩入水，不过十分钟，浮漂就有了动作。那一刻，对面的山是静止的，岸边的树是静止的，风不吹，水无波，似乎天上的流云也停住了脚步，只有水面那根彩色的浮漂在匀速上升，稳健，有力。对一个钓鱼人来说，这正是最牵魂动魄的时刻。扬手挥竿的一瞬，我感受到了来自水底的重量。纤细而透明的鱼线宛若无形，在竿梢儿与水之间发出轻微的鸣响，如风骤起。鱼竿就那么对着水面凭空地弯了下去，如国画或书法里很抽象的一笔飞白。已经有鱼上钩，但我并不期待也不努力让它立即浮出水面。从虎口间感受到轻微震动的那刻起，莫名的快乐已经越过那似有似无的鱼线和微微颤动的鱼竿传导到了我的心上，**我需要细细感受和享受这个过程，随着鱼竿弯曲程度的增加，那快乐也随之逐渐增加。我理解，那就是那片小小的水域对我的问候以及向我表达的友善和慷慨。**

鱼是水对我说出的话。饵与鱼，我与水，抛竿与提竿，来来往往则是我与水之间兴味盎然的互动。但"话"说多了，且都是些没有深意、没有冲击力、平淡无奇的话语，自然也觉得乏味。小水塘里的小鱼频出，相当于坐在农家小屋里和老乡把酒话桑麻，意思也是有的，但不能整天整日一个节奏地说着一件事。

当我的钓技稍高时，我便不再沉浸于小塘小鱼的快乐之中。我开始抬起头，将目光投向远处更加开阔的场域。我发现这些小水塘里，要么就是一堆小鱼，要么就是那么几条稍微大一点的鱼。总之，就是资源有限，不可持续。

有两次最典型的经历给我留下了深刻的印象。

一次，我们几个钓友围坐在一个小水塘的边上，尽情地享受着鲫鱼连口的快乐，大半天的时间，每个人都钓得三十多斤，可是到了下午水塘突然平静下来，一直到傍晚没有一条鱼上钩。问水塘主人，答曰水里的鱼多的是，只是今天气温或气压发生了变化，它们休息了，不再吃饵。于是，我们收竿纷纷离去，第二天、第三天连续两天，仍然没有鱼儿上钩。后来听说冬天来临之前，塘主竭泽而渔，把塘里的水全部放掉，却连一条鱼的影子都没有看到。听到这个消息，我心突然一颤，原来我竟然也干过赶尽杀绝之事。

另一次，我去了一个多年没人光顾的私人水塘，说是塘里可能会有很多野生鲫鱼，鱼不一定有多大，但总可以玩个热闹。我参考了主人提供的鱼情信息，把目标定位于小型鲫鱼，特意选择了细线小漂的灵敏钓组。开钓之后，水域内一片平静，一个小时之内浮漂没有任何动作，宛若投放在水缸之中。根据以往的经验判定，水塘里或者没有鱼，或者根本就没有鲫鱼，但在我的想象中水下游动的仍然是小鲫鱼。可能，它们正在从远处赶往投放了饵料的窝点。

突然，浮漂上有了轻微的动作，稍一晃动就来了一个有力的下沉，一直到浮漂全部没入水中。"黑漂！"我虽然知道这漂相不是小鱼所为，但头脑里那些小鱼的身影还没有完全消失，仍按照提刺小鱼的方式轻轻一抖手腕。出人意料的是，鱼竿发出一声尖锐的啸叫之后，鱼线瞬间断掉，术语里称作"秒切"。我知道，水里已经发生了我们日常所说的"不测"，估计水里的大物，至少有五斤。必须立即更换一个承力更大的钓组，放弃小鱼，直奔巨物。

再次抛钩入水，浮漂还没来得及立稳，就直接沉入水中。起手提竿，立即有石头般的重量从水中传递过来。鱼线在发出疯狂鸣响的同时，在缓缓向左侧移动，是什么，有多大，一时还难以判断，只觉得手腕被一股巨大的力量压制着，不得释放，人只能跟着水下力量的牵引一点点向前移动。这是一场高强度的较量和搏杀，对于一个小小的池塘来说，无异于翻江倒海。

半个小时过后，水中之物终于露出水面，它巨大的头颅上一双如豆的小眼睛闪露出凶狠的光芒，半张的大嘴巴里露出了一丛细密尖锐的牙齿。我已经看清了那是一条巨鲇，即便接近精疲力竭，偶尔一摆尾一下沉仍能将我的手腕压低半尺。鱼抄上来之后，主人很好奇地取来电子秤一称，接近7公斤。连他也没想到，数年的放任，竟然养出了这么一个妖怪级的大物。

在接下来的半天时间里，我只钓到了一条二两重的小鲫鱼，别无他物。不知道是因为清早的一阵折腾将其他鱼吓破了胆，躲在某个角落里不敢出来，还是因为那个大物的掠食塘里已经没多少鱼幸存下来了。难道说，水底的世界也和人间一样，也存在着弱肉强食和霸凌横行之事吗？

秋末，塘主打来电话证实了我的猜想，那塘里那条大鲇鱼是唯一的霸主和"孤家寡人"，鲇鱼被我钓走之后，他下了几次挂子，只是挂到了很少的几斤鱼，塘里基本是一汪空水。此后，我很少再去那种小水塘钓鱼。不管别人是否信誓旦旦保证有鱼，我都不太敢相信会真的有鱼，哪怕前一个小时确实有，后一个小时也可能空无一物。那些可怜的小水塘，实在经受不起钓鱼人没有节制的搜刮，更经受不住水域鱼霸有恃无恐的吞噬。

看来，水里的事情看似简单，却从来都不简单。水里有没有鱼，有多少，都处于什么状态，就算是养鱼人也无法确定。只要有水在，就只有水心里有数。而鱼，只要在水中，从来就不是完全的物质，而是一半物质、一半性灵的存在。

四

我决定到更大的水域去寻找乐趣。那些广大无边的水域，究竟有多少蕴藏总是无法估量的，这就为我的行动提供了更大的回旋空间和解释余地。是的，在那里我钓出的鱼再少，也不证明我有节制的美德；钓出的鱼再多，也不用背负资源消耗的责任。我深深懂得，对于一个庞大的存在，任何外力的冲击甚至破坏都将被它巨大的体量和巨大的承受力所消解。

当外在的变化显现出来时，真正的肇事者或元凶已经有足够的时间和机会逃离现场和逃脱责任。比如对地球环境和大气的破坏，大约开始于一个世纪之前，百年之后，当真正的碳排放者和环境破坏者已经成为环保主义者时，这个地球才显现出千疮百孔和面目皆非。我曾想，即便我们动用各种手段将某一个大湖里的资源消耗殆尽，那也是多年之后的事情，那时我们也已经过足了钓鱼的瘾，体会够了为所欲为的快感，我们也可以放下屠刀立地成佛，揪住那些后来的可怜虫大声呵斥："为了鱼类的命运，也为了人类和地球的命运，住手吧！"

事实上，作为人类一项比较文雅的休闲方式或生活体验方式，目的在于娱乐而不是生计和牟利的钓鱼活动，本不应该与那些自然资源的开发、劫掠行为同题并论。我完全可以取之于湖，归还于湖，把钓上来的鱼再放还于水。更何况，那些大江大河和大湖，本来就有无限宽广的胸怀和巨大的涵养、包容能力，仅凭钓，哪里的鱼都是钓不完的。

第一次松花湖之行，如一次惊险而愉快的冲浪，水花飞溅，劈头盖脸，瞬间占据了我整个人生画面，并久久在脑海里回旋。

船行在微澜不兴的松花湖上，像一支无柄之笔，迅即地划过一张柔软的纸，便有两道波纹呈八字形由深渐浅向两岸荡漾、扩散而去，以风吹丝绸的质感，展开一片广阔的蔚蓝。其实，这一湖的水依然是清澈透明的，偶尔低头，甚至都能瞥见船舷下一闪而过的鳞光。只因为此时的水正向天空敞开自己的胸怀，便把天空装进了心里，所以便拥有了天空的蔚蓝、广阔和高远。

马达轰鸣，却遮盖不住同行者晓明慢条斯理的讲述和船舷冲击水面的哗哗声。在他的讲述中，松花湖是一本神秘而厚重的书，书里面充满了神秘的故事与传说。特别是在那些月明星稀或漆黑而神秘的夜晚，这湖泊为人们提供的想象空间，仿佛有宇宙般浩瀚，而这阳光下的湖光山色不过是它肤浅而明丽的封面。

"松花江，江水清，夜来雨过春涛生……"这首《松花江放船歌》是1682年29岁的清朝皇帝康熙所作。三个多世纪以前，这里还是一片人迹罕至的蛮荒之地，但却是皇家十分关注和钟爱的"龙兴之地"和专享的供江。沿着这条江向下追溯数百公里之后便到了黑龙江，再向下，便是无垠的鄂霍次克海。这是一条特殊的纽带，不仅牵着一个民族和国家的安危、精神系统和我们平常所说的心，也牵着一个族群的胃。

　　这江里出产各种珍稀物产，曾出产过史上最著名的东珠和鲟鳇鱼，至于闻名天下的"三花五罗十八子"，不过是山野小民们存于内心或挂在嘴上的传奇。现在说来，都已经是很遥远的往事啦！随着湖里的资源遭到毁灭性的破坏，在松花湖上捞蚌采珠、放网打渔的群体性活动已经成为遥远的传说。当传统的渔业远离了人们的生活，这一湖碧水和水里的生灵也仿佛远离了人们的生活和现实世界。天有多高，这湖在人们的心里就有多远。在人们的心里，水和水里的生灵由于抽象的距离而难以靠近，渐渐成了神奇的事物，谁能在这湖里捕到了鱼或钓到了鱼，也就成了新的传奇。

　　事实上，只要有水在，鱼是不会消失的。只要水有足够宽、足够广、足够深，鱼就会有足够多。晓明说，多年前他认识一个松花湖上钓鱼的高手，是一个50岁上下的老者，老者姓张，没有家人，也没有人知道他确切的身世和名字，一个人独居在江边的一个简易棚子里，很多年，只以打鱼为生。

　　湖边吉林市的几家野生鱼饭店遇到要紧的客人必去光顾张老汉，而每去必有所获。有些年，人们在松花湖里拉大网都捕捞不出一条像样的鱼，张老汉的鱼圈里却总能存下五六条身长在一米左右的大鱼。却没有人知道他在哪片湖湾，用什么方法捕到的鱼，只知道他总是一个人在夜间活动，幽灵般一会儿入水，一会儿又像一块石头一样坐在湖边垂钓。他的鱼价钱奇贵，比市场的鱼价高出五倍，但没有一条鱼剩在他自己的手中。

　　每当夜深人静时，鱼群就会从它们的藏身之地出来，在宽阔的水域到处游动、觅食或嬉戏，一会儿迅速聚集如街市里擦肩接踵的人群，一会儿嘭的一声炸开，四散而去，像操场上下间操的学生。就在水里的鱼"炸群"的瞬间，张老汉俯身水岸侧耳倾听，他就能判断出什么鱼，多大的一个群落，在向哪个方向移动，它们将在哪片水域停留多久……鱼群的行踪决定了张老汉下一步的行踪。张老汉什么时候会坐在岸边的哪一块石头上或草丛中，对岸边的邻居来说永远像一个谜一样无法确定。偶尔有从湖边经过的人，听到水边有激烈的搏击声，就知道那是张老汉正在与某一条大鱼较力。远远地，水面上会传来节奏和声响并不匀称的"哗啦"或"扑通"。

那年夏天，饭店来窝棚里买鱼的人突然就不见了张老汉，苦等半日也没有他的身影。这是许多年以来从来不曾有过的事情，人们心中生出极大的疑惑："难道？"连续有好几天情形如此，就有人心中有数转头回去，不再来这里了。而有人却心怀好奇，想探听一个究竟，便到张老汉常去的岸边实地勘察。人们发现，在一处水草丛生的岸边，张老汉平时使用的钓具还在，残留的饵料还在，他坐的小椅子歪在一旁，就是没有钓竿和钓鱼的人。座椅到水边的草丛和浅水下的泥里有一道隐约的拖痕，宽度大约也正合人体的宽度。

望着茫茫的水面，人们的想象力一下子就清晰、强大起来。几个人不约而同做出了这样的判断：某夜，张老汉在守钓大鱼的时候，实在困乏了，便将鱼竿拴在了自己的脚趾上打了一个盹儿。就在这时，大鱼咬钩了，回过头将毫无抵御能力的张老汉拖入水中。他们知道，张老汉有个独特的守钓习惯，就是将鱼竿拴在自己的脚趾上睡觉，鱼上钩之后会自己将老汉叫醒，让他将自己拖上岸，面对刀俎之灾。但是让所有人都没想到的是，一个钓了一辈子鱼的人，最后被鱼以一种特殊的方式钓到，永远离开了自己所依托的岸。

不管是推测还是铁定的事实，人们再也没有见过那个卖野生鱼的张老汉。一部分人坚信，张老汉确实已经被拖到湖里喂了鱼；另一部分人却认为张老汉只是神秘地消失了，躲开了人们的视线。甚至还有人说，在那些伸手不见五指的夜晚，张老汉曾经常去过的湖边还会传出人与大鱼搏击打水的声音。众说纷纭。那么，张老汉究竟是生是死，是归是隐，恐怕结果只能去问这片从来没有闭上眼睛的湖水。

五

果然，夜幕一降偌大的湖区顿时蒙上了一层神秘的面纱。乳白色的雾，像事先埋伏好的士兵或马队，还没等西边的红霞全部落尽，还没等月亮发出光明，就从树林后包抄过来。白日里在湖面上翩翩飞舞的鸥鹭、水鸟纷纷朝着雾起的方向隐去，曾经雪白、银亮的翅膀，如今都变成了暗黑色的影子。雾浅浅地稀疏地罩住了湖面，湖区更显异常宁静，连一度汹涌、喧嚣的波浪如今也平息下去，水波轻轻拂过礁岸，像微微的喘息，像温柔的絮语。湖面渐渐明亮起来时，仿佛光从一闪一闪的水波中断续发出，抬头，一轮又圆又大的月亮已经高高地悬在头顶。

一场洪水过后，大约有一年多的时间，松花湖上游及湖区没降过充沛的雨水，以至于湖水一撤再撤，一直撤到离去年的水位线百米之外。我的帐篷就扎在一片茂密的树林边，十米之外，就是那道有着明显标记的特殊曲线：洪水期的水位线。确切地说，那是一条一米多宽，堆积着来自于人类的各种杂物的垃圾带。其间有型号、样式、颜色各异的鞋子，经过修理或没有修理加工的各种木棒，枯草的碎末，各种塑料和玻璃器皿，细小或粗大的骨头以及不知从哪里推送上来的破碎衣物。水位线如两段折断的翅膀，就那么弯弯曲曲地向树林两端延伸出去，将一湖碧水环绕在两翼之间。实际上，这些看似无所遵循的垃圾，并不是毫无依据地胡乱排列，它们所在的高度是相同的。去年的一场洪水，从四面八方涌入松花湖，只用了三天三夜的时间，湖水便轻松触摸到了这个高度，并将湖区 300 多个岛屿和沿岸 800 公里琐碎的日常和不愿意保留的记忆全部堆放到这里，然后悄然撤去。

百米之外的湖岸遍布稀疏的杂草和嶙峋的石头，我在其间坐定，面对一湖荡漾的月光感叹水的神奇与强大。是波浪或浪涛，改变了湖里的一切，那是湖的呼吸，也是湖的吐纳。波浪掩藏了船的行迹，掩藏了鱼群的踪迹，也掩藏了前一天、前一秒前一个波浪的踪迹。它们像记住某些秘密一样，把一切经过水里的事物和自己的一切过往都一一牢记心中，却不留任何痕迹。作为人类，我们又如何才能像这湖水一样，通过某种方式将那些黑暗的、肮脏的、不祥的、丑陋的东西推送、丢弃在远处，并保持着内心的纯净、清洁、丰富与美好呢？

头顶是月明星稀的苍穹，面前是一泓幽暗的湖水。在一闪一闪的星光照耀之下，在一闪一闪的水波摇荡之下，我的感觉也如明灭交替的星光，忽隐忽现。一会儿，意识到了自己的存在；一会儿，又全然忘记了自我；意识到自己的存在时，便觉得自身是那么渺小，在那些巨大存在面前，渺小得如一颗水滴或一粒微尘；当忘记了自己存在时，仿佛自己已经融入了浩瀚的宇宙或浩渺的湖水，竟不知自己是什么，身在哪里，有多大的体量。有时，竟然觉得天空、湖水和自己如同坐在一个神秘帷幕之下的三个人，对面而坐，以一种特殊的方式在倾诉、在倾听、在交流，在以一种无声之声传递着生命的信息。

沉默很久的电子浮漂终于有了动作。起先是左右晃动，少顷，便开始了匀速上升，浮漂上升两目之后，我果断地提竿。看漂相，原以为是一条一般意义上的鲫鱼或白条、翘嘴之类的小型鱼类，不料水下却传来了沉重的手感。鱼竿低低地弯下了腰，保持着某种被动的谦卑或主动的敬畏，而纤细的鱼线已被黑夜抽象成风的鸣叫。只有无形的力成为可以遵循的方向，牵动着鱼，也牵动着人。

五分钟之后，借助头灯的微光可以看见那条鱼的轮廓，小小的头部，扁而宽的身躯，在湖水和夜色的交界处发出银色的光，露出水面的瞬间，迅猛地摆动尾鳍，将湖水拍打得噼啪作响。那是一条大约2斤重的鲂鱼，在北方这种鱼通常被人们称之为鳊花。

　　这条鱼刚刚下护，再一次的抛竿便接续上去。浮漂来不及翻身，便开始在水面上不停地抖动，猛抬腕，又是同样的感觉，又钓上来一条同样的鱼。第三竿下去时，浮漂并没有在水面上久留，直接没入水中，很显然，又有一条鱼在半路就把鱼饵抢到了口里，直接拖着浮漂游走。这混乱而急切的抢饵表现，毋庸置疑地透露出一个信息：鱼群来了！水面上的电子浮漂的动作越来越随意，越来越没有"章法"。鱼群在饵的诱惑下已经不再讲究什么规矩和规律，只要能把饵抢到口里，全忘记了平时的小心谨慎和优雅从容。尽管一条条鱼因为小小的一粒饵断送了自己的前程和身家性命，仍有后来者奋不顾身地去争抢那粒致命的诱饵。

　　我无法看清水下的情形，但从水上杂乱而没有节制的漂相完全可以想象得出鱼群在水底的混乱和无序。每次鱼饵落入水中的一瞬，同时有很多的鱼在趋之若鹜，有的在向下潜，有的在往上冲，有的在横飞，宛如一群儿童在争抢着一粒棒棒糖，宛如一群失业者在争抢一个卑微的岗位，宛如一群商人在争抢一个项目，宛如一群低级职员在争抢一个官职……鱼在集体无意识的催眠下，每一条都失去了自省、自警、自觉以及独立的判断和自主行为能力，一并进入了"人为财死、鱼为饵亡"的魔咒。对群体所遭受的巨大、无谓的牺牲，已经置若罔闻、麻木不仁。

　　最后一条鱼上钩之后，并没有像其他鱼一样，向着我的对面就是湖水的深处，也没有向左或向右挣扎，而是像一艘愤怒的或受伤的潜艇，以箭的速度和气势直奔我的座位射来。这出人意料的动作让我感到一丝惊慌，也感到一丝隐隐的快意。眼看着鱼竿的弯度已经超过了安全极限，它再继续向我靠近甚至一头扎入钓台底部，我的鱼竿就有折断的危险，但我还是那么擎着，并没有调整自己的姿态和角度。我倒要看看，接下来究竟会发生什么。

随着一声脆响，我的鱼竿从梢头的部位折断。鱼从钓台下反身游向正前方，带走了我的鱼线、浮漂和持续了很久的亢奋。大约就在离"窝子"不远的地方，那颗闪亮的电子鱼漂骤然消失了。鱼潜入深水，一去不返。大约，鱼群也随之散去。

从那一刻起，湖面变得一片漆黑和宁静。我没再继续布线、下竿，坐在黑暗里想那条奇怪的鱼，它到底是鱼群里的勇者、智者还是幸运者呢？远处，又传来了鱼群活动的声音，东一处、西一处地响，一会儿哗啦一声，一会儿嘭的一声，一会儿又砭的一声，我分不清是哪一种鱼群在一惊一乍地聚散，鲤鱼、鲢鱼、鳙鱼、鲫鱼……还是白鱼？那些近于缥缈的声音，断续在黑夜的湖面上发出空旷而深远的回响。

不知什么时候，月亮完全隐没在浓云背后，湖面彻底黑暗下来。我回头望向帐篷驻扎的树林，萤火虫正拖着星星点点的亮光飞翔，在纯黑的夜幕上划出一道道明亮的曲线，那跳跃前行的轨迹，看起来很像那个曾在湖边神秘消失的张老汉提着一盏如豆的小灯穿过树林，在一蹿一蹿地大步前行。

六

经过三天四夜的守候，我手中的鱼竿和拴在鱼竿上粗重的鱼线终于把我和那条鱼联系到了一起。这已经变成一种无法摆脱的命运。我在岸上，它在水中，但谁也不能够不考虑对方的意愿，自由选择自己的移动方式和移动方向。这也是难结也难解的机缘。

在此之前，我至少有四次机会将鱼钩送入它的口中，但每次都让它成功逃避。我所期待的激动人心时刻，似乎在下一秒就会发生，结果却一一擦肩而过。对于这样的过程，我事先是有一点儿预料的，但却没想到会如此出乎意料。

传说中的大鱼，并不是一般意义上的鱼。它们虽然也和普通鱼一样需要水和食物，但它们却有着迥异于一般鱼的机警、谨慎、狡黠和丰富的觅食经验、怪异的行为习惯、反常的活动规律。如此，才能躲过一次又一次的捕杀和劫难，从小鱼长成大鱼，从大鱼长成非凡的鱼。曾有很多人利用高科技手段对水下的大鱼进行过跟踪调查，凡超过30斤的淡水鱼一般都独往独来，行为诡秘，很少有机会捕捉到它们的踪迹。说是深水里藏大鱼，但水域的最深处往往因为食物不够丰富，大鱼并不栖身于那些地方。大鱼出没的水域，经常要同时具备几个必要条件：食物丰富、安全隐蔽、人和陆地动物很少涉足、大型网具无法施展，可能还有我们人类一时想不到的其他条件，每一条被捕上来的鱼都守口如瓶，以至于每一条水中大鱼的表现都会出人意料。

大鱼进食之前会认真审视食物的来源，对那些与水域环境不相吻合的可疑食物，它们绝不会像那些饥饿的小鱼一样张口便吃。它们往往会耐住饥饿和诱惑，围绕食物久久盘旋，既不离去，也不入口，而是反复试探，反复确认。当它们认为十分安全时，也不会直奔主题，而是循序渐进、试探性地靠近，一旦有任何异常情况，它们会立即终止自己的进食行为。有时，食物已经入口，它们还会迅速从口中吐出，反复几次之后，才会放下心把身外的诱惑当成自己的食物。用人类的视角看，它们都是一些克制、冷静、高智商、难对付的"高士"。就高深莫测这一点，似乎终身浸淫于水，也传承和体现了水的某方面禀赋。

与这样的大鱼周旋，必须具有同等量级或超出它们的意志和耐力，才能在屡次的失败之中等来胜利的曙光。回想我的四次失利，我几乎能够想象得出每一次那条大鱼都在水里做了什么。有两次，从漂相上看，它完全没有进食的意愿，只是在以它自己独特的方式考察、确认那团饵到底是什么来历，是否可以向它张嘴。浮漂在以一种梦幻的方式上升，然后又以一种梦幻的方式下降，正是那条大鱼在保持着一定距离围着那团饵转，它宽大的胸鳍拨弄着饵团旁边的水，它硕大的口唇，不断地吐纳饵团旁的泥沙，混杂的水流使那团饵料悬而又落，落而又悬。我知道，那么粗的鱼线、那么大的饵团，只有水里的巨物才能触动，但我当时并不知道饵团和鱼之间确切的距离和关系，贸然提竿，正中了大鱼的计策。估计，只有饵团被打散，落在周边之后，大鱼才真正开始进食。

　　还有两次，漂相已经出现了有力的下沉，我以为已经有了相当的把握，怀着激动的心情猛力提竿，结果仍然空空如也。想来，那又是大鱼的一个策略，它在使用一种惯常的玩法，用力吸入饵团，当饵团刚刚接近唇边时，又迅速吐出或推远。在水面上，浮漂会剧烈运动，发出清晰明确的刺鱼信号。对于这样的时机，没有哪个钓手敢忽略和轻易放弃。结果，那不过是一个最接近真实的假象。

　　第五次，我深刻地吸取了前几次的经验教训，不再相信浮漂的灵敏和自己的敏锐，只是依靠命运的裁决，不到浮漂在水面完全消失，坚决忍住杂乱信号的诱惑，屏住呼吸等待最后的时刻。这一次，尽管它还是虚晃了两"枪"，最终还是没有成功躲过香饵里边所包藏的那颗锋利的机心。

　　这是第四日的清晨，它已经差不多完全落在了我的手上。确切地说，它已经与我同时被拴在一条命运之绳的两端，不同之处在于我是主动的，它是被动的；我被传遍周身的愉快、兴奋所牵引，而它则被传遍周身的疼痛和苦楚所牵引。我和鱼之间绷紧了一段恐惧的张力，我怕失去我得来不易的愉悦；鱼怕无法摆脱这飞来的横祸。弯成了巨大弓形的鱼竿表达了水下大鱼极力摆脱疼痛的束缚的强烈诉求，它的意愿暂时大于我的意愿，我只能屈服于它，边握紧鱼竿边顺着它前进的方向移动自己的脚步。

大鱼之所以为大鱼，绝非那些小鱼可同日而语。那些小鱼中钩之后，很快便会被钓鱼人拉出水，提上岸，尽管小小的身躯在空中不停地扭动、挣扎，也只是徒劳，什么作用都不起，更别想改变什么进程和结果。大鱼的最大特点就是有足够的能量在一定范围之内表达自己的意愿，让钓鱼人重视或恐惧它的抗争。有时，不屈的鱼儿，竟然也能通过抗争改变自己的境遇和命运。

当这条鱼试图游向远处的深水时，我倒吸了一口凉气。这是我最担心的方式，如果它下定决心拼死一搏，勇敢地面对自己的疼痛，一直朝着更加疼痛的方向游，就会和我形成"拔河"之势，不是线断，就是竿折，它有百分之八九十的机会逃脱。现在，我不得不加大力量将它拉向岸边，我要让它意识到向那个方向游动会加剧自己的疼痛，它需要调整自己的行进方向。我的幸运也是这条鱼的不幸，它屈服了自己的疼痛或者说我的意志，转身向右，沿着岸边游动。这就给我提供了慢慢消耗它力量和锐气的时间和机会，它会在我的迂回战术中慢慢将能量耗散。一个回合，又一个回合，我反复引导它，让它在错误的方向和方式上不断地挣扎、发力，它越用力挣脱，越丧失掉挣脱的力气和机会。

大约，所有巨大的能量都不会浮在表层，而是隐藏或沉潜于暗处。在最开始的半个小时里，我只能听到鱼线切割空气和水时不停发出的尖叫，根本无法判断水下那个存在是什么，也不知它究竟有多大的能量。四十多分钟之后，鱼的游速和挣扎的力量明显下降，潜游的深度也明显降低，确切说，大部分时间只能在鱼线的牵引下在水的表层游动，偶尔翻身并摆动尾鳍，在水里搅起巨大的漩涡。那一瞬，它也将自己的身体全然暴露在天光之下。那是一条巨大的鲤鱼，身长一米有余。

终于，大鱼在疼痛和疲倦的双重逼迫下，顺着鱼线的牵引一点点靠近岸边。此时，它大张着嘴巴，半条身躯漂浮在水上，看似依然优雅从容，实则无耐地缓缓摆动尾鳍。快要靠近岸边时，大鱼浑圆光滑的身体突然来了一个反身回转，并同时发出一道凛冽的寒光。我心一颤，突然想起了这寒光最可能的出处。

记得每次吃鱼的时候，我都要小心翼翼地把鱼肉从鱼骨上细细剥离，或反过来说，把鱼骨从鱼肉里一一剔除。常常，我会被鱼骨精致的形态和结构深深吸引。从整体上看，鱼骨就是一个神奇完美的架构，骨与骨之间的巧妙联结和相互配合像一艘设计精妙的舰艇，对鱼浑圆流畅的身体以及它们随心所欲的静止或运动，起着完美的支撑作用。就骨头的个体形态看，更是十分复杂，令人惊叹。有的像斧头，有的像梭镖，有的像剑，有的像蒙古弯刀，有的像匕首，有的像枪刺，有的像钢针……哪一块嵌入人的喉咙或身体，都会造成巨大的伤害和疼痛。原来，隐忍的鱼类是把十八般兵器都包藏在没有棱角的体内，一旦有人摧毁了它们的肉体，拆开这柔软的包裹，件件兵器都会露出它原初的狰狞和设计者隐秘的心思。

下一刻，它马上就要进入一个更加难以逃脱的网罗，这是它命运中的至暗时刻，它的身上有没有汗水？它的眼中有没有泪水？它的心里，对我这个剥夺了它自由的人，有没有愤怒、怨恨或复仇的想法？大鱼无言，也没有任何表情，但我相信水知道。此刻，我只能从大鱼无力扭动的身躯上看到浓重的绝望和悲哀。突然之间，我发觉自己满身、满脸都是汗水，且浑身正在瑟瑟发抖。

七

一场小雨刚刚落下，密密、轻轻的雨滴，像一些快乐的种子，散落在水面，击打出细小的水花和愉快的声音。

而后，小雨又随着风的隐没，骤然停了下来。只留得那红绿相间的浮标，在平展如镜的水面上，保持着聆听和随时运动起来的姿态。

天上的云飘过来，映衬到水里，水域便成了另一片天空。高远，辽阔，晶莹。天光云影之间，有鱼浮出水面，白银的鳞甲熠熠闪光，逶迤前行，然后隐没于晃动的云水之间，如一只从容、优雅、自在翱翔的鸟儿，掠过悠悠白云和粼粼水波。

果真有鸟儿飞过，是一只雪白的鸽子。鸟儿的影子，先是落在我的身上，而后又落在水里。暗影浮动，瞬间，水里便多了一条飞速掠过水面的鱼；继而倏然消逝。云水间，只有我孤零零坐定，如一截阴森的朽木或土柱，一动不动。

我知道，一个钓鱼人的影子在水中是脆弱的。常常如一个脆弱的谎言，甚至禁不住一只蜻蜓的细尾在水面那么轻轻一"戳"。一个巨大的影子，就那么凌乱了，破碎了，如一幅失败的图画，被涂抹得面目全非。但只要我笃定不移，影子还会再一次凝聚起来。于鱼，那将是一个令人不安，但必将不断再现的梦境。

浮标开始缓缓移动，向下，像我因为紧张而下沉的心。

我如受命于不可知的指令，断然扬手，提竿，收线，有一条无辜的鱼，便在美丽的云影之间落入了天空的陷阱。

平静的湖面因鱼儿的扭动而波纹纵横，纷乱不堪。不再有蓝天白云的画卷，也不再有黑暗的影子，因为影子足够大时，一切尽在影子之中。

雨再一次从天空落下来。千条万条的雨线，如断似续，但昭然可见。如今我们可以将其理解为纷然飘洒的泪水，或理解为可以钓取或系牢什么事物的胶丝。这是从天上垂下来的鱼线吗？那么这一条条鱼线是谁抛下来的，又要钓取什么呢？

雨滴落在我的颈项之上和脸上，有那么一点微微的凉、微微的疼。突然，我心里生出些莫名的感念和惶惑。曾经听到过一种说法，人类是鱼变的，人死后灵魂还要变成一条鱼。没准儿，在那不可量度的高处，果真就端坐着一个人，也和我一样，哪一天突然心情郁闷，就垂下他的钓竿，如果饵是一个欲念或一种美好的应许，那么钓到的也许正是人的灵魂。高处的那人手腕一抖，下边人间就有一个灵魂"升天"。这天上人间的事情，谁能说得清楚呢？也许只有天知道，也许只有水知道，也许只有生活在水天相合之处的那个神秘钓手知道。

就这样，岸边聚集的钓鱼人越来越多了。人们像饥饿中急于觅食的鱼一样，纷至沓来，多到车子没有了停靠的位置，多到任何两个钓鱼人之间都再插不进第三个钓鱼的人。我明明知道，钓鱼对我来说，本质上不过是以鱼的疼痛删减自己的生命长度，但仍然不思悔改。像中了某个魔咒一样，混迹于钓鱼的人群之中，忽昼忽夜，忽东忽西，在江河湖泽之间奔突。

当整整一道堤岸上坐满了密密麻麻的人时，我看到了众人在水中的倒影。但倒影在晃动的水波中突然变成了一条条游动的鱼，看那姿态正蓄势待发，随时准备或正在摆动尾鳍张着大嘴游向前方的诱饵。难道这是我那一刻的幻觉吗？我揉了揉眼睛，仔细观看，仍然无法确定水面映现的是幻影还是真相，但我相信这一切只有水知道。

（原发《北方作家》2023 年第 4 期，获 2023 年"书城杯"一等奖。）

霜雪花开

　　清晨时分，忽然有梦，但不知道自己为什么会置身于一片似曾相识的树林之中。至于树木，混混沌沌的，也分不清是黄栌、胡杨还是槭树。总之，地上堆积了厚厚的叶子，红的或黄的，色彩斑斓。脚踩上去，仿佛踩到了海绵之上，却有沙沙的声响，如蛋壳或诸如梦境本身等脆薄之物的破碎。

　　半梦半醒间，似乎知道自己是在做梦，似乎也知道这就是前日在林中行走时的实景，便在心里默默地祈祷，希望这有一点儿绚烂也有一点儿温暖的梦，千万不要醒来，我要在那种美好的感觉中一直走下去。然后，又在混沌中接着胡思乱想，既然人有醒，有睡，也有梦，那么，这季节更迭、四时轮转又何尝不是天地自然的状态转化呢？春天是它的早晨，夏天是它的正午，秋天是它的黄昏，冬天则是它的夜晚。

　　意识中有这么多混乱、累人的思绪，啥好梦还不搅散？也不怪很多人都不喜欢瞎琢磨和瞎琢磨的人。就这样，我在自己的搅扰中，不知不觉地醒透了。醒来，昨日的暖秋景色已经荡然无存，一场秋风扫光了所有的叶子。树木们裸露出嶙峋的枝丫，就那么向天空执拗地举着，但撑起的再也不是几片彩色的残秋，而是漫天洁白的雪花。

雪终于飘落下来，这是冬天来临的重要标志。今年这个从秋到冬的过程竟如此漫长，就如一个喜欢熬夜的人，不到困得无法继续支撑便不想安然入睡。一直让冷不下来的秋，就那么没有期限地延宕着。直到立冬的那天，气温直降十度，"哐"的一声，大地进入了冬眠状态。

突然的瞌睡，必然会终止一切清醒的意识，使很多正在进行的想法或思维都在瞬间停滞下来。那些还在继续生长的小草和还没有开完的花朵，俱被冻僵在那里，华容失色，毫无生机。江河、泡沼中的水浪刚刚抬起头，未及落下，便凝结为冰，成了水流的雕像……

只有漫天纷飞的雪花，如梦里坠落的星星，不停地飘落下来。不知道天上住着什么人，种的是什么树，拥有多大规模的一片林子，每棵树上开了多少花朵，遇到了多大的一场风，飘落时竟有如此的绵绵不绝和广阔无边。一夜之间，已把大地上的一切都覆盖得严严实实。

山是白色的。远远看去，布满山头的那些没有叶子的树木，如国画中的淡墨洇渍着，在苍茫大地与灰色天空之间勾画出一个浅浅的分界。

河流是白色的。记得在整整一个秋天，那些河流已经在沉静中呈现出深沉的蓝，本以为那已经是它们最冷的颜色，没想到还有比深蓝更冷的纯白。如今，它们看起来并不像流淌的河流，而更像一夜间铺展开来，为某些事物预备的道路。

宽宽窄窄的道路都是白色的。人们走在上边，竟然分不清脚下是结了一层冰的河流，还是一直就那么笔直平坦的大路。因为不确定是否能够可靠地承载自己的行走，所以人们在其上行走的样子显得有几分滑稽，有一点犹疑，也有一点小心翼翼。一直要等到工人开着清雪机把雪清走，让道路的颜色由白变黑，人们的心和脚步才算落了地，恢复了平常的行走姿态。

房屋和院落也是白色的。人们在清晨时分推开房门，像从传说的童话中走出，一切的感觉都近似于梦幻。每向前迈出一步，平展的雪地上就留下一个脚印，每印上一个脚印，雪地上都传出"咯吱"一声脆响，像有人在暗处掌握着某一个计数器的开关，"咯吱咯吱"地计数并宣告着行人留在雪地上的脚步。同时，也有白色的雾气，不厌其烦地描述着每一个行人每一次呼吸的形状和颜色。这时，你才发现，自己的呼吸也是白色的。

如果是在全球气温没有转暖且人们无法将自己的门窗严严封闭的年代，无孔不入的冷和无所事事的水汽，会合起伙来，在每一户人家的玻璃窗上刻印出季节的梦境。那时，人们都不认为除了人类之外其他的事物会有思维、会做梦，所以笼而统之地将那些纷乱、复杂而又奇妙的图案称作霜花。

就这样，在整整一个大地休眠期，户外的一切植物都被掩埋在冰雪之中。但在夜里，在我们意识不到的某个庞大、恢宏的梦里，总有一些植物以极神秘的方式夜夜葳蕤，也总有一些花朵以出人意料的姿态粲然开放。夜幕降临，水汽在玻璃上渐渐凝聚，天真的孩子们开始在窗前指指点点，辨认着窗户上浮现出的图案：合欢、洋槐、百合、天竺葵、凤尾竹……当然也有一些动物藏身其间，野兔、小鹿还有松鼠、花豹……

古书上说，冬主藏。我理解这个藏，不仅是收藏，也有隐藏的意思。黑之于白、梦之于醒、冷之于热、静之于动、死之于生等等，都是一种藏。关于宇宙、天地、自然的大道理我并不一定讲得很好，但我知道，一个疲惫的人只有睡得充足了，才能为第二天早晨醒来后积攒充沛的精力；一个心情沮丧的人，只有做了好梦，才会为再次醒来时酝酿出良好的情绪。

　　因此，一旦寒冷的冬天来临，我并不惧怕和抱怨寒冷，而是怀着某种期待，真诚盼望着冬天越走越深，就像一个时期以来，我天天盼着年迈的母亲能安然沉睡，以便她第二天醒来时能神清气爽，在愉悦情绪的感染下，对我们绽放一个春天般的笑容。

　　我知道，在物质纷纷收敛、隐藏的季节，一切应该回归于精神。冰天雪地，寒风凛冽，我却不再依恋过往的花红柳绿或刚刚过去的落叶缤纷，我只想守着那些属于精神范畴的霜雪之花，感悟它们无色无香的灵魂。当下一个春天到来，草木生发，万紫千红，它们也就都有了自己的归宿。

　　（原发《人民日报》2024 年 1 月 15 日。）

瑞雪丰年

年关之前的那场雪，下得着实有一点儿猖狂，只是挥手之间，便已繁花漫天。成瓣成朵的冰雪之花，如蝶如舞，如纷然凋谢的素梅，尽着劲儿地向下飘洒。虽然无声也无香，却还是让人清晰地感觉到了一种静谧的奢华与铺张。

不知道躲在天幕背后的操控者怀着怎样的一种心绪和意愿，竟不惜动用如此绚丽的词语进行着声势浩大的渲染。其真正的用心，或许正如人们久久的期待，极其深远，又极其良苦，即所谓的祥瑞之兆吧？如果是祝福，这无边无际的播洒所展现的又将是怎样一种博大、敦厚的情怀！

春天的脚步已经渐行渐近，尽管原野上的荒草与兀然而立的树木仍处于雪的掩埋或映衬之下，但远观那些树木的梢头竟已有了隐约萌动的绿意。

每年的这个时候，我都要如期踏上归乡之路，去看望老母，与弟弟妹妹们团聚。因为我的脚步总是循着内心的渴望和情感的坐标，所以，在这样的季节、这样的时刻走在归乡的路上，我其实并不太清楚自己与春天究竟是迎面而行，还是保持着同向。

不管是哪种情况，对我来说都不重要。我关心的是春天将近时那些春天之外的事情，我将再一次跨过那道时间的门槛，进入一个仅属于自己的私密之地——与"他者"无关的乡情和亲情，——面对那些我既熟悉又陌生，既背离又想往的面孔和场景。

一、逻辑

一进客厅就进入了另一个空间、另一种氛围。那才是过年的味道，人丁往来，群情热烈，各样物品堆积如山……

兄妹五人，五个家庭，十多号人，来自于各行各业、各个领域，拥有着各种身份。大家因为共同的亲情聚到一处时，虽然都放下了平日里一向保持的身份特性、生存状态和行为方式，各挂了一张笑脸以求大同，但其不自觉的衣着、言语、做派和所带的"年货"，还是在不知不觉间把一个"五花八门"的大"社会"搬进了我们这个小小的家庭。

我在家里排行老大，自然对家庭的责任和基本生活问题考虑得更多一些。曾一度贫寒的家境，使我的消费观念始终处于飞不起来的"爬行"状态，再加上我的工作一直是经营一种摸不着看不见且毫无特色的"电"，所以我每年给家里带去的年货也就毫无特色可言。

无非是一些毛巾、香皂、衣服、鞋子、米、面、粮、油之类的日常生活用品，只要保证母亲平日里有的吃、有的用，不会挨饿受冻我就心安。尽管年内单位普遍降了薪酬，工资折去一小半，物价又逐步攀升，但对母亲的孝心却不能随之而降，只要有我自己用的，就得有母亲用的。但总体上说，我置办的东西，仍然属于费力气而不值钱的那个类型。尽管摆在地上一大片，却没有一样能让人眼睛发亮、刮目相看。不管别人怎么看，我自己心里是有谱儿的。家是一棵树，我不关心它到底能不能开出悦人眼目的花朵，只愿它枝繁叶茂、果实累累、常青不衰。

小弟弟工作在银行系统，工资不多，但他相信钱可以作为等价物交换到任何商品，所以每年都会攥一把钱塞给母亲，母亲执意不受，他就笑嘻嘻地说："那我就给你开个户存上吧。"他说存就存，虽然没人打探他到底给母亲存了多少钱，但在他工作的工商银行的客户名单里肯定有一个代表母亲的隐形名字。以小弟弟的说法，这就是双赢。于家，尽了自己的孝心；于公，又尽了自己的职责。单位的钱生了钱，母亲的钱也生了钱，这不就是繁荣吗？看他说得兴高采烈，我们还真以为中国的经济发展与母亲这笔存款有着极大的关系呢！

小妹妹一家虽然住在城里，却因妹夫的工作涉农，就让他们的年货里保持了农村的特色。年前，妹夫特意骑着他那比自行车大不了多少的摩托，跑到乡下一趟，东跑西串，高价收来一点纯粹的土产，土鸡、土鹅、黏豆包……拿回来往地板上一扔，晚辈们就领会了他的意思，赶紧把那些冻得硬邦邦的东西放在一个合适的地方。接下来，他就无声地坐在那里，在大家高谈阔论时做一个倾听者。偶尔，触景生情插进一句硬硬邦邦的议论，便语惊四座："妈的，这年头儿就是欺软怕硬，良民谁都欺，恶官欺，刁民也欺；刁民却谁都怕，良民怕，政府更怕……"

大妹夫是一名基层的铁路工人，前些年国企兴给职工搞福利，单位分什么就往家里拿什么，但现在也和大多国企一样，发放的东西都是光费力气不值钱的了。这两年，因为单位反"腐败"，领导就不再给职工搞福利了。这事，想来也不怪领导，无名又无利的，还要担着违反规定的风险，谁还去做那"冤大头"！每到年关，就只给基层不能回家过年的工人发一点可乐、啤酒什么的，权当慰问品。这样，大妹夫的贡献也就只有那一箱可乐或啤酒了。如果讲贡献，大妹妹一家的这一箱饮料也是在贡献之外又多出来的。这些年，因为大妹妹下岗失业，就在家里作为全职主妇照顾母亲。人家把整个人都献出来做了贡献，别人还有谁敢站出来与她比贡献呢？在所有的礼物之中，又有什么比这更加昂贵？

家里最牛的是二弟。小时候因为不爱读书，很早就告别了学习生涯，经过多年的摸爬滚打终于当上了个体老板。应该说，与大多数经商者比，他的运气还是很差的。这些年，由于知识水平有限、社会背景空缺，又没有办法把银行的钱"骗"到手里当作自己的钱花，所以一直没能把生意做强、做大，相对来说，他赚的只是一些辛苦钱或者说血汗钱。

二弟虽然钱赚得不多，但花钱的能力和水平却和当下的很多老板一样，是超一流的。你看看人家弄回来的年货，那才叫上档次。尽管数量不多，却样样精致，不是可以叫作"山珍"，就是可以称作"海味"。二弟坐的车是好的，穿的衣服是有来头的，用的手机是最时尚的……总之，从一应吃用、消费中都能够体现出他是一个"很讲究"的人。保持这种高调的消费状态，已经成为他不可更改的生存惯性。在生意低潮时，家里人的钱都被他借去用于生意和花销了，就连勒紧腰带过日子的小妹妹也把自己仅存的两万元钱让他拿去"应急"。但结果是"此去二百里，一欠三五年"，只见他人来人去光鲜依旧，却永远不提还钱的事儿。

其间，作为长兄的我催促了他几次，却惹得他老大不高兴。以他的看法，这钱放在我们的手里也没什么用，钱就那么闲置着还叫钱吗？钱不就是得给那些会花的人用在有用之处吗？最后，一句话砸到我的头上，让我也不知道应该说什么好了。二弟似平静又似愤愤然地说："等我赚了很多钱，我十倍还给你们。"为了这句话，我们一面觉得自己的小气和不高尚，一面心怀幻想地盼着赶快有一个结果，就算是没有十倍的回报，能回个老本儿也好啊！可是等啊等，等了多年也没见有个回音。后来，据说他的生意已经相当不错，但再见了二弟仍然谁也不敢提还钱的事情。现在，我们是深刻理解了各大银行为什么那么惧怕手握贷款大笔欠债的老板们了，原来是怕惹人家不开心，连个面也难以见上。

因为二弟很少直接给母亲钱，所以母亲就一直认为他日子过得很是艰难。每次家人团聚，母亲都会特意为二弟祷告一番。在母亲心里，二弟仍然是一个被生活压迫得透不过气来的可怜人，所以她就很虔诚地祈求她的神将她的儿子从重压下解救出来："神啊，求您免了我们的债，如同我们免了人的债……"

其实，二弟也真的不容易。只要他能够轻松快乐且光鲜地生活下去，总是我们内心最真实的愿望。于是，我也不由自主地随着母亲的意愿在心里默祷："愿二弟不会因为债务的压力而失去生活的快乐，也愿天下负债的人都不要因为债务而受到人的逼迫。"

二、雪野

除夕那天傍晚，小弟的一个朋友从家边路过，顺便捎来了一样"新鲜东西"。一个不大的黑色小袋子，里面装着一些看起来蓬蓬松松的物件儿，打开一看，原来是几只野生的鸟儿。那些美丽的精灵，虽然早已经失去生命的气息，花花绿绿的羽毛经过百般蹂躏也稍显零乱，但仍能感觉到它们曾经的鲜活、灵动和楚楚可怜。这些鸟儿对我来说，并不陌生，确切地说，都曾熟悉得提头知尾，除了两只麻雀，其余都是我小时候能够经常见到的"铁雀儿"。如果在40年前，这些"物儿"几乎遍地都是，多得令人烦恼，农民们甚至想尽了办法也不知道如何驱逐那些不速之客对自己的骚扰，更何需像现在这样，如此刻意，如此紧张，如此心惊胆战地保护一番？

40年前的乡村，鸟兽们集群巨大，四时不断，与人们分庭抗礼，互不相让，共同分享着大地上的粮食及一切可食之物。那时，在土地上劳作的人们，还常常被那些飞禽走兽所欺。本来，由于耕作手段落后，土地上的出产就不丰足，却还要遭受各种动物轮流、反复的搜刮和袭扰。一片弱弱的农田，从春到秋，有虫来过，有鼠来过，有兔来过，有小鸟来过，有大雁、天鹅来过，有鹌鹑来过，有鸭来过，也有野鸡、猪、獾来过，最后人们在冬天到来之前把有幸留存下来的粮食匆匆收回，储到仓里，精打细算，小心取用，以便顺利地度过漫长而寒冷的冬天。

冬天，是一种宁静和纯净的艺术。似乎有一个"极简派"的油画家，执着地挥动画笔，整整一个冬天，都在按照自己的喜好和风格，不停地在那里创作。纯而又纯的白色补上了又褪去，褪去了又补上，直到下一年的春天，他的画卷上才有其他的颜色出现。其实，早在第一场雪下过之后，那幅画就有了最初的轮廓。曾经的草原、农田、村落等等一切事物都被整合到了一处，没有边界，且格调统一。若仅仅如此，怕也是太枯涩、太沉寂了，所以就有必要在其间注入一些活气，于是，各种各样生动活泼的鸟兽也被安排到了画儿里。它们有时很安静，只偶尔从画面上掠过或占据画面的一角、一部分，像是点缀；有时却毫无节制或近于疯狂地充满整个画面，成为唯一的主题。如果要给那幅画取一个形象的题目，我能想到的就是——《雪野》。

那时，人在雪野里行走是不会感觉到寂寞的，有时甚至"枝蔓"横生，惊心动魄。走着走着，就会有一只野兔从脚下蹿出，像箭一样，胁裹着雪霁飞快地在视野中变小、消失，只在平整的雪地上留下一串间距很大的足印。走着走着，心跳还没有趋于平稳，突然又有一只山鸡色彩斑斓地从眼前起飞，像一道移动的虹，迅速远去。有时它们几乎是贴着人的鼻尖儿飞过，距离近得甚至能够感觉到从它们翅膀上扑打出来的气流。走着走着，你又会发现，脚前的雪已经被某个动物挖开或刨开，有一堆枯黄的碎草叶从雪里突出来，不用猜，其间定然躲着一只或两只专心觅食的鹌鹑。这时，如果手中有一只小小的扣网，一伸手，就会将它们收进网中。

一般情况下，狼与狐等动物，特别是狼，因为体形较大容易暴露目标，多数会昼伏夜出，与人类两相回避，很少能迎面碰上，假如真的遭遇，对于单独的一个人来说，多半是凶多吉少了。至于"铁雀儿"，只要一抬头，随时都能够在天空看到它们的身影，有时是三五成群，有时是几十几百成群，有时甚至是成千上万只结成大群，不停地在天空里翻滚。当大鸟群从头上飞过时，你会感觉到有一个巨大的影子乌云般覆盖过来，鸟儿们飞过时翅羽与空气的摩擦声和质地不同的鸣叫声交织在一起，尖厉而汹涌，仿佛一波由金属碎片构成的大潮，叽叽喳喳，摩擦着，碰撞着，鸣响着，一掠而过。

画家要的是艺术，鸟兽们要的却是饱食。不消几天的工夫，曾经干净完整的雪地上就已经遍布各种鸟兽的足迹，纷繁杂乱，有如密布的星云。

谁能说清有多少只野兔、野鸡来过又离开，现身又隐藏？只有雪，才知道它们的确切存在，只有雪，才有机会、有能力刻印下它们的足迹。雪过之后，所有种过甜菜和胡萝卜的田里，都印满了野兔的足印，田垄或树林边的某些地方，已经被它们反反复复的往来踩踏出一条平实的小路。

那么，谁又能说得清究竟有多少只鸟呢？几乎所有眼所能见的地方，不管是农田还是草地，都印满了它们的足印，所有曾覆盖在雪下的垄脊都被它们用细小的脚趾刨过，裸露出黑色的泥土。

平日里寸草不生的碱地或沙岗也难得平静，间或就有几道梅花形的足迹逶迤而过，那多半是一些黄鼬、狐狸或"艾虎"，夜里从洞穴出发，穿过雪地去附近村庄时留下的印证。

爷爷在世时，曾是一个很有经验的捕猎能手，逮鹌鹑、抓野兔、捕鸟儿……样样在行。漫长无趣的冬天，爷爷就一样样地教我们做这些事情，使我们的童年比现在的孩子们多了一些体会不到的乐趣。那时，我们用最原始的"铁夹子"捕鸟儿，成绩好时一天能捕到四五十只"铁雀儿"、十多只鹌鹑，那个节奏多年一直不太改变，却从未见田间或天空里鸟儿数量减少。

可是如今，那些鸟呀、兽呀都去了哪儿呢？难道说人类从来就不应该对鸟兽们动以"吃"念吗？从生物进化的规律考量，问题似乎又有一个另外的角度。如果这世界从来都不曾有过杀戮，鹰怎么生存？狼怎么生存？狮子、老虎怎么生存？难道说其他动物所拥有的杀生权，人类就不应该有吗？所谓的友好兼容，大约就是一种平衡罢了。正所谓"各从其类，各安天命"。如果人类从来都不拥有杀伤其他动物的本能和本领，怕早已经在地球上绝迹了。

据经书所记，上天确实曾给过人类这样的许诺：凡洁净的鸟、洁净的动物，人们都可以吃。不仅许诺，还亲手以动物之肉赏赐过人类。《出埃及记》里有载，当以色列人随摩西走在旷野上时，因为没有食物就开始抱怨，声音传到了上帝耳中，耶和华就晓喻以色列人：到了黄昏时，你们要吃肉……果然，"到了晚上，有鹌鹑飞来，遮满了营地……"。在中国的典籍里，虽然没有这样清晰明确的"应许"，但从古至今，打猎或狩猎的行为却一直没有停止，漫长几千年的猎杀都没有出现过物种灭绝事件，却偏偏在人们已经有了环保意识的今天连最普通的物种都在一步步濒临灭绝？

这个问题一直让我感到困惑，百思不得其解。世上的鸟兽就是用以陪着人们共同游戏和生存的，如果人类本身没有异化，不会动用"大规模杀伤性武器"，不会搞什么大工业，把江河之水都变成毒药，不会搞什么"现代化农业"把昆虫、草木都杀死或变成有毒的饵，那些天生就有着巨大繁殖能力的鸟兽，任你有多大的本事也是猎不尽，杀不绝的。然而，我们的环保主义者和环保机构，似乎从来无意于或也不敢把矛头对准那些大工业和现代化农业。因为对于人类来说，大工业和现代化农业本身就比环保重要得多，力量也强大得多。

也许，环保机构自己也很清楚，如果真的胆敢与这两样针锋相对，那么就只能是自取其辱，自讨灭亡。为自身的生存计，为了证明自身存在的意义，他们也只好假模假式地把矛头指向那些手痒技痒的小捕猎者，干一些避实就虚、转移视线、李代桃僵的事情。结果，大量杀死了动物们的罪魁祸首就一直得不到追究，受不到指责，"小巫"在前台受管受罚，"大巫"躲在暗处窃笑。有时我就想，如果那些被人猎杀的动物有幸逃过自枪口或套索而来的劫难，它们当真就能侥幸存活下来吗？在那个大如天罗地网般遍布毒药的大地上，哪一个、哪一种动物有那么大的本事最终能够绕开灾祸幸免于难呢？

新年的第一天，两天前没有下尽兴的雪，又接着下了起来。新雪绵绵，像娓娓的倾诉也像殷殷的祝福，一片片、一层层添加着我对40年前那片乡村雪野的怀念。于是，我冒雪把车开到郊外，置身于苍茫的天地之间，将意识放飞，任由其展开意愿的翅膀，向前，向前，直达记忆深处的从前。

但这样的努力终归是徒劳的，40年前的雪野，与今天的相隔已不仅仅是一个简单的数字，那已是一道永难弥合的时间裂隙。虽然，有那么一刻，我的心头瞬间出现过灵光一闪的激动，以为新雪之下仍旧掩着40年前鸟兽行走时留下的纷乱足迹，但理智与事实还是轻而易举地击碎了幻觉。

眼前，不过是一个只有背景而没有演员的空荡荡的舞台，不过是一片略去一切细节、一切真相，只有祈愿而不会再有承兑的善意的谎言。

三、流变

如今，传统的节庆经过很多年坚持不懈的"移风易俗"已经变得十分简单。省略了拜年、供奉族谱、迎神、发纸等等一系列环节之后，只剩下了一顿年夜饭。如此一来，这顿饭便具有了十分重要的意义。安排起来，总是隆重且考究。首先要讲求丰盛，隐喻着接下来的日子会富足昌盛；其次讲求家人齐全，最好是一个都不能少，象征一家人的团圆和美以及家族的完整兴旺。

因为人齐、人多，开饭时就只能分坐两桌。母亲是个随和的人，又因为笃信基督，所以观念里没什么明确的尊卑辈分界限，她只是先把孙子、孙女叫在身边坐下，其余的人各行方便。这样排下来，两桌家人杂乱的组合就很难看出有什么内在的规律或规矩。

晚餐正式开始之后，情况很快就发生了微妙的变化。有人要凑到一起喝几杯酒，有人要凑到一起说说体己话，有人要特意向长者表达一下祝福之情，有人则想尽快吃几口下去做自己喜欢的事情……没多久，秩序开始大乱，进入由个体间引力或排斥所决定的自由重组。此时再看看场上的局面，就有了一点儿意味。以母亲为轴心的一桌基本都是家里的年长者，大致都是 1970 年以前出生的，从小妹妹和小弟媳开始，往下都是生于 1970 年以后的人，则纷纷聚到另一桌。如果用个"文艺"一点的词语去概括，大约就是一桌子苍老，一桌子青葱。

一桌子"苍老"或渐入苍老的人，从小受着传统文化的熏陶和伦理教育，从来没想到要装模作样地把自己的晚辈当"朋友"，观念里只把他们看作自己的骨血和生命的延续，所以总是情不自禁地把心思放在那桌子"青葱"之上，谈论的话题自然也离不开那一桌子的人。

那一桌子隔代的"青葱"，虽然从小在平等、民主、自由、富足的氛围中成长起来，却从没有一天真正把心思用在父母身上。这一代人似乎从懂事不久就开始进入了青春叛逆期，虽然连洗双袜子的自理能力都不具备，却天天想着如何摆脱家长的干预和控制，不防范谁也要防范家长，相信谁也不相信自己的父母。不用猜，他们的话题肯定不会在这个房子之内，更别说我们这桌自作多情的"苍老"了。

他们的心永远如没有落点的鸟儿，在天空里漫无目的地游荡。很快，他们便如学校里的同学一样，结成了一个志在对付家长和老师的广泛同盟。一双双精明的小眼睛转上几圈，再配以简单的"言传"，这一小帮儿，马上就有了精准无误且高度一致的"意会"。于是便纷纷起身，结伴去外面另立山头，单独活动了，只把小妹妹和小弟妹两个年纪不大却辈分不低的人"晒"在那里。

"青葱"团队里的核心人物是大妹妹的女儿，因为她所处的位置正好承上启下，上有一哥一姐，下有两个妹妹，介于"80"和"90"之间，所以她就顺其自然地成了两个年龄段共同的代言人。她说我们去 K 歌，大家一齐响应，"呜啦！"；她说我们去网游，"呜啦！"她说要想法子把压岁钱花掉三分之二，"呜啦！"

总而言之，这是一个不相信过去，也不相信未来，只相信当下的群体。父母们讲述的"过去"真有那么苦涩和艰难吗？他们不仅表示深刻的怀疑，并且嗤之以鼻。说那些有什么意义呢？生活和历史能够再次回到从前吗？"我们"已经拥有了当下，为什么要诚惶诚恐想着应对过去，并以过去那"苦逼"的生存方式糟蹋自己？未来？这世界变化如此之巨之快，谁能够准确预料未来？"我们"已经拥有了当下，有必要以自己短暂的青春去"扛着"深不见底的未来吗？如果"不测"一定来临，那就等它来时再说吧，"我们"不能在虚拟的不测之中把当下也过成"不测"的未来。

上个世纪 50 年代，有一个叫郭路生的"知青"，被"上山下乡"的政策从城里赶到乡下，困厄绝望之中写了一首诗《相信未来》："当蜘蛛网无情地查封了我的炉台 / 当灰烬的余烟叹息着贫困的悲哀 / 我依然固执地铺平失望的灰烬 / 用美丽的雪花写下：相信未来……"这首诗之所以能够成为一代人的心声，是因为那时的现实太过痛苦和黑暗了，因为难过，因为绝望，人们只能选择逃避或隐性逃避。人们恨不得不到天黑"今天"就会倏然而过。相信未来，不过是对"今天"的诅咒，是相信未来不管如何糟糕也会比"今天"强，至少不会比"今天"坏。现在的日子好过了，知好知歹的人们，不管他们嘴上怎么说，赞美还是谩骂，感恩还是诅咒，实际上是不愿意也不用着急走出"今天"的，自然更用不着执拗地相信未来或企盼未来。

经常听到一些父母指着已经 20 多岁或年纪更大一些的子女抱怨："什么时候才能懂事儿，像个大人呢？"所谓"懂事儿"，可能就是指某人心智足够成熟，言行不再幼稚，能很好地理解、体谅别人和社会，又能对家庭或别人有所担当或有所承担吧。每当有人如此这般地抱怨自己的子女时，我都不以为然，倒感觉是那些盲目抱怨的父母们"太不懂事儿"了，他们并不知道，每一代人都有自己的生存智慧和策略。但每当这时，我都会因为那些被抱怨的"孩子"联想起一种特殊的动物。

蝉，一种超越科学和人们认知能力的神秘精灵。它们的成长规律，似乎从来都只由着自己的意愿和心情，完全可以置季节和寒暑的召唤于不顾，我行我素，有时，竟然让近于万能的科学也不得不含糊其辞。

科学，自然有科学存在的意义。对于问题的揭示和解决，总会有一些探索和努力的动作。科学能够告诉我们，蝉的一生，不论潜伏于地下还是腾跃于树上，都不是人们误以为的"以饮露为生"，而是以树的汁液为生。它们不是一心为了树的娱乐而终生为树演奏的钢琴家，它们是吸树、喝树一生以树汁为养料的寄生虫。但科学却无法告诉我们蝉为什么能够将生死蜕变的规律握在自己的手中，可以依凭自己的意愿随心所欲；更不能确切告诉我们什么时候蝉才能够从土里钻出来爬到树上，做一回真正的蝉，完成一只蝉应有的使命。科学只能无奈地向我们叙述一些普及级的"知识"——

8月上、中旬，蝉的产卵期到了。在雄蝉不舍昼夜的鸣叫声里，雌蝉们以尖厉如剑的产卵器刺破树皮，将卵产在树的木质部内。完成了这项传宗接代的使命后，蝉的能量便已消耗殆尽，"一生"也将在短短六七十天的阳光之旅中悄然结束。而小小的幼虫却从卵里孵化出来，在树枝上等待着秋风把自己吹落到地面上。一到地面，它们立刻找寻柔软的土壤钻进去，一直钻到树根旁，靠吸食树根的液汁过日子，少则两三载，多则十几年，据说，北美洲东岸森林中的蝉幼虫可在地下生活长达 17 年之久。蝉从幼虫到成虫要通过五次蜕皮，其中四次在地下进行，而最后一次，是钻出土壤爬到树上蜕去干枯的浅黄色外壳才变成成虫，只有经历过最后的一次，蝉才算真正完成了一个循环的生命接力。

迄今为止，蝉在地下任意滞留的动因和机制仍不为人知，但以人的心智去揣测，无非两点，一是它们在某一特殊领域里的异秉提醒了它们，哪一年或哪些年的年景不好，气候条件并不适合它们以及后代的成活、成长;二是有一些蝉知道爬出地面就意味着要在使命的驱使下,一步步走向死亡,与其出来担当必然降临的风险,还不如在地下得过且过,慢慢消磨着饱食无忧的日子。

原来,那些为人父为人母的人在忙碌中忽略了必要的观察与思考,没想到有一些孩子正是那鬼精鬼灵的蝉所"托生"。

四、祝福

二弟是彻底的无神论者。那么多年的唯物主义教育,并没有让二弟掌握更多的知识,但却造就了他顽强的唯物主义思维体系——不信神不信鬼,不怕天不怕地。母亲曾不止一次当着大伙的面问他信不信有神,二弟回答得斩钉截铁:不信。但二弟心里,绝非一片荒芜的"草莽",每年春节临近,他总是第一个抢先回到老家,代众兄弟去父亲墓前进行一番隆重的祭扫。

1986年的春天,父亲与二弟同乘一车,发生车祸时,父亲当即惨遭不幸,而二弟仅仅肩头被擦破了指甲大小的一块皮。对此,母亲反复叨念,并一口咬定,正是父亲以自己的生命替二弟还了一条冥冥之中的命债,才保全了二弟的安全。当人被卷进灾难的旋涡时,必定会信手抓住一点儿什么作为支撑,免得自己被痛苦的潮水吞没。

那场事故之后,唯一能够支撑母亲无怨无怼把那个已经残破的家支撑下去的理由,就是苍天有眼,没有同时夺去她两个亲人的生命。这一点,最后也成为我们全家人的精神安慰。相信父亲在天有知,他也会认同这种说法和理由的;我们更相信,就算是父亲当时能够自主选择,他也会为自己的儿子奉献这血与命的祝福。

二弟自幼性格倔强，经常为着一句话被父亲打得死去活来。犯了错误后，父亲偏偏要他的一句"口供"，逼问"你到底认不认错？"，而他就偏偏不认，并且每一次都是毫无例外地"打死也不认"，最后父亲只得自己在他面前认栽。每每这时，母亲都会黯然落泪，长长一声叹息："真是前世的冤家呀！"父亲去世后，二弟一直沉默着。没有谁猜得透他内心深藏的是什么。巨大的疼痛？压力？恐惧？懊悔？感念？但从此，他就像父亲的独子一样，旁若无人地单独为逝去的父亲做着他认为应该做的事情，不与别人商量，不与别人合作，独往独来。

母亲不相信一个过世的人能给活着的人以佑护和祝福，也不相信像烧纸、上坟之类的"烟熏火燎"一番就能起到追忆或寄托哀思的作用，所以她坚决反对几个子女去做那些她认为毫无意义且无比愚昧的事情，但唯独不对二弟提出明确要求和限制，任由他按照自己的方式行事。于是兄弟姐妹聚到一起时，便总会不知不觉地回忆起父亲在世时的一些往事，甚至点点滴滴。虽然形式随意一些，规模小了一点儿，对于一个家庭来说，也相当于一定级别的座谈会了。

人一多，话头便如季节的风，不知道什么时候就悄然转了方向。从过去转到了当下，又很快从当下转到了未来。刚刚谈过了父亲，很快又转向了下一代。先是热烈地讨论和评价了我女儿的婚姻和家庭，然后是二弟儿子的工作和前途，之后，又是其他几家孩子的学习、进步和心性等等。事无巨细，不一而足，似乎哪一个孩子、哪一个细节讨论不到就会在哪一点上出点差错，哪一片叶子不用这话语的阳光照射一下，就会不绿、不茂一样。那情景很像一群土里土气的农民在兴高采烈地谈论自己的庄稼，"种子""土壤""肥水""天气""运气"等等，从头至尾谈个遍，最后还要把一切乐观或并不乐观的现实概括为一句美好的结语——长势喜人。

节日的时光，就如一锅烧开的水，热烈、沸腾，每时每刻都会有翻滚的气泡儿从每个人心底里冒出来，无法静止，也没有静止的趋势。母亲虽然与平时一样安静，不参与大家的高谈阔论和大声喧嚷，但却一有时间就悄悄地坐在我们身边，只要我们不睡，她就不会自己独自睡下。我们担心她的身体，劝她早些休息，她却执意坚持。她幽幽的近似于自言自语的一句话，一下子让在座的子女们都陷入了良久的沉默——"你们好不容易回来，我可不想自己先睡！"

众弟兄应该各自返程时，外边的雪大部分已经融化，除了一些背阴的角落里留有星星点点的残雪，街道和大地都已经露出了本色。母亲因几天没有出门，仍固执地认为公路上会积满冰雪，便一遍遍叮嘱："路上雪大可要多加小心啊！"跟她解释了两遍，她还是不相信。待我们临出门时，听到的还是她那句充满担忧的叮嘱。母亲真是老啦！

以往告别，只要我们回头，总是能够看到母亲依恋的身影和目光，但这次有些出人意料，转身就不见了她的身影。大妹妹敏感，发现了我目光里的询问，便告诉大家说，母亲回自己房间了。我突然醒悟，母亲是基督徒呵，她此刻定然依规"走进内室，面对你的神，说出自己心中的愿望"。

雪花再一次大朵大朵地从天空飘落下来，由于气温的升高，落到车窗上时便随即融化，像雨滴，像泪水在车窗玻璃上流淌，将视线涂抹得一片模糊。最有戏剧性变化的是那些直接落到地上的雪花，一朵朵像善于幻化的白色精灵，落地时只需要小小的一个延时，就改变了颜色和状态，转瞬润入、消失于黝黑的泥土之中，成为泥土的有机组成部分。这个单纯的细节，有如神谕，很轻易就把人带入到一种复杂、广阔的联想之中，联想到温暖，联想到春天，联想到之后的姹紫嫣红。

（原发《北京文学》2017 年第 7 期。）

白 杜

落雪时，我才注意到站在窗前的那株白杜。

天地一片苍茫，纯然的洁白之中只有它还执拗地撑着一树炽烈的红，如火，如花。

算来，我与这株白杜相识已不止五年光阴。五年来，我们虽然近在咫尺，日日相见于抬头低头之间，却仿佛从来不曾相识。我从来没有发现它竟然如此独特，如此光彩照人。

出于某种感念，我不由得站起身，踱至窗前，像打量一个陌生事物一样，打量起熟悉而又陌生的它。

当我的额头快抵住窗玻璃时，白杜已经将它的枝条伸到我眼前。赤裸的枝条上挂着一串串鲜红的小果儿，那是它如花的种子。

早在入冬之前，大部分北方树木已纷纷将自己的叶片、种子交托于强劲的秋风，任其随意抛撒或乘兴带走，然后进入无牵无挂的休眠，不再操心另一个季节的事情。只有白杜不肯安然睡去，它的心是醒的。可是它究竟是为了特立独行的骄傲而醒，还是为了一份难以割舍的牵挂而醒？皑皑白雪之中，白杜就那么像捧着一颗颗红心一样，捧着自己的种子，让满心好奇的我，颇费思量却想不出合理的解释。

回到案头，我查了很多资料，才明白。有一些植物确实在漫长的进化过程中获得了一种智慧，它们会在下一个春天到来之前，尽量将自己的种子保存在枝头，保存的时间越长，越有机会将自己的种子传播到足够远的地方。如此可推，白杜正是出于这样的策略，才不肯将种子轻易交托与人，直到值得信赖的对象出现。

白杜树五月开花，花朵微小，如低调而卑微的白色米粒。无色彩也无芬芳，于翠绿的叶片之间闪闪烁烁，似有意无意地隐藏。经过四个多月的成长、发育，一直到九月，白杜才在半遮半掩的枝叶间展露出粉红色的蒴果。因为凝聚了太多的心思，白杜的果实长得十分别致新颖，内方外尖，四角对称，宛如旧时代出嫁前少女为心上人预备的香荷包。又因为珍重、珍惜，显得小心谨慎，始终让果实和叶片的变化保持同步同色，不事张扬，不刻意抢眼。

就这样，白杜在时间的流逝中坚守着自己的主意。过了深秋，又过了初冬，枝头的叶子无力抗拒风的撕扯，纷纷落去了，罩着果实的伞盖也已在寒冷中褪去颜色，变得惨白，白杜就自行打开了它一直关闭的盒子。荷包开裂，露出晶莹剔透的红色果实。远远看去，明晃晃的一片鲜红，竟若一树繁花。

此季之后，即便白杜想藏也藏不住了。因其独特的表现，不可推托地成为冬日植物群落里令人瞩目的明星。并且白杜的本意也不一定是要无休止地潜隐下去，它不过是在等待着一个时机，譬如绝色美女，并不是真正想隐藏住自身的绝色之美，而是在控制着隐与显的节奏，当隐则隐，当显则显，不招惹意外事端，不错失良好机遇。

随着季节的深入，白杜的香荷包色彩越发浓艳，像一颗颗悬在空中的心。在某些时刻，已经分辨不清是阳光照亮了它们，还是它们照亮了冬天。这些微小的事物，不止一次激发出我心中的巨大想象，我曾经揣度，白杜的荷包里包着的肯定是一团火，或者火一样的愿望。

在这个暗淡的冬日午后，我的心也被那一树小红灯笼照亮，灵光闪现，发现了它而不是仅仅看见了它。如果我也是一棵树，此时，我应该为整整五年时间对它的熟视无睹和不甚了解而感到深深的遗憾。然而我并不是树，只知道它与众不同，却无法以同类之心感知它内在的生命机理和生存理念。

之后的某一天，窗外突然有了异动。一只羽色深棕、红胸、尖嘴的大鸟造访了白杜。只见它在白杜的枝头跳上跳下，偶尔啄食几口树上的红果。一边啄食，一边发出几声并不响亮的鸣叫。一刻钟之后，大鸟转身飞去，消失在对面楼宇间的蓝色天幕之中。

第二天，差不多相同的时间，那只鸟再次飞来。但这次并不只是它自己，紧随其后的又有三只鸟陆续降落在白杜树上。这一次，鸟儿们不只是单纯觅食，间或还有些嬉戏的动作。沉寂的冬天因为窗外这一幕，有了生机，变得热闹起来。受鸟儿们高昂情绪的感染，我转头望着窗外，以目光追随着、参与它们的嬉戏，却不敢有任何的动作，怕自己稍有不慎就惊散了眼前这幅生动的画面。

以后的很长一段时间，差不多每天的同一时间那几只鸟都会准时到达。上午八点半至九点半，前后相差不会超过半小时，像赶一场固定的早餐。我则每日像盼望着自己的客人或老朋友一样，早早坐在书房里等待，隔窗以目光迎接它们的到来。然而，随着白杜树上的果子渐渐稀少，鸟儿们光顾的频次明显在逐渐降低，有时相隔一天，有时相隔几天。后来，它们来的间隔就更长了，致使我的期盼常常落空。鸟儿不来的时候，我只能望着空空的白杜树发呆。不知是树上红果稀少的原因，还是在风雪和阳光中氧化的原因，白杜树已经不再如从前一样光鲜，甚至可以说，一天比一天暗淡下去了。

大约过了很久，我突然发觉鸟儿早已不见了踪影，它们是去了远方，不再回来了。失落之余，我让被白杜树束缚了整整一个冬天的目光转向远处。远处，柳树的枝条已经泛起了朦胧绿意。春天已经到来。一场春雨过后，树木和青草都将发出新芽，埋于地下的各种种子都将在春风里萌发、生长。我在想，在那些鸟儿飞过或栖息过的地方，一定会有小白杜树勃然生发，进而成行，成片。

　　（原发《中国民族报》2023 年 2 月 3 日。）

投影关系

一道暗影从阳台上倏然划过，然后消失。我举头望向天空，天空已复归明净，此前，定然有鸟儿飞过。

无影无形的风，以天为路，以地为路，以一切可以通过的孔隙为路，一旦开始了浩浩荡荡的行走，便让途经的一切事物都感觉到它无处不在的脚步。当树木的枝条和叶子在高处发出窸窸窣窣的声响，我看到了地面上破碎、凌乱的影子，忽而左，忽而右，反复描述着一棵树难以言表的姿态和心绪。

正午的阳光从天空直射下来，宛若一排闪着光芒的钉子，将对面的墙角下那把生了锈的铁锹牢牢地钉在地上。锹呆立着，凝然不动，锹刃和地面之间一条暗昧的黑影，仿佛是锹与大地联结的根系。就在太阳隐藏到云朵之后的一分钟里，那暗影却如快速渗入泥土中的水，遁隐无踪……只有我和那把锹相对而立，保持着不变的距离和某种难以确定的关系。

一个画夹、一支铅笔，已经在我的面前放置了很久。我曾试图将眼前能够捕捉到的一切事物真实、准确地描绘下来，可最后却发现，瞬息万变的物象根本无法捕捉。自以为真实、准确的每一笔，一旦落到纸上，都沦为记忆和想象。最不可思议的就是那些亦真亦幻的投影，飞逝的投影、摇晃的投影、隐遁的投影……我知道"线"是"面"的投影，终其全部的想象，"线"也无法猜测"面"有多大，到底是个什么样子；"面"又是"体"的投影，终其全部的想象，"面"也不知道"体"究竟有多大，到底是什么样子；可我，又是什么事物的投影呢？

我突然意识到自己已经进入某个迷宫，深陷于逻辑的泥淖之中。近于无路可走之际，便索性放下，不再想这些没有边际的问题。我尽最大努力将心念凝注于眼前的"静物"，着眼于自己并不熟悉的绘画——就画面前那把斜倚矮墙的铁锹吧，画下它和大地垂直的姿态以及它在阳光下的影子！

对于我这样的初学者来说，这个既有光也有影，既有圆柱也有平面，既有凸起也有凹陷，既有正面也有斜面的物体，已然如某种生命般复杂。当我拿起笔简单地勾画出作为背景的矮墙轮廓之后，画笔不得不停在那里，久久徘徊不前。思绪如强风之中的鸟，被一种无形的力量牵制着，徒劳地拍打着散乱的翅羽，找不到落脚之地。目光凝视着那把一动不动但似乎又动个不停的铁锹，却不知道应该从它在长期的风吹日晒中变得灰白的木柄画起，还是应该从它生满了红褐色铁锈的锹头开始。

一件司空见惯的事物一经被久久凝视，即变得怪异起来，并且随着时间的推移，感觉越来越怪异。有那么一些时刻，我竟然神思恍惚，不知道那铁锹是个什么东西，制造者为什么要造出这么一个物件，它为什么会在这里。我甚至也不知道自己是什么，在干什么，自己的存在和做这些事情的意义在哪里。本来熟悉的物件和生活，突然变得十分陌生。我不得不再一次提醒自己，要好好梳理一下紊乱的思绪，让已经涣散的理智和逻辑思维回归我的头脑并重新凝聚。

　　一把老锹，传说可以作为某一个巫师的坐骑，载着人类飞上天空或重返岁月深处，与那些已经逝去的灵怪会面，并探知过去和未来的很多秘密。但我还是认定眼前这把锹并不具有那样奇异的功能。它只不过和我一样，普通而愚钝，只能看见自己的投影，而看不到把自己投射成一把锹的另一个存在。它甚至很难说清自己为什么被制造出来，为什么又会从一个地方到另一个地方，从一种状态到另一种状态，就像人类无法预测、掌控和说清楚自己的前缘和命运一样。

　　让我稍感慰藉的是，虽然我和锹同属三维空间里的物类，都有可能是某一隐在支配者的"工具"，但我并不是一把锹，我比它还多了一层制造者或使用者的身份，至少我是它缔造者的同类。也就是说，我有可能比锹"高"了一个层级。事实上，正是我逝去的父亲，亲自打造了这把锹。当我说我是铁锹的制造者，多少有些偏离事实和"吹牛"之嫌。但我确实是它的使用者，并且亲眼见证了它诞生和存在的全过程。无论如何，我都应该知道或预知锹的一切，包括它的过去、现在和未来。

　　这铁锹的标准称谓应该是"板锹"，也有称为"广锹"的。板锹的名字好理解，是因为这锹身的形状就是一个平板。"广锹"却有一点儿令人费解，大概是有"广口锹"或广泛应用的喻指吧？关于命名，就是这样一种事情，制造者说它叫什么，它就叫什么；一开始怎样称呼，以后就怎样称呼，完全可以不计较如何发音和字面的意思，因为那个称谓本身就是原初，具有一种不可置疑不可更改的规定性。

　　总之，这只是手工农业时代一件庸常的农具，几十年前还广泛应用于农业生产和农村日常生活之中。只经过短短的岁月变迁，它就被一些现代化程度较高的农机取而代之，变成了一种没有太大用场的老"古董"或老怪物。偶尔，还会有一些保守、怀旧的人，像舍不得丢弃自己往昔岁月一样，把它们放置在房子外边的某个角落，一任那些多余的光阴日复一日在锹面上凝结，成为一层接一层殷红色的锈斑。

想当初，父亲为了打造这把锹不知道费了多少心思和周折。

原来，它不过是从天而降的一块铁——很可能是一块没有被炸药彻底炸碎的炮弹皮，或来自更加隐秘的宇宙深处的一个什么外星装置的残片。如果所有事物的边界都可以按前生、来世划分，那便是那把锹的前世。父亲从村外的农田里把它挖出来时，意外地发现，它还是一块可用之材。虽然它浑身沾满了泥土，除去浮尘之后，却露出了平滑、完整的曲面，不过微有锈迹。父亲以手中的镐头敲击，铁竟能发出清脆悦耳的声音。如此长久的埋没都没有让它彻底朽烂，足以证明它的质地优良，按理，我们应该对它尊称为钢。

"是的，这确实是一块好钢！"父亲一边端详，一边在考虑下一步计划。他要给这块铁安排一个归宿，虽然他一时也不知道应该如何安排。

他可以在欣赏和赞叹一番之后，将它当作垃圾随手扔掉；可以通过简单的改造之后，做成一个喂猪的食槽；可以打一个孔，作为课钟用铁丝挂在某一个山村小学的树上；也可以打成一把削铁如泥的钢刀，用于拼杀、械斗或屠宰；也可以打造成一把锋利的铧犁，专门用于耕地犁田为人类造福……种种的选择和种种的物象在父亲的头脑中无规则滚动，如一只飞速旋转的骰子。最后的结果如何，要待"骰子"静止下来的瞬间才能揭晓。也许是缘于父亲深思熟虑的意愿，也许缘于纯属偶然的一念，最后，映现于父亲头脑中的影像竟然是一把锹，这个结果出乎所有人的意料。

父亲决定按照自己的心意，利用一周的时间将一块铁赋形于锹。他拎着那块来历不明的铁，去找住在村东头的张铁匠，开始描述他自己的想法。由于他的想法极其复杂，几乎无法完整表述，我只能在这里用我自己的理解和语言进行大略复述——"你要按照我心里的样子打造这把锹，在形状上要让我感到内心喜悦，既不能是人们都熟悉的模样，也不能是人们不认识的模样；大小和重量要十分应手，要和我的意念、力气、习惯十分吻合，既不能大，也不能小，既不能重，也不能轻，只要握在手中就像我自己身体的一部分，感觉不到它是一个外物……"

听惯了简洁、单纯打铁声的张铁匠，从来也没听过这么复杂的话语，简直不知道父亲到底在说什么，根本无法确定父亲所描述的物件儿究竟是一件工具还是一个可心、通灵的神物。当他终于听完父亲的表述，勉强把半张着的嘴合拢时，连一秒钟的间隙都没隔，喉咙里就发出了一串打铁般响亮的声音："那你自己打吧！"

起初，我们那个家很是贫穷，基本可以用"家徒四壁"来描述。父亲除了有一个执着的念头，几乎什么都没有，要钱没钱，要物没物，心比天高，命比纸薄。出于无奈，张铁匠只好把自己的铁匠铺借给父亲临时一用。对一个生来与土地和庄稼为伍的农民来说，打造一把锹不啻开天辟地，这是一件十分艰难的事情，并非随心所欲。我猜父亲开始挥舞大锤敲打那块烧红的铁时，内心的迷惘一定和我提着铅笔面对眼前静物时一样；而每完成一道工序的愉悦，也一定如我完成素描的一个步骤时一样。于是，他凭借着自己内心的想象和意念，一步步向前推进。他说，要有一个平面，手起锤落，那块被烧得通红的铁就开始一点点伸展、变薄，于是，就有了一个合乎他心意的平面；他说要有一个柄鞘，乒乒乓乓几声敲打，就有了一个柄鞘；他说要有两个遮拦，平面两侧就竖起了遮拦……接连数日，铁匠铺里乒乒乓乓的声音不绝于耳。

这是第六日的深夜。一把表面暗蓝，形状奇特的"板锹"终于诞生了。父亲拎着锹走在回家的路上，他明显地感到了自己身体的轻飘和手上那个物件儿的沉重，仿佛多日来自己的血气、精神和力量都通过不断的锤打和如雨的汗水转移到了铁锹之中。当墙上那架破旧的时钟，以暗哑的声音敲打出惊心动魄的一点时，父亲再也支撑不起疲惫的身体，一头倒在土炕上，沉沉睡去。

我决定先从铁锹的木柄画起。我之所以做出这样的选择，首先缘于某种思维惯性，因为木柄本身就具有一定的象征意义，它的本质就是"抓手"。只要谁把它抓在手里，这把锹便可以完全落在那人的掌控之中，包括锹的指向、去向和用途。落实到绘画上，只要木柄的方向和位置确定之后，整个画面的大致构图或格局就确定下来。另外，更主要的原因也是因为木柄的形状和它的历史一样简单，不但易于表现，而且不会过多地分散我的注意力，令我的心在历史和往事中久久盘桓。

两条平行的直线落到纸上之后，我的心稍微踏实了一些。现在，我要以我的目光为光，"照耀"那个木柄，要让它正对着我的中间部分反射出明亮的高光，而边缘部分则隐在浓重的暗影之中。一切进展顺利，可是到了表现木柄质地时，我又不得不停下画笔。眼前这个苍白、单薄的木柄显然与这把老锹的厚重不相匹配，给人的感觉就是一个威武的壮士穿了一件又瘦又小的旧衣裳，寒酸、滑稽、令人痛心。从审美的角度看，这种不匹配和不和谐的结果就很不美好；从存在的角度看，所有受造之物的形象、品质都体现了制造者的心智和心性，物的完美就是制造者的尊严。如此，在我看来，这样的木柄就多少有些暴殄天物的意味。尽管这把锹已经苍老不堪，但岁月并不能完全磨灭它往昔的伟岸，荡漾于我内心的怜悯或悲悯，让我实在不忍心看到这么一把猥琐的木柄与它相配。

现在，我所纠结的是，应不应该在我的绘画中对令人失望的现实进行一番修饰或修正。我当然可以本着"写实"的原则毫厘不差地将眼所见的墙、锹、木柄和暗影等描绘下来，但那就是真实吗？至少，那并不是我所知道的真实。更何况，当那些我看到的不完美存在于我的画作之中，我会一直感到如鲠在喉，以至于我会怀疑这幅画存在的意义——我把这样一个令人不快的东西从现实复制到纸上究竟为了什么？

挣扎到最后，我还是决定在我的图画里给这把锹配上一个质地优良、纹理细密的木柄。我可以不对眼前的实物进行虚构，但我有权利也有责任让我的创作对象在我的作品中尽量完美一些。其实，锹还是同一把锹，我所做的仅仅是在时间上加了一个位移。我只不过是没有画它一分钟之前或一个小时之前的样子，我画的是它30年前的样子。既然无论我们如何努力都只能画出一把锹的过去，那么30年之前的过去和一秒钟之前的过去又有什么本质不同呢？

木柄刚刚画出，铁锹的轮廓还没有勾勒完整，我的眼前就映现出30年前那把锹的真实模样。那时，锹握在父亲的手中或扛在他的肩上，宛若一件奇特的兵器随着骁勇善战的将军驰骋疆场。一个棕黄铮亮的黄榆柄和一个锹身乌黑、锹刃雪亮的锹头常常在众农具中独树一帜，焕发出耀眼的光彩。因为它的"刚度"好，锋利而耐磨，总是被派上重要的用场——铲平最不平的道路，切断最难切的树木根系，挖去最难挖的石头……父亲在世时，这把锹在父亲的"调教"下，历尽各种艰险，享尽器重和爱惜，日复一日地被反复擦拭和磨砺。如果万物有灵，我想那把锹在那样的年代和境遇里，一定如英雄般骄傲而自豪，日复一日地接受着同类的艳羡和敬畏。

父亲撒手人寰之后，锹无所依，沦为丧家之犬。英雄末路，生不逢时，不遇明主，一切便不似从前，所有昔日的特点都成为了后来的缺点。因为它的样子怪异，重量超常，不合使用，只能被弃之如弊履。从此，它就只好蜷缩在墙角承受着风吹雨淋，冷眼看这个世界，也被世界冷眼相看。偶尔，会有人觉得无疾无损的一把锹终日闲置属于资源浪费，太可惜，便顺手用一下那锹，铲一铲禽畜们随意排放于庭院或道路上的粪便或生活垃圾，却总因为又"笨"又"重"难以操控，而再一次被弃之一旁。不知道锹会不会像人一样追问存在的意义或感慨于命运的无常，如果会的话，大约也会仰天长叹吧？长叹而已，因为无论锹还是人，针对自身的追问终归徒劳，永无结果，答案不在自己的心中，也不在风中，而是攥在缔造者和使用者的手中。

紧接着，机械化时代来临，一个年代取代了另一个年代；一茬人取代了另一茬人；现代化的农业机械，全面取代了旧时代的农具。我们一家的兄弟姐妹和旧有的生活以及生活中的一切，均在岁月的流程里被简化成没有类别界限的"旧物"，各奔东西，纷纷离散，有的进城务工，有的求学，有的远徙他乡，有的搁浅在时光之岸，如沉在泥土里的沙子。从此，我和那把锹音讯断绝，相忘于"江湖"，此别无聚日，存亡两不知。

30年之后，当弟弟重返故乡带回这把锈迹斑斑的铁锹，并把它放在我新家的院子里，我竟然心生惶恐，不敢面对。一时，自己也说不清不敢面对什么。是往昔的流金岁月，是后来的坎坷波折，是越来越近的某种结局，还是比这些都更加难以言表也更加阴森可怖的隐喻？只有当我鼓起勇气与它对视的时候，才惊奇地发现，我与这把锹的重逢原来是某种不可回避的必然；突发奇想，静坐下来，以力不从心之笔对它进行倾情描画，似乎也是一个早已注定的场景。纵然绕过了千山万水，也绕过了悠悠岁月，终于还是绕不过一个无约之约。

我握笔在手，开始对纸描摹。每一笔下去，似乎都需要花去我浑身的力气；每一笔下去，都如刻刀遇到了石头；每一笔下去，都像我这么多年艰难地走在跋涉的路上；可是，每一笔下去，我都感觉十分得意，似乎画出了不期而遇的某一个灵魂。然而，一笔笔粗重的笔迹堆积在纸上之后，看起来却越来越不像一张专业的素描，而像一些脚印和脚印的叠加，或影子和影子的交错、重合。

我要画的锹哪里去了？我花了整整一个下午的时间画锹，锹却不在画中，这不可能。我索性放下画笔，拿起那张纸，靠近眼前，在那些铅笔道中仔细辨认。画面上似乎有父亲的影子，但仔细端详，又不太像。俄而，就在我用力画锹的位置，我看到了自己的影像，难道我自己就是那把锹吗？或者说，那把锹就是我？

终于，我的视线重新由模糊变得清晰，焦距调定之后，我实实在在地看到了那把锹。不但看到了一把锹，而且还从这张画里看到了整个世界，看到了复杂的人生。原来，那些纷纭的影像以及纷纭的岁月都隐在这些图像的背后。那一刻，我竟然有了平生未曾有过的自鸣得意、自我膨胀，为自己的悟性而深感自豪，怎么刚刚入门，就能把一幅素描画得栩栩如生？

正当我得意忘形之时，手腕一转，一张生动、鲜活的图画以及它所记录的现实世界却顿然消失。那一瞬，横在我眼前的只有一条细细的线。

（原发《福建文学》2020 年第 5 期。）

水竹谣

当人遇到了山，山遇到了竹，竹遇到了人，命运之门便吱呀呀开启。

十岁的阿旺伯提着一把斫竹刀上山斫竹的时候，历史上的那场大灾难已经过去整整千年。他并不知道宋乾道二年八月十七日这里发生过什么。关于那场灾难，史书上是这样记载的："突降大风暴、大海溢，沿海诸县，浮尸蔽川，存者十一……传檄福建……移民补籍……"对此，阿旺伯连听说都没有听说过，他只知道自己的祖山在闽地南屏。

"人生如梦！"父亲曾不止一次发出过的长叹，对于十岁的阿旺伯来说，也是似懂非懂，莫名其妙。既然如梦，好多的事情知道得那么清晰干吗呢？学会斫竹、造纸、讨生活就够了，管它是梦非梦！

阿旺伯模仿着父辈的样子，在竹丛间敲来敲去，像是在轻轻敲叩着邻家的门，也像沿途随意和竹子们打着招呼，其实，他是在挑选中意的竹子。显然，和父辈相比，他的动作还很笨拙，远不够娴熟和老到。

竹叫水竹。一丛丛、一墩墩铺满了泽雅的山冈。就像这里的山民一样，只要有一个人在这山里站稳了脚跟，就会娶妻生子、传宗接代，密密麻麻地生出一个家族；只要有一个家族的繁衍生息，年深月久就会长出一个或一些村庄。水竹的繁殖方式很独特，它们和散生竹不同，没有横行地下的竹鞭，而是靠老竹竿基部周边的芽萌发成竹笋，长出新竿。这样一来，每一个竹子的家庭成员之间就显出异乎寻常的"团结"和亲密，比肩而生，相拥相护，牵筋带骨。这是一种表面淡泊、骨子里深情的植物。只要敲到一竿竹子，整簇竹子连枝带叶都会跟着发出簌簌的回应，而一旦一竿竹子被伐，它们就会跟着剧烈颤抖，仿佛承受着同样的疼痛。

北纬27°，已经是水竹生长的最北限，再北，即将如此地不幸的古人一样，在另一种低温的"大海溢"里"浮尸蔽川"。本来，它们的祖籍也是在更加温暖湿润的南方，可不知为什么会在这生死界限的边缘大面积聚集，生得漫山遍野，仿佛某种大规模迁徙途中汪汪洋洋的滞留。难道，这也是缘于命运的驱赶和安排吗？

很难想象，当初为"补籍"而来的闽南先民们筚路蓝缕，一路北上，内心充塞着怎样的迷惘。"大海溢"撤退之后，遍地废墟、满目疮痍，空荡荡的山水间，去哪里寻找一双温暖、有力的手，给这些背井离乡、魂无所依的人一个支撑或搀扶？困苦、凄惶之中，正是这漫山遍野的水竹迎接、拥抱了他们。虽然水竹在风中摇曳无言，但人们熟识这原乡的"故知"，也懂得水竹们的物性，深知它们能给予自己怎样的支撑和许诺。这是一次奇妙的相遇，也是人与竹之间一段难以了断的缘分。望着漫山的水竹，和竹林间淙淙的流水，人们开始欢呼雀跃。那一刻，命运之神伸出了无形之手，又一次悄悄将人与竹捆绑在一起。人看竹，是清晰的过往；竹看人，是模糊的未来。人们满怀欣喜地安顿下来，营建家园，筑路修渠，在小溪边建水碓、纸槽……重操古法造纸旧业。

古法造纸的技艺传到阿旺伯的手上是第多少代，很少有人能够说清了。只有这技艺和与技艺有关的程序，像是编进了泽雅人的基因图谱，代代相传，以至于后生们从记事起，就知道一张屏纸的来龙去脉。在泽雅，虽然人人都知道竹子有很多用场，比如说，竹笋可吃，竹筷可用，竹笠可戴，竹鞋可穿，竹床可睡，竹椅可坐……当然，也可以做笛、做箫，吹奏出美妙的天籁之音，但世世代代的泽雅人只愿将一个至高无上、神圣不可侵犯的使命寄托于水竹造纸。因为纸不但可以兑换成人们口中食、身上衣，而且还是一双飞翔的翅膀，能够承载着他们的梦想，超越那沉重、粗糙的生活。

"嫩箨香苞初出林，五陵论价重如金。皇都陆海应无数，忍剪凌云一寸心？"世间有无数爱竹、懂竹的人，甚至也不乏李商隐这样的名人高士，但谁又能比泽雅人懂竹懂得更透彻，爱竹爱得更深沉呢？"竹是咱泽雅人的命根子啊！"不爱竹、不惜竹，就等于不爱、不惜自己的命，所以阿旺伯从小就懂得爱竹、惜竹的道理，春不忍挖嫩笋，秋不忍伐老竿。然而，阿旺伯从小也晓得，人有人的命，竹有竹的命，人要想把日子过得好，就要做一个出色的斫竹人，善砍，善伐。但砍砍伐伐之间，斫竹人却不知竹丛中也有一柄无形的刀伸出，在头上挥舞，正一节节削去自己的生命;或者，有"不操自直"的无形箭镞，回敬过来，在自己的体内留下一孔孔无痛的内伤。人一朝入了屏纸道，就注定为蓄竹、伐竹、运竹、弄竹而终生劳碌，不得停歇。生生不息的竹子呀，世世代代的斫竹人，像天生的一对冤家彼此伤害，又像天生的一对恩人彼此成全，在相生相克的命运里相互纠缠，相互陪伴。

十岁的阿旺伯上山伐回第一趟水竹时，还不懂什么叫命运，也不知道自己和水竹之间即将展开一场横跨一生的故事，但命运本身已经开始了它不可更改的运转和毋庸置疑的叙事——一切都将从春天开始，一切也将在春天结束。

就这样，春雷响起，久旱的山间落下了第一场春雨。

雨滴是一个神秘的指令，只有它们才能深入泥土把那些掩耳沉睡的生命唤醒。受到雨水的诱惑，一竿竿懵懵懂懂的水竹还未及醒"透"，便匆匆破土而出，开始沿着与大地垂直的方向在春天里"奔跑"。只是它们现在还太稚嫩，没有经过足够风吹日晒的生命因为纤维没成、水汽太重，还不中用。是的，一定要等到两到三年，但不能超过三年，三年以上的水竹就已经太老了，也会不中用。等它们血气方刚、筋强骨壮，体内的纤维长度长足两毫米时，才会有像阿旺伯这样的斫竹人拎一把竹刀找上门来。

一丛水竹在风中摇曳，是一个成员复杂有老、有少、有强、有弱的家族，斫竹人总是要经过一番认真的盘查和遴选，才能选出那几竿最中意的竹，手起刀落将它们斫走。

斫，并不是杀，只是让竹换一个地方活着，换一种方式生存。从此后，它们将随斫竹人远走他乡。刀光一闪，竹与故土的联系便被瞬间切断，一缕清气从它们离开的地方升上来，那是一缕永难慰藉的乡愁。

新斫的竹，是刚刚落发出家的细妹，水水嫩嫩的身子、清清爽爽的眉眼，却偏偏要走一程世间最惨、最烈、最痛的苦修之路。和水竹一样命苦的斫竹人，天生一副好心肠，舍不得让水竹一出家门就被丢进炼狱一般的程序，便把竹子轻轻放在自己的肩上，软着、暖着、心疼着，顺着水竹的心思和情绪稳步走回自己的作坊。柔软的竹梢在斫竹人的肩上，一步一弯一顿首，那是竹在向故土拜别，道一声珍重，道一声珍重，此去无归矣！

紧跟着斫竹人一起下山的，还有山间的溪水。斫竹人扛着水竹在明处走，蹑手蹑脚的溪水在暗处流。水在草木的掩映之下，只有隐约的淙淙之声，却不露踪影，仿佛在实施一个不可告人的预谋。但对于那些离根离土的水竹来说，一切都已经不构成秘密，只是心照不宣罢了。水竹喜水，无水不生。但水竹也畏水，没有水，也许就没有水竹未来的遭遇。一路的流水声，对水竹来说，仿佛咒语，仿佛一种神秘的暗示或晓谕：世间的一切都可以规避，但除却命运，斫竹人、竹和流水都有注定的去处和归宿，都要各领天命！

当水突然从村头的溪口一跃而出，则像极了古代袭城的神秘士兵，迅捷地流过石砌的渠，穿过人行的路，一步紧似一步地向低地集结。水渠从茂密的竹丛中伸出之后，就再也没有打过一个弯，径直伸向了岁月的深处，连接着两千年前古人惯用的一种机械装置——水碓。众水如潮，待行至水碓的闸口前，已成飞奔、汹涌和咆哮之势，巨大的冲击之力足以让一切挡在前路的障碍发抖。

闸门是开放的，水便直接扑向了水轮的板叶。巨大的喧嚣和撞击之声，被转化成水轮的旋转；紧接着，水轮的旋转又被"碓杆"转化成石杆的连续起落；石杆的夯击之声不断，咚、咚、咚，像催命的战鼓，像不息的春雷，把令人兴奋也令人不安的震颤，传向天空，传向大地，也传向满怀期待的人心和连绵不断的日子。

在一片轰鸣之中，不可计数的水竹将在水的推力下化为齑粉；在一片轰鸣声中，水随着水轮跌落、消散……而远山又响起了细碎、轻柔的窸窸窣窣，那是雨打竹叶的声音。穿越隐秘的时空，水的来生又在雨水中拉开重演的序幕。而来生，水依然要用一生的心血滋养山上的竹，也依然要乘坐时间的滑梯重返水碓，尽一生的力气推转一只命运之轮。

"刷"，这是阿旺伯按照老辈人的传承为水竹备下的名号。不破不立。自打从斫竹人肩头滑落的那一刻起，水竹们原有的一切都将被一一破掉。不但破掉，它们还要经历交臂历指、水煮汽蒸、千锤百炼、粉身碎骨等等一切惨绝的历练。竹当然已不能再叫竹，那么娟秀的名字会让人想入非非，而不敢触碰；竹也不能再保持原有的身段和品貌，要破相、破身、破圆满。光溜溜、水润润的一竿秀竹，要完成救苦救难、普度众生的沉重使命，首先得让物质性的存在变得残破、丑陋、低微如不堪的尘土。那么多穷苦的山民在指望着它们活命呢！竹坚忍无声，只能咬紧牙关舍去那段"虚心、有节"之身，一任那班粗陋器具的鲁莽杀伐——被斧、锯截断，被重物锤裂，被烈日晒干，被粗麻捆扎，而后，便成为一捆捆地地道道的"刷"。

既然已经叫"刷"，就要按照"刷"的运道继续运行下去——

现在，"刷"要面对另一种形式的水。从山间竹根渗出的水，要以其绵长和柔韧与山石的坚硬或与牡蛎的锋利联手，成为石灰水或蛎灰水。刚刚捆成的"刷"，正是要投入充满了石灰或蛎灰水的腌塘，经受长久的浸沤。

方方正正的腌塘就那么一个挨着一个从纸坊排向远处，两两腌塘间只隔了一个窄窄的石埂。每年的夏秋之间，阿旺伯都要在这些石埂上走来走去，至今已经走过了多少年多少趟，自己也记不清了。日子连着日子，季节连着季节，腌塘连着腌塘，记忆连着记忆，跟海一样，浩瀚无边。所以阿旺伯每一次走在石埂上都有一些眩晕的感觉。阿旺伯从小就没有离开过这片山坳，没见过真正的大海，在他的感觉里，自家的这片腌塘就是一片总也挨不到岸的海，而蛎灰水中隐约可见的"刷"则像一片片竹筏或小舟。实际上，这只是他的一种错觉或幻象，他隐约感觉到的另一片海，是无形的，也是永远也看不见的，它隐在这些腌塘的"背面"。只有在那另一片海中，这些由竹而化的"刷"，才是真正意义上的"舟"。

夏日里，骄阳如火，从天空泼下来熊熊烈焰，与腌塘里发烧的蛎灰合力，对堆满腌塘的"刷"进行着严酷的"考验"。金黄的蛎灰水会不断发出"哧哧"的响声，升腾的烟雾夹裹着呛人的气味，带来了塘底的信息：那些曾经嫩绿的竹已经被"杀青"，最后一缕生命的迹象已然消失。为了让"刷"在水中均匀、充分软化，人们特意设置了一道"翻塘"的工序，每隔半个月要翻动一次"腌塘"里的"刷"。早些年，阿旺伯会在艳阳下脱掉全身的衣服，只留一件遮羞的裤衩，浑身涂满菜籽油，下到"腌塘"里翻"刷"。尽管如此小心防范，"翻塘"人的腿上还是被无孔不入的蛎灰水咬出了累累的伤疤。而"刷"们则必须在这种凶恶的噬咬中，一天天忍耐下去，但等秋天一到，塘水从金黄变成暗褐，阿旺伯的腿上脱去了三层皮，竹子们便可宣告完成了由竹而"刷"的全部"功课"，炼尽了生命里所有的"渣滓"，皮肉、木素和果胶尽绝，只剩下柔软而坚韧的筋骨和干净的灵魂。

咚、咚、咚，当沉雷一样的轰鸣再一次从水碓旁不断响起，已经是初冬时节。"雷"声里，并不是一竿竿新竹冲破泥土脱颖而出；而是一捆捆"刷"在石杵的锤捣下变成了泥土一样的"刷绒"。这些看起来像云朵、棉絮一样的"刷绒"，就是"泽雅屏纸"最基本的原料。它们既是一种纸张的筋骨和皮肤，也是这些纸张的魂魄。

至此，如七十二劫的"七十二道工序"已经大部分完成，历经数月的艰难孕育，终于临近"分娩"时刻。之后，再经过"踏刷""烹槽""撩纸""压纸"等一系列工序，一"张"纸就宣告正式诞生。新造出的纸柔韧绵软、色泽金黄，高贵而低调，形平而质优，虽仍怀有一颗"竹"心，却不再有人能够辨认出它们的身世，想象不到它们就来自这山中的泥土和青翠的水竹之家。

拣一个日暖、无风的好天气，阿旺伯要和村里的纸农们一起把这些新纸运到山上去晾晒——一张张、一沓沓铺开，亮闪闪、金灿灿，排满泽雅的山冈，本来翠绿的竹山一日间就变成了金色的"纸山"。宛如一场宏大、隆重的告别仪式，新纸们最后一次贴近这山、这泥土。当它们把体内最后一缕水汽、最后一丝念想都归还给这片家山故土之时，"身"与"心"就会变得如魂魄般轻盈，可以跨越年代和地域之界，飞往遥远的时空——天之南、地之北、国之内、海之外，而历经或跨越的时光当无从查考。

突然，有一阵出其不意的风从竹林里蹿出，当地的纸农们称其为"鬼风"，"叼"起一张没有压住的纸就飞上了天空，飘飘摇摇，如一只断了线的风筝越飞越高，直至无影无踪，这张特立独行的纸已经在所有屏纸的未来之路上先行一步。

阿旺伯从青竹一样的年纪入行，一年年陪着那些水竹辗转于竹山和纸坊之间，不停地斫，不停地沤，不停地捣，不停地撩，不停地晒，也不停地卖，终于在70岁那年突然就走不动了，感觉自己的生命已被掏空。皱褶的皮肤像一块没有附着力的竹皮，即将从肌体上剥落；软弱的骨头像沤过了头的"刷"片，失去了钙质和纤维，支撑不起任何重量；筋肉如泥，神思涣散，血流也在一点点缓慢和冷却下来……

在最后的一段时光里，阿旺伯手抚一案屏纸，终于悟透了自己的平生。原来，一生竟然被水竹所误，生命里的那些血气和力量一开始就已经被命运之刀砍伐，之后便陪着那些水竹一点点被沤烂、剥离、捣碎、分解、散发到无际无涯的时空……如今，他已是一捆捣不出绒也戳不起来的废"刷"。

阿旺伯走的时候，儿子选了一担最好的屏纸做冥币，为父亲送行。那日，正好是一年一度的清明节。"南屏纸，冥间钞，红火青烟绕天烧。"不但阿旺伯家的屏纸在燃烧，天下所有的屏纸都在燃烧。猎猎火焰将屏纸化为灰烬和向上升腾的烟气，竹的魂和人的魂终于双双超脱了那张符咒般的黄表纸，升了上去，与天空里的云汇合。云与烟，水与火，在九天之上握手言和，相拥相携；随风而去之后，已不知所往，不知所归。

清明一过，泽雅的山上突降一场豪情万丈的春雨。新雨后，又一茬新竹破土而出。

（原发《人民日报》2019 年 12 月 4 日,《脊梁》2021 年第 6 期。）

国师纵逝洮河北

我知道，我要探访的那个叫侯显的人早已不在临潭；就连他晚年居住过的叶尔哇寺也不在临潭，但我务必去临潭，因为临潭的名字后边隐藏着一个不可回避的地址，只有临潭才能打开那个时间的缺口，让我顺利进入古洮州，进入那片规模宏大而又金碧辉煌的建筑和一段同样金碧辉煌的往事。

一

从海拔 1550 米的兰州一路南行，大陆架渐次隆起。土黄色的莽原托起曲曲弯弯的路，向植被及人烟渐渐稀少的高处，向云朵渐渐浓密的天空，涣漫、广阔地铺展开来——

冗长而没有尽头的爬行，仿佛一口喘不到底的气，憋得人胸闷。

突然，前方出现了一个蓝色的标牌——七道梁，一转弯，视野即变得一片苍青，豁然开朗，耳边仿佛传来轰然的一声巨响。我知道，这声音并不是来自现实，而是来自十分遥远的岁月深处。2.4亿年之前，两个大陆板块曾在这里碰撞、对接，青藏高原和黄土高原以一种激烈、极致的方式融为一体，留下了深沉而雄浑的余音。

站在七道梁的山口，海拔高度正好是2660米，回望兰州，已然是一片隐在云雾之中的渺渺红尘。书上记载，此处自古就是从兰州南下陇南、临夏、甘南乃至进入四川的必经之咽喉。如果将脚下的公路复原成千年之前的样子，这里就是贯通南北的茶马古道。细细弯弯的路，以超出想象的韧性向南，枝枝蔓蔓地延伸，就如青藏和黄土两个高原的缝隙中长出的一根瓜藤，沿线的地域和城镇不过都是这同一根藤上结出的瓜。虽然一根藤上的每一个"瓜"味道和特性都大致相似，但总有一个和它的母体最为契合，最能体现母体的生命信息。

其中，最配得上"两原之子"的地域就是甘南，因为它承载了这个地域的一切文化基因和独特的性格。因为地域性格的奇特，这里的一切都显得那么不同寻常。由于每一个昼夜里的温差巨大，这里的瓜果就特别香甜，花儿就特别鲜艳；由于在一座山上的一天行走，就能走过四季，所以这里的牛羊就特别鲜嫩、肥美；由于有秦岭的发源地白石山坐落在临潭境内，这里就是南北方的分水岭，既有南方，也有北方；由于有洮河流入了黄河成为黄河上游第一大支流，又有白龙江流入长江成为长江上游的一条重要支流，这里便同时拥有了两河文明；因为历史上这里一直是部落、族群、兵家的必争之地，战争频仍，人口流动变化剧烈，所以这里的人们更热爱和平，不喜欢纷争和动荡，更渴望稳定安详的生活，这里也就自然成了各族人民和谐相处、各种文化共生、共存之地；另外，还有它复杂的地理地貌，也堪称奇观，高原、山地、峡谷、盆地、草原、森林应有尽有，如一个地质的百宝箱，向人们喻示着异质同存的丰富、和谐与美好。

同行人娓娓的讲述、之前的相关阅读以及自己的直观感觉都告诉我，这是一个神奇、深厚、令人沉思也令人神往的地域。似乎，一切地理、自然、历史和人文要素都能够在这里实现冲突与融合的辩证。

二

已有雄关在望。那是进入甘南也是进入临潭的北大门，那是被临潭人骄傲地称之为"青藏之窗、甘南之眼"的冶力关。距今约 1560 年前，这里曾是吐谷浑（246 年—317 年）之孙冶力部落的领地。部落首领冶延即位之后，将其弟冶力封为搏虏将军，并赐其帐下部落驻扎在白石山一带游牧狩猎，后逐渐定居，此关即得此名。

这个公元二世纪就已经存在的陇西重要关隘，在 1500 多年的岁月中，见证了这里发生的一切变迁，曾经的战争与和平、衰败与繁荣、喧闹与沉寂、苦难与幸福，已经被原上的青草、天上的流云、吹来吹去的风和只朝一个方向流动的时间，冲刷、涂抹、掩埋了不知几个轮回。至元朝的最后一个年号至正二十五年（公元 1365 年），这个地域已历经汉、唐、宋、元几个朝代，领主也在鲜卑、羌、藏、回、汉几个民族间频繁地换来换去。汉代有中原向这里批量移民；唐代有边将李晟、李愬要在这里"雄于西土"；宋代在此地设立"茶马互市"；元明以降又有大量江淮人士来此屯垦、定居……所以，这里自古是陇右汉、藏、回、土聚合，农牧过渡，东进西出、南联北往的门户，被史家称为"西控番戎，东蔽湟陇，汉唐以来备边要地"。最后，终于又转到了藏人（古称西番）手中，但那时的地名并不叫临潭而叫洮州。显然，凭借眼前的临潭想象当时的古洮州，还是一件难度很大的事情，即便付出超常的想象力，也难以描绘当时人们的生活状态和心境。毕竟，临潭与洮州只是空间上一个相同的地址，在时间上还有着接近千年的距离。

就在那个幽深的时间断层，就是被临潭覆盖的古洮州，在离冶力关大约50公里开外一个叫流顺的地方，我要寻找的侯显在一个信仰藏传佛教的家庭诞生了。如果说，洮州是青藏和黄土高原缝隙上结出的一个最奇特的瓜，那么，侯显这个人一诞生就注定了他是这个瓜里最奇特、生命力最强的一颗种子。似乎，他的血脉和精神并非来自于生身父母，而是来自于高原，来自于高原几千年凝聚的精气，来自于这精气涵养而成的文化基因和地域格局。

侯显很小就被送到寺庙当了小喇嘛，在村庄旁边西山坡上的佛寺中接受启蒙教育，学习藏文和藏传佛教常识。由于他天资聪慧，少年时期就精通藏汉两种语言。这就为他后来成就历史上的伟业打下了良好的基础。那么后来，在他年轻的生命里到底发生了什么，出现过哪些事件和细节，因为岁月的层层遮蔽和时代的重重消解，早已经难以复原了。我事先翻了很多史料，也没有找到确切的描述，但我却知道他一生中那几个重大的变故或转折。

他是土生土长的西番人，这是他人生之幸也是人生的不幸。幸，是因为这样一个特殊地域造就了他先天的强悍和旺盛的生命力，如不死的骆驼草，坚忍、顽强，能够勇敢地正视自己的生存环境和命运。不幸，是因为他身陷被视为化外之地的穷乡僻壤，远离喧嚣人群和繁华的政治、文化中心，即便是一朵艳压群芳的奇花异草，也要在四季轮回中自生自灭，无人欣赏，无人喝彩；即便是一匹日行千里的宝马良驹也会在寂寞困顿中悄然老去，无人赏识，无人眷顾；即便有再大的本事也没有表演的舞台，只能在遥远的边地悄无声息地终老。更加糟糕的是，当时中原地区的统治者一直视侯显的同族为危害西部边疆的不安定力量，加以忌惮和防范。

据《明史》记载："西番，即西羌，族种最多，自陕西历四川、云南西徼外皆是。其散处河、湟、洮、岷间者，为中国患尤剧。"鉴于地方势力的蠢蠢欲动，洪武二年（公元1369年）五月，明朝北征大军的前锋部队到达临洮，对驻守洮州的地方势力进行威慑。好在大部分地方势力或纷纷逃散或主动归降，基本没动用多大的干戈，就和平解决了民族分裂问题。其实，统治者要的就是老百姓安安稳稳过日子，别动不动就自立门户，动刀动枪，纳不纳税都是小事，关键时候倒贴你一些资财也都没啥，只要你不去试图分裂国家，颠覆政权。大国之君应该是最知道"以百姓之心为心"的道理，那么，百姓心里想的是什么，最需要的是什么呢？无非就是"甘其食，美其服，乐其俗，安其居"舒舒服服过上好日子。所以在明朝军队占领临洮以后，朱元璋便向西番地区连续派出使者进行招谕，推行了"因俗以治""多封众建"的安抚政策。于是，洮州一带的西番首领纷纷来降。战乱将至，却能够转危为安，逢凶化吉，对于老百姓来说这是好事，是福音。

可是，偏偏又有人野心膨胀，为争取更大的个人利益，挑动、裹挟部分乱了心性的兵丁、民众撞入战争绞肉机。史记，洪武六年（公元1373年）七月，"洮州三副使阿都儿等以出猎聚众，约故元岐王朵儿只班寇边。"洪武十二年（公元1379年）正月，洮州十八族头目发动了叛乱，"据纳邻七站之地"与明廷抗衡……屡屡滋事，越闹越凶，这回大明王朝真的动了怒气和杀机，朱元璋立派征西将军沐英、都督府金事奉国将军金朝兴率京、秦、豫、鲁各路兵马进剿洮州。这相当于又一场大地震，两块大陆迎面相撞，其声隆隆，其势汹汹，土石翻飞，草木摧折……牵头的肇事惹祸，无辜的老百姓代为买单、遭殃，无可避免的又是一场生灵涂炭。是年，侯显的年龄刚满14岁，还是一个小童。

三

公元 1431 年，侯显终于完成了他一生的使命，告老还乡回到自己的出生地颐养天年或作为一面精神旗帜感召、度化一方气象。临潭就是侯显的人生起点，也是他的人生终点。

关于侯显及其家人在 1379 年那场战乱中的遭遇，史料上并无记载。至于他后来又如何成为大明宫中的一名宦官，由于缺乏可信的资料，目前也无法确切考证。

其说一，《临潭县志》记载：侯显"少年时未告家人，擅自离乡，爬山涉水，沿途乞讨，进京入宫充小太监"。按照这个说法，似乎侯显是自宫为阉的。那么，他为什么要这么干呢？难道他生来就胸有大志，想摆脱自己的身份和处境，即便采取非常手段也要孤注一掷，求进求荣吗？但是，据《明会典》记载，明初曾规定，凡自愿阉割要求成为宦官者，事先必须得到官府的批准。"如有私割者，照例重治；邻右不举者，一并治罪不宥"，"私自来京图谋进用者，问发边卫充军"。由此看来，当时，侯显自宫为阉的可能性极小。

其说二，在明朝军队征讨洮州十八族头目叛乱的战争结束时，年仅 14 岁的侯显便成了征西将军沐英军中的俘虏，他们发现侯显聪明伶俐，眉清目秀，便将他阉割后带回南京，进贡给皇宫当差。

无论哪种原因，后来的事实都证明，侯显是一个有大智慧、大志向和大境界的人。他志不在屈居一隅的苟活，也不在眼前的利益和传宗接代，而是要用这个短暂而卑贱的生命博取另一种尊严和永恒。

穿过一段幽暗的历史隧道之后，接下来的记载便赫然显现于各种史料之中。

据说，这个聪明伶俐的小童一进宫就受到了明太祖朱元璋的喜爱和赏识，眉眼与语言间的表达已不可猜测，但在事务的安排上确实是让同等条件的宦官们艳羡不已。也许这就是命运的安排吧，人的祸福吉凶常常缘起在一念之间。

一起步，侯显就被安排到了当时最有权势的司礼监当差，主要负责处理藏区事务。司礼监是个什么机构？那是明代宦官二十四衙门中的首席衙门，也是整个宦官系统中权势地位最高的机构。不仅总管内廷宦官事务，而且职涉外廷朝政，即所谓"无宰相之名、有宰相之实"。当时司礼监的职权主要有三项：一是批答奏章，传宣谕旨；二是总管有关宦官事务，统领其他宦官机构；三是兼领其他重要官职。

权力一向是巫师手里的桃木剑，心正者仗其降妖除魔，安定四方；邪恶者借以搬神弄鬼，啖肉吸血。从公元 1379 年 14 岁入宫，到公元 1431 年 66 岁告老还乡，侯显在宫廷里一共度过 52 年的时光，期间依凭着自己的智慧、能量和权力，为国为民做下了一系列福被千秋的大事。所以《明史》本传才有"显有才辨，强力敢任，五使绝域，劳绩与郑和亚"的定论。这里的"五使绝域"大约是指他两次独自率领远洋舰队出访东南亚各国，三次入藏平息矛盾和事端，进一步巩固了民族团结，加强了大明王朝中央和地方的联系。在我看来，也许后者更具有重大和深远的意义。

侯显曾在近二十五年的时间里，四次率领舰队远航西洋（其中两次是作为郑和的副手，两次是独自为帅），克服了无数难以想象的艰难险阻，先后访问了东南亚十五个国家，向周边国家充分显示了明王朝雄厚的经济实力和军事力量，以友好、和平的方式，消除了周边国家之间的隔阂，化解了矛盾，平息了冲突，增进了我国人民和东南亚各国人民之间的友好往来，扩大了我国的政治影响，提高了国际地位。

这些当然都很有意义，但毕竟国与国之间的关系，先天具有易变的性质，并无永恒，一旦国际形势和利益格局发生变化，原有的关系必然随之发生改变。只有一国内部的团结与和谐才是人民永恒的福祉。

侯显入宫之时，正当明朝建立伊始，西部边疆尚不稳定。藏族各教派之间、各少数民族之间、各种地方势力之间以及地方与中央之间都潜藏着矛盾与冲突，存在着各种关系的不确定性。搞不好就会兵燹四起、四分五裂。果如此，影响了国家形象和经济发展事小，最后落个民不聊生、永无宁日才是一个朝代的耻辱，万事万物唯此为大。

现在看，这样的背景当是时代对侯显的青睐和呼唤，也是侯显个人命运与历史进程的契合。拥有着既熟悉朝廷脉搏又熟悉藏区情况、既有人生理想又有先天素质的优势，侯显就从这个特殊的历史背景下起步，稳健地展开了他注定非凡的使臣之旅。

自接手协调处理西藏事务之后，他曾三次进入西藏，遍历整个藏区，通告明朝的对藏政策，沟通、加强藏区与明朝中央政府之间的联系。不仅迎请"大宝法王"和"大慈法王"等藏传佛教各教派的宗教领袖进京，建立了亲密的高层关系；还通过促进汉藏两地的物产交流，促进了藏区经济发展；又通过刻刊永乐版《甘珠尔》，将内地的先进雕版印刷技术传到了藏区，为统一的多民族国家的形成和汉藏之间的经济发展、民族团结奠定了坚实的基础。

纵观侯显的人生历程，在52年风云变幻的岁月里，无论对内还是对外，他始终如一做的就是一件事，那就是担当了一个为安定团结与世界和平而奔波的使者。表面上看，他是用毕生精力维护了明朝的中央集权和地方的经济繁荣与和谐稳定，为四方百姓安居乐业创造了良好的生存和生活条件，实际上是平息了诸多不可预见的冲突、纷争、战乱和杀伐，救无数生灵于水火。啥叫菩萨心肠，啥叫慈悲为怀？仅凭这一条，这个人就应该彪炳史册，令后世铭记不忘。

毋庸置疑，侯显的一生是辉煌的，也是令他的族属和所生地域引以为傲的。至于他本人，也应该是无憾的，他已经完美地实现了他的人生抱负。当他闭上眼睛即将离开这个纷乱的世界时，他完全有理由在内心里笑傲那些逞一时之能或争当一方霸主的野心家们。别说历来的争强斗胜者少有善终，就算你侥幸成为一方霸主，或一方诸侯又能如何？最终也不过是历史废墟中无处翻捡的一粒尘埃。

真正的男儿、强者和英雄，并不是你有一颗蓬勃的野心、健壮完美的身体和物质上的蛮力，更不是让更多的人因你而死，而是让更多的人因你而活，而幸福快乐；真正的自由也不是个人的随心所欲、为所欲为，而是让更多的人拥有和享受自由。

四

穿过康多峡谷，便进入美仁大草原。从美仁草原的北缘到侯显的叶尔哇寺旧址大约已经不足一个小时的车程。

公元 1438 年，侯显圆寂于叶尔哇寺。那时，朝代更迭至明正统二年，陇西地区已是一片政通人和、民族团结、太平和谐、年丰民富的乐土。侯显却在一片祥和之中告别了尘世，终年 73 岁。侯显走后，在当年的临潭大地上留下了一大片金碧辉煌的寺院和一个经久不息的生命回响。

《寺志》中说："大太监侯显把许多财物交给他的侄子汉官侯文，让他在祖先贡玛的旧寺遗址上修建了这寺。"叶尔哇寺，全称为叶尔哇桑珠林，意为"如愿洲"，由于寺院周围筑有圆形城墙，亦称圆城寺。

侯显还乡后，大明皇帝敕封侯显为该寺世袭僧纲和国师，所以该寺的历任僧正都是由他的侄、孙担当，一直姓侯，俗称侯家寺。寺院规模最大时，僧众曾达到过 1400 多人，是陇西最具影响的格鲁派寺院之一。寺内藏经曾达一千余卷，包括刻写成木版的《阿含经》《白伞盖经》《度母经》以及用金银汁写成的《甘珠尔》大藏经三部，并供有以黄金制成的大明皇帝的牌位和以一百多匹大锦缎制成的大缎佛一尊。院内还建有石筑的太监侯显灵塔一座。据传，塔内原用一根大木做轴心，过了一段时间后，此木竟然重获新生长成一株大树，人们从很远的地方就能看到那喻示着永生或不死的大树。

在赶往侯家寺的路上，我一直在头脑里想象、勾画着从前那座叶尔哇寺的样子，但在美仁大草原上，我还是不知不觉地走了一阵子神，被眼前的美景深深吸引，忍不住放纵自己的目光，任其在草原上无羁驰骋。

八月的草原，花季已过。七月里迟到的春天，春天里那场盛宴，已经匆匆散场，幸运的看花人和以高原为舞台狂热表演姹紫嫣红的花儿，如今都已经在时间的掩护下纷纷离去。平展的草原一望无际，铺满了密密麻麻低矮的植被，起伏波动的地表轮廓描述出高原优美的曲线和生动的呼吸，而一个挨一个的草墩则如高原广阔的肌肤上突起匀称、细密的小丘。这让人不由得联想到热烈、绚烂的花季逝去之后，情冷、心冷的高原突然打了一个寒噤。仍然有一些未谢的花朵在草原上星星点点地流连，有鲜红的绿绒蒿、紫色的达乌里秦艽、蓝色的和白色的龙胆，也有明黄的苏鲁……让人在失落之余陡然生出些许柔软的心绪和美好的向往。

黑色的牦牛和雪白的羊，成片成群地掠过，像草地上流动的云，埋下头忙着移动，忙着进食，为即将到来的冬天储备着可以慢慢燃烧的脂肪。只有那些花花绿绿浪山的人们是热情高涨的，也是不慌不忙的。他们知道草原上的花谢了之后，心里还有一片在盛开；他们知道要想顺利地度过冬天，不仅仅依靠身体的忍耐，还需要对春天的盼望；他们更知道自己离动荡和战乱还很遥远，人生并不需要慌慌张张和惶惶恐恐，日子需要慢慢过，滋味需要细细品。

浪山，据说是陇西人自明初一直延续至今的习惯。赶一个晴好的天气，三五朋友或一家老小，带着锅灶和食物去森林，去草地，去山野，消磨半天或一天的时间，像初嫁的女儿回到自己久别的娘家，回到自然，与自然亲近，触摸生命最初的源头和真谛，感受大地之上万物之间的和谐与自在。静静地躺在蓝天之下，不说，不笑，不动，甚至也停止了歌唱，看白云变幻、飘远，聆听光阴从生命里穿过，发出飕飕的响声——于是，从心里悄然生出一种珍惜之情，珍重起那些掌中流沙般变得越来越少的时日。

转眼间，千年岁月说过就那么过去了，休说有血有肉的身躯，就是石砌的佛塔、金筑的塑像，也禁不住岁月的淘洗和时代的变迁。

千年前兴盛一时的叶尔哇桑珠林，如今已荡然无存，如今，呈现于我们面前的建筑群虽然还叫侯家寺，但此侯家寺再也不是从前的侯家寺。

崭新的寺院、崭新的僧人、崭新的袍服、崭新的微笑和崭新的碑刻，让人一时百感交集，不知道说什么是好。史书上记载的雄伟建筑群和寺院里的一应事物，在这座崭新且气派的建筑里都找不到踪影。更让人感到遗憾的是，竟然寺院后的白塔里也不再有侯显的遗骨、遗物。好在那三卷世间仅存的《甘珠尔》大藏经还保存在寺院中的某处。据目前可查的史料记载，近千年以来这座叶尔哇桑珠林曾几度被毁，又几度重建，名字也曾几度更改，最后"侯家寺"的称谓还是保留了下来。

向往已久的侯家寺就这样被我们隆重地寻找又匆匆地走过，一代国师侯显一生的丰功伟绩和慈祥的面容在我们的脑海中曾经是那么清晰，如今俱在历史焦距的转换中变得模糊。就如我们空空地来，如今也只能空空地走。

我们告别，微笑着挥手，但心里却有隐隐的伤感。可是就在蓦然回首的一瞬，我发现那些双手合十的僧众们脸上都挂着奇特的微笑，那微笑竟然闪耀出千年前侯显的神韵和光辉。仿佛带着某种愿力，那些强光一样的微笑竟然瞬间注满了我的双眼。之后，当我走在临潭的街上，走在高原的各处，甚至回到自己生活的城市，每看到一个和善、美好的微笑，都会觉得那是来自遥远的侯家寺，于是也无端地想起一个符号似的名字。

（原发《青年文学》2023 年第 8 期。）

冰雪之"炉"

七月流火，"大火"之星兆于正南，天空果然就随着炽热起来，如传说中的炼丹之炉。

无形无色的火，也损毁，也成全，不消几日，长白山主峰的冰雪就在灼烤中烟消云散了。满山满眼的白色消隐之后，便有更加纷杂、汹涌的色彩从泥土上涌起，落叶的、针叶的、阔叶的树木以及曾一度销声匿迹的杂草纷纷发出翠绿的叶片，重重叠叠、浩瀚如海。其间如星星闪耀，如火焰跳动的，则是红的、粉的、黄的、紫的花朵。

这突然而至并打破了时间节奏的窑变，把一切的冷和一切的热都幻化成悦人眼目的色彩，宛如一幅巧夺天工的锦绣，从天而降。

同样从天而降的，还有那道时间一样悠长的河流。"松阿里乌拉"是它的满语名字，也是它最具表意的乳名。因为源头可以一直追溯到高山之巅，它便在声势上远远超越了它的另两位一母所生的兄弟，图们江和鸭绿江。尽管前行了一段路程后，它被改称为松花江，远处山口那一挂流泉飞沫的瀑布在上，仍具有引人翘首仰望的魔力。

其实，在这个季节，我们能够感知到的一切，都不过是时光流程中某些短暂的片段，叫一时的表象或虚像也未尝不可。当我们的目光以一条鱼的方式进入抽象的或具体的河流，逆水而上，越过水流，越过浪花，越过倾斜的河道，越过高悬的瀑布，一旦越过隐于瀑布之后的那道时光之坎，便进入其"长白"的本真。

亿万斯年，长白山置身于北方苦寒之境，胸怀一团炽热的岩浆，头顶一片终年不化的积雪，在冰与火的相克相生之中，恪守着如玉的纯净与洁白。长白，就是长年积雪不化的意思。这早年的景象，虽然随着全球逐步变暖而有所改变，冬天的疆域逐年收缩，但峰顶无雪时段一年中也不超过四个月，冰天雪地仍是它的常态。正因此，与长白山相关联的一切，包括风物、人文都被这一山冰雪纳入相同或相近的精神谱系。换句话说，正是这一炉冰雪，冶炼出一方独特的风物和地域精神。

古籍中曾有这样的记载曰："长白山在冷山东南千余里……禽兽皆白。"这描述是否真实，有待考证，但山为"长白"却是不争的事实。整整一个冬天，长白山主峰都被零下45度的低温严严实实地笼罩着，厚厚的积雪在阳光照射下发出刺目的光芒，总会让远处的人们抱有一片温暖、光明的想象和向往。忽有8至15级大风从西北而起，长驱直入，沿陡峭的山体一直攀越天池北侧的天豁、铁壁等诸峰，将银白色的雪粉挥洒至高空，瞬间将冰封的天池掩埋在一片如烟如雾的粉尘之中。烟气缭绕，扶扶摇摇，疑似有一炉熊熊的火正在湖底燃烧。可那火，并不是火，是冷得可以把人"烫"伤的冰雪。

就在这一片令人绝望的寒冷之中，另一些与冰与冷向度相反的事物在悄悄酝酿。有温泉水从岩石的缝隙悄然溢出地表，以拒绝凝固的流淌，以袅袅升腾的雾气，宣告山体内蕴含着的巨大能量；有"蹲仓"的黑熊蛰伏于某棵倒木之下，以绵长而微弱的体温一次次成功化解了严寒的袭击；从初冬开始，无孔不入的寒冷就开始追击那些无法逃脱也不想逃脱的山中草木，一分一毫、一尺一寸地将它们冻结、固化，成另一种颜色、另一种形态的冰，从梢头直至根系之末。也是从初冬开始，草木们便借助冬天之手将一个柔软的复活梦想珍藏于坚固的冰壳之内。最了解长白山的情绪和脾气的，是那些常年守在主峰下边的气象工作人员，当他们一次次爬出大雪封门的小屋，在暴风雪中艰难记下的，却是山的经历、山的秘密。即便危机四伏，即便风雪肆虐，那些雪野中不屈的生灵，狍子、野鹿、香獐、紫貂……仍然要在林间奔跑，一串串跳跃足迹印证的是它们勇敢的心和自由的灵魂。

还有那些立于植物带最顶端的岳桦，如站在生死交界的勇士，以匍匐前进的姿态，以扭曲向上的风的形状，以铁一样刚硬的枝条，不屈不挠地挑战着生命极限。它们所处之地已经是生命的悬崖，再往前，只有那些贴地而生的高山苔原植物可以存活，山体之上，已不再有可以存活的树木。

这是七月，冰雪的"烈焰"暂息，接下来的季节既不能叫作春季也不能叫作夏季，只能称之为暖季。在极寒中孕育和经受过冶炼的一切事物，像一窑终于走出黑暗、靓丽面世的完美器物，昭昭然呈现于世人眼前。在寒冷与寒冷、冰雪与冰雪的间隙，它们没有太多矜持和犹豫的时间，只能以孤注一掷的方式拼尽生命里的全部能量赴一场青春的盛宴，在尽可能短的时间里发芽、放叶、开花，让每一块土地上都铺满色彩，让每一方空间里都溢满芬芳。

最先露出容颜的是那些与冰雪交错而生的牛皮杜鹃，二者在时间上衔接之紧密，仿佛那些低矮的高山植物并不是因为冰雪滋润而生，它们本来就是冰雪的一部分，当阳光的刻刀一刀刀将那些残余的冰雪剔除之后，它们就自然而然地显现出来，雪白雪白的花瓣又如冰雪般晶莹。然后是那些长着毛茸茸花冠深紫色的白头翁和明黄的金莲花、耀眼的毛茛花；接踵而至的是倒提着铃铛的高山龙胆和散淡浪漫的剪秋萝，还有平贝母、大苞萱草、紫斑风铃、布袋兰、松蒿……在高处，各种树木如小叶杜鹃、辽东丁香、蓝靛忍冬等也不失时机地争红斗紫，在空间上与草地上的花朵进行呼应与互动。

溪苏花有一个好听的别名叫东方鸢尾。如果说，高寒环境里的生命都有抱团取暖的本能，那么溪苏花则是群聚植物中的最中之最。也不知从哪年哪月开始，千万棵、万万棵溪苏花悄悄聚到了一起。平日里，它们与其他野草混杂在一起，没有人留意这个群体的规模，一旦花期来临，它们便不约而同地伸长颈项，纷纷朝天空挺起它们蓝紫色的花朵。霎时，蓝天白云之下便出现一片蓝色的花的海洋。只有落落寡欢的野百合或三三两两或茕茕独立，火苗般在草丛中闪闪烁烁，以星星诠释星河、诠释宇宙的姿态，诠释着鲜红与雪白之间某种隐秘的关联。

七月，山下的桃花已谢，青果挂满枝头。长白山上的"桃花水"开始恣肆，大山皱褶里的冰雪之水和天上下来的雨水汇合，将每一条河道涨满。河水由最初的清澈、安静之态变得浑浊、急切甚至狂放，不舍昼夜，将生长的讯息和能量传送至山区的每一个角落，传送给林中的每一个生命。

中华秋沙鸭已经在最短的时间完成了生儿育女的使命，带着毛茸茸的幼崽从十米高的树洞里跳进湍急的河水。它们要抢在冰雪来临之前让幼鸭经受摔打，抗击风浪，学会生存的本领，学会展翅飞翔。作为长白山区的原住民，灰松鼠和花栗鼠最懂得如何珍惜好时光，在坚果没有成熟之前，它们已经开始在倒树上晾晒蘑菇，为度过漫长而艰难的严冬做充分准备。森林里的红松树总是显得那么老成持重，除了时光，几乎没有人能窥破它们生长的秘密，它们的高大与魁伟似乎是与生俱来的，看起来它们并没有成长，也不需要成长，但就在松花落去的短短时间内，树上的松果已经快速膨胀至鸡蛋大小。有人说，这个季节走在森林之中能听到树木拔节的声音，那不容易，很可能需要人具有某种异秉，但一般的人只有隔一场雨再去看那些树木，什么黄檗、白檀、花楸、紫椴、青杨、黑桦、赤松、蓝莓……都已经抽出尺八长的新枝。它们似乎都精通冷静与热烈、内敛与张扬、忍耐与拼争、有情与无情、摧残与陶造的辩证。

七月，当我走在绿意盎然、花团锦簇的山中，却忍不住要想起之前或之后那片茫茫的冰雪，想起关于生命的寂寥与辉煌、凋敝与繁盛，但想来想去，却终难想清楚眼前这一切是来自上一季冰雪的滋养还是下一季冰雪的催逼。

（原发《人民日报》2022 年 8 月 8 日，原名《走在绿意盎然花团锦簇的山中》。）

家住大泽西

　　十月里的清晨，炼乳一样浓稠而洁白的大雾正笼罩着松嫩平原。四野一片宁静，空气中充满了慵懒而又有香甜的水汽。

　　不知道这场雾起自何时，又何时能够散去，一切都要看草原上的风向而定，如果风一直向西，那么来自查干湖源源不断的湿气，将继续把大平原深深地掩埋，就像一个吝啬的人，会花上一生的时间去埋藏他的宝藏一样。如果真是那样的话，就连时间也会被浓雾劫持，随其一同返回到很久以前或上古时期。那时，查干湖并不叫查干湖而是叫大水泊或大泽；那时，透过时光的雾霭，我们甚至随时都能够听到老鹳、天鹅和丹顶鹤那深沉如历史、高远如天空一样的鸣叫。

　　然而，一般情况下，风是不会向西的。这个季节，风只会从南方或西南一直流向人们正在思想着或潜意识里期待着的未来。这是风，也是时间的必然走向。五个时辰之后，或许我们就能够看到大平原清晰的面容了。

　　那时，我还没有离开故乡，仍然是查干湖湿地边缘草甸式草原上的原住民。当我在那个早晨醒来时，还没过 13 岁生日。那时，我虽然也隐约听说过，在村子的东方，似乎十分遥远的地方有一个东旱河，虽然我住的房子其实离查干湖岸边只有不到 10 公里的路程，但我却从来不清楚"东旱河"就是查干湖，更不知自己就居住在古代传说的"大水泊"之滨。那个年龄、那份心智和已有的见识还不能够让我看清周围的一切。

雾已经无声地移动了它的脚步。这原本在天空中流浪，被大地的温暖和尘缘迷惑而跌落凡尘的云，以一种极其眷恋的神色，一步三回首地慢慢消隐于村庄那边的树林背后。然后，我们看到了草尖有一点发黄但却十分广阔的草原，看到了聚集在村庄周围的参差间种的农田，有一些早熟的品类已经被收割完毕，秸秆一堆堆地堆放在地垄之间，一些从果荚或果穗上脱落的籽粒散落在各处的泥土之上，在秋日的阳光下闪烁着钻石般的光芒。

天空碧蓝如刚刚织出的一匹彩缎。有透明的风在其间穿行，像一束看不见的丝线，牵引出人们意想不到的声音和图案。

大雁总是以偶数结群，排成令人遐想的人字队列，飞在高处，一路行进，一路撒下此起彼伏的鸣叫，高一声、低一声，平仄交错。每一声雁鸣都如一层凉凉的水波，轻轻地漫过我的心头，仿佛来自岁月深处的某种叮咛或提示。

许多年来，我始终习惯性地认为大雁的鸣叫声里透出的是一种苍凉与悲戚，并习惯于以人的逻辑去猜测一只雁的际遇和心情，主观想象着大雁们所经受的千万里跋涉的风尘、饥饿的折磨、子女的夭折、同伴的殒命以及各种各样的凶险和不测……它们的身影、它们的声音总会让我牵肠挂肚。

雀鹰似乎是这片草地上常驻的税务官，不论春夏秋冬，它们都天天搜寻在树林与草丛之间，突然而来，又突然而去，随意捉去一只山麻雀或草原鹨，就算是这一片草原向它缴纳的税金或"租子"了。

而大天鹅是轻易不肯露面的，偶尔有三五只从高空中悠然而去，给我们的感觉，总如白色的梦幻一般，轻盈而缥缈，它们不露疲态的身姿，无数次地向这里的人们暗示着一个错觉，它们用不着在任何地方收拢翅膀，驻足停歇，不需要吃任何尘世间的食物，它们洁白的羽毛永远都不会沾到泥土，因为至少我本人从来没有看到过它们在陆地上行走。它们的从容与优雅，总是让我想到，它们一定是鸟儿中的贵族，它们的生活只合在天上。

在这个季节里，野鸭是不会成群结队的。偶尔，它们被突然从哪个池塘的芦苇中惊起，充其量也不过是三五只的规模，忙乱的翅膀频率极高地一阵噼啪乱舞，直打得银色的芦花四处飞扬，仿佛整个秋天都跟着慌乱起来。它们这时给人的印象就是队伍瓦解之后的散兵、流寇。但是在春天，我们会看到另外一种让人震惊的景象，我曾见过的最大一个野鸭群约有数千只，凤鸭、麻鸭、绿头鸭，品种混杂，大小各异，叽叽呱呱吵成一团，把一个5000平方米的水洼差不多全部占满。春天的野鸭们以大声的喧哗证实自己的存在，以空间上大面积的覆盖向人们声明它们与这片土地的关系。

每年春天，那些去冬离开的野鸭重新集结，共同回到湿地草甸，然后四散开来，在草甸上产卵和抚育后代；当秋天来临之前，它们又带着自己的子女到另外一个秘密的地点集合，陆续飞往那些不结冻的水域，所以在视觉上，便呈现出春天的浩浩荡荡和秋天的零零落落。

与其他鸟类相比，野鸭似乎没有什么理由过于清高，它们也从来没有表现过清高，虽然也算作候鸟，但它们并不会严格恪守时令的明示。如果这里的水，冬天也不结冻的话，它们就会留下来不走。在长山热电厂的循环水出口，因为库里湖大面积水域常年不冻，每年冬天，就会有一群不愿远徙的野鸭，在那里留守。它们对这片土地既有着主人的心态，也有着主人的情感，它们是这片土地上的半个土著。

如果一个人在梦里，却在梦境里寻找梦境，那么他就注定错过梦境；如果一个人在天堂的边缘，却背对着天堂去寻找天堂，那么他最终也将不知天堂究竟在何处。我生活在查干湖湿地，却没有面向着那湖，没有对其遥望或移动脚步，所以好多年以前我没有发现那湖。

每当我看到拖着两条长腿的丹顶鹤在夕阳里翔过树梢，每当我看到农田里的某一积水处聚集着各种各样的水鸟，心里都要泛起深深的疑惑。为什么在老家那个十年九旱的地方，会有那么多水禽或依水而居的鸟类来往、出没？直到后来才发现，那些鸟儿的集散地就在不远处的查干湖上，它们在那里有大规模的活动和聚会，它们到我所居住的村庄来，就如同我去自家的后园一样方便随意、自然而然。

大规模水鸟的出现，曾让我感到惶惑与恍惚。当一只孤独的斑纹鷸在干涸已久的池塘底部徘徊，神情里充满了哀伤和依恋，我不知道自己和那只鸟谁才是那片土地的真正主人，谁更有理由留下。

事实上，我们看不见的，鸟儿能够看见；我们无法记清的，鸟儿们仍然记得清楚。亿万年来，这一片湿地就是鸟儿们的领地。自从地球的造山运动把数亿年前的大湖之水从大小兴安岭以南的簸箕面儿倾入大海之后，贯穿整个松嫩平原的广大湿地生态就已经基本形成。以扎龙、萨尔图、莫莫格、向海、查干湖、大布苏等大面积低地水域为中心的草甸、水泽，向四周辐射、延展，构成了它们世代生息的家园。

后来有了人烟，有了一批多于一批闯关东的先民，有了逐渐增多、不断扩张的城市和乡村。再后来，人们在这里居住得越来越久了，就一点点忘记了湿地的历史，忘记了时间流程里的很多事情。自然的伦理、湿地上的秩序，变得一天比一天更加模糊、复杂，像不再清澈的湖水，像不再宁静的天空。

直到800年前，弯弓射雕的成吉思汗时代，湿地上的鸟儿们仍拥有着不可侵犯的尊严，仍被当做主人或者贵客一样款待着。马可·波罗曾在游记中这样记述："在查干湖（Changanor），大汗有一座雄伟的宫殿，宫殿四周有一片栖着鹤的大好平原。他委派人种植黍和其他谷类，好让那些鸟儿没有挨饿之虞。"时至今日，我的父老乡亲仍然在种植着马可·波罗时代的庄稼，原野上到处种植着黍、高粱、玉米、谷子、荞麦与杂豆。但不知从什么时候开始，那些鹤及其他鸟类已经不再是这些庄稼的享用者，人们种植庄稼只是为了自己糊口，而不再是为了让那些鸟儿不再有饥饿之虞。

当鸟儿仍以主人的姿态光临那些庄稼时，庄稼的主人便像鸟儿一样地叫起来，噢噢地对他们发出驱逐信号。人们放喉一吼，声音传出一里，而鸟儿们临水而鸣或凌空一跃，声音却传出五里，声音远高于后来者。声高者即为强者。它们虽然张开了翅膀，但并不会真正飞走，它们只是从这片庄稼转移到了另一片庄稼。人与鸟之间无休止的论战，不知持续了多少年代，直到后来人们找到了有着钢口铁喉的猎枪做帮手，才宣告一个时期的终结。猎枪夹带着硝烟磷火的发言，惊心动魄，声播十里，如撒旦的咒语一样，压盖了所有鸟类的声音。

不知道以最高的声音说出来的话语，是不是就意味着真理，但很显然因为力量上的强大，人类已经成为这片湿地的真正主人。鸟儿们虽然往返于自己几万年一直沿袭下来的迁徙路线，但它们的正当性或正义性已经受到土地主人和钢枪的严重置疑，因为它们的翅膀之下，是大片大片正在成熟的庄稼。

爷爷在世时，曾绘声绘色地描述过那个狩猎时代的零星片段。一个拥有枪支的人，一开始是不屑于在那些小型的鸟兽身上浪费子弹的。一只长须鸨落在地上时，比一只羊还要高大，一个枪法精准的猎手躲在200米外的树丛里，在鸨群惊飞之前只要能够连发两枪，所得到的重量就得动用勒勒车往回运送。一只成年老鸨的体重40多斤，据说要将这么大的一个家伙喂饱一次至少也得 5 斤玉米。接下来的就是天鹅、大雁、黄羊、野兔、绿头鸭……枪声响到哪里，鸟兽的身影消失到哪里，沉寂覆盖到哪里。爷爷见过的最悲壮的也是最后一次大规模猎杀是一群"当兵的"人开着卡车在东边草甸上追杀一群黄羊，四五支快枪不停地响，一路留下黄羊的尸体，等到羊群最后被打散消失的时候，"当兵的"再回过头来捡装猎物，整整装了一卡车。

然而，这并不是最终的结局。

之后，就有各种大型农机吼叫着向湿地的腹地逼近，大片的草甸和鸟儿们的窝巢在钢铁的履带下变成泥土。湿地退去的地方，露出了盐碱，盐碱被反复研究之后，暴露出下面埋藏着的石油。当初谁也没有料到，上帝把好东西都藏到了一个地方。而聪明的人类却拆穿了上帝的心机，像当初夏娃发现并食用智慧树上的果子一样，发现并充分利用了这种黑色能源。从此世界的秩序和人们的生活，发生了不可逆转的改变，奖赏与惩罚，获得与失去，快乐与悲伤像一根绳子中的两股一样紧紧地扭结到一起，须臾不得分离。

最有力量的石油工人开着大卡车，辗过田垄，辗过草甸，也辗碎了草原鹨、赤麻鸭、沙鸡的巢穴和刚刚出生的幼崽，在湿地与天空之间树起高高的井架，向以往的历史和原有的一切秩序宣告湿地的新主宰再一次诞生。这时，连那些庄稼主人的声音也微弱得难以听到了。于是，如同钻石一样坚硬的钻头，比若耶溪水剑还要挺拔的钻杆紧密衔接，突突地一直刺向湿地的胸膛，一下子就击中了要害，从此湿地就如一个流血不止的伤兵，一分一秒地等待着最后时刻的到来。而鸟儿们就是那湿地的气息，一点点地变得稀薄和微弱下去。

我们终于明白，为什么鸟儿日日哀鸣，是因为它们深深地知道地球与生命的秘密，它们也深深地知道这秘密与它们的命运紧密关联。

假如时光像戴在腕上的一只手表或摆在桌上的闹钟，可以随意拨弄，那么我一定要冒一次时间倒错的风险，把指针拨回到上个世纪的六七十年代，和人们共同回望查干湖湖底的大面积龟裂、瘦弱得目不忍睹的湖水以及天地之间无鸥无鸟、死寂无声的苍凉。我要和人们穿过时光的隧道共同感知，如果地球上最后只剩下了人类，而没有了湖泊、草原和湿地，或者只有湿地而没有了给其带来动感的鸟兽在其间穿行，这世界是如何了无生机。

当你的手已经不再洁净，及时地把手收回就是爱。查干湖，这片鸟儿与人类共同的乐园，共同的"伊甸"，谁在那里犯了罪，谁必受到自然的诅咒，谁在那里犯了罪，谁就应当自觉地离开。

所幸，上个世纪八十年代因为开出了新的水源，查干湖重获新生，并从本世纪初，沿岸的乾安和前郭等县又全面推行了退耕种草政策，在查干湖周边的草地上大面积禁牧，人、农机以及牲畜全线从湿地向后撤退。在人们退去的地方，绿色的草线，像绿墨水在宣纸上的洇散一样，开始扩展、移动，覆盖了那些白花花的碱地，覆盖了牛羊践踏过的斑斑驳驳的黑土，重新抵到了农民的田地。

又是一个重林尽染的秋日，我再一次来到查干湖，感受查干湖周边的生态，也重温湖区民众的生活。去看开满鲜花的野鸭岛，去看碧水蓝天映衬下的红船，去看神秘而美好的"三湖映日"，去看烟波深处的打鱼人……

一路走来，渐行渐远，一幅美丽的画卷又一次在视野中展开——无边无际的芦苇荡和金色的草场紧密衔接，在太阳下闪烁出明艳的光泽；草丛深处隐隐传来山鸡或鹌鹑咕咕的叫声；一只胡伯劳站在草库伦边缘的木桩上沉默不语，此时它已经用不着担心饥饿的问题，但必须要防范着头顶盘旋的鹞鹰；百灵鸟可是这片草地上最受宠的明星，虽然已经不像盛夏时那么兴高采烈地鸣叫，但偶一出口的啼鸣仍然甜美动人；水边的泥泞上，那些单单细细的脚印则已经证明，有一群红脚鹬或小水鸡刚刚离开这里……而那些鹤呢？马可·波罗曾提到过的那些鹤呢？经过了一个时期的销声匿迹之后，重新回到了湿地，它们的身影先是在查干湖湖区闪闪烁烁地出现，后来队伍也在逐年扩大，又一点点飞向更远的地方。仙风道骨的鹤，从来不听人们到底在说些什么，更不相信那些空洞的宣传和许诺，它们只相信田地里的庄稼和水里的鱼。

生命和生态从来都是自然中不可破解的秘密，就像你不知道哪片土地下埋着什么样的种子一样，人们从来也无法知道哪片水域下藏着什么样的鱼卵；但是阳光知道，水知道，那些和我们持有不同语言的鸟儿们知道。它们慢慢地徜徉在春天的水边，只轻轻一叫，那道门就开了，植物放出了叶子，鱼儿游出了水面……但人类却听不明白，也许那就是天机。

一春一夏的雨水过后，水塘和低洼的田地里到处都有青蛙和鱼。我在久违的故乡的土地上，再一次听见了苍鹭们低婉的歌唱。这个几乎和湿地一样古老的物种，吉祥与和顺的预言家，有骨无肉的先哲，已经优美地提起一条腿，神清气定，在湿地的某一浅水处站稳，等待着自然之神把湿地的魔轮转回到那些生机勃勃的年代，化被草木，鳞潜羽翔。

查干湖从此一定不会再寂寞了。当一只苍鹭静静地站在水里时，让人想到的是鱼；当许多只苍鹭同时沉默着站在水里时，让人想到的是思想，是有关水、有关湿地、有关生态的哲学，是有关美好未来的想往和期待。

我久久站在向晚的湖岸，在如火的夕照里，瞩望远方，目光飞越那片苍苍茫茫的大水和大水一样苍苍茫茫的岁月，又看见了多年前那一场弥漫四野的大雾。但此时，我心清明，不再迷茫，我已经知道有一种机缘如生命本身一样幽深，就算你有意逃避，它也会一路尾随而来；有一片热土命里注定，纵然，我已经离去千里万里，纵然回首时又有千万重夜幕与雾霭挡在眼前，我也还是能够看到、看清那湖，因为它已经深深印在我的心里。

此时，就算我闭上双眼，也能看到它一望无边的芦苇荡；芦苇荡里衔鱼疾飞的天蓝色翠鸟；水巷里慢悠悠行进的小木船和岸边躲在太阳伞下像苍鹭一样等待时机的垂钓者；还有放网捕鱼的壮观场面；还有骑马在草原上奔跑的牧民，一路惊起躲在草丛中午睡的鸥、雀……

（原发《大家散文》创刊号，《散文选刊》2008 年第 10 期选。）

西塘的心思

耽于玩耍的西塘，就这样在千年的水巷边，安然坐定。

我见到它的时候，它什么也没说，只是神秘一笑，嘴唇抿紧，仿佛在刻意地守着一个什么秘密。其实，看一看水巷里悄然而逝的流水，便知道，西塘已经把浩浩荡荡的时光都诓进了水巷，而自己却成功躲过了岁月的逼迫，继续在春色可人的江南忘情流连，并成为一个让人忘情流连的去处。

相传，春秋时期，吴国大夫伍子胥兴水利，通盐运，开凿伍子塘，引胥山（现嘉善县西南 12 里）以北之水直抵境内，故有胥塘，别称西塘。这样算来，西塘的存在已经有两千年以上的历史了，不知道这两千多年的时间，它到底是以怎样的方式在时间之轴上行走，怎样依凭一个小小的空间让自己在时间流程之外悄悄延宕下来。许多世代都已经从它的身边——过去，而它，至今仍然没有起身离去。

地老天荒呵！

到底谁有勇气和能力把这样的守候或等待付诸实施？

我们总是在沿着空间之轴到处奔走。前天盐官，昨天嘉善，明天或后天又将是杭州或上海，我们并不知道时间的秘密，所以无法在时间里久留。地也未曾老，天也未曾荒，只是有一天，我们和我们的心愿将一同在时间里老去，化为尘烟。大概，也只有西塘这样的事物能够懂得时间的秘密，只有西塘这样的事物才能够在时间里坚守并直指永恒。

太阳在水巷的另一端升起，照亮了西塘古镇和古镇的清晨。宁静的街溪水仿佛受控于一种神秘的力量，突然就停止了流动，成为一渠泛着金光的油彩。逆光中，一只小船无声地从水巷转弯处驶来，恍若时光深处的一帧剪影。胭脂色的涟漪从船头一圈圈荡起，无声，在浓稠而凝重的水面上传播。远远望去，平滑的水波仿佛已经不再是那种液态的质感，而是水波过后留在沙地上的固态纹络。

此时，水巷两岸的建筑愈发显现出古旧的色彩和形态，粉墙黛瓦以及其间的斑驳，经过时光和岁月的反复涂抹修改之后，变得更加深沉、厚实。偶尔有微风从葡萄藤的缝隙间穿过，轻轻拂过脸庞，提醒我确实身处现实之中并且正浮于时间的表层，但我的心，却分明感受到了岁月的稀薄和时间的沉重。

这是一天中行人最为稀少的时刻，古镇的一切都如一夜间去除了遮蔽、掸掉了浮尘，清晰地显现于视野之中。走在狭窄而悠长的小街上，竟然能听到自己脚步的回声，空旷而悠远，如同从很久以前传来，又仿佛要传到很久以后。低头时，目光能够很幸运地直接触到那些辨不清年代的麻石。它们与两旁林立的房舍，衔接得天衣无缝，就好像在两千年以前西塘刚刚诞生的时候就已经紧密地结合为一体。倒是在其间行走的行人与这些建筑有一点格格不入，貌合神离。很显然，短暂的停留和居住，还不能让我们把"根"扎入时间深处，我们无法打开与古镇沟通、融合的心灵之门。

南来北往的客，纷纷慕西塘的盛名来看西塘，却又难免经常与西塘擦肩而过。

有的人知道，西塘不仅仅是一渠水、一座桥、一蓬小船或一些旧房子，更不是被杜撰、修改了很多次似是而非的传说，但西塘究竟是什么，还是无法确定、无法明了。于是，便在游览的流水线上格外地用了些心思，四处看一看，找一找，无奈市声嘈杂、人潮如蚁、目光交错如麻，心便被搅得纷乱，遂视而不见，听而不闻，最后只好乘兴而来扫兴而归，自觉或不自觉地陷西塘于"其名难符"的怨声之中。

有的人，兴冲冲地到了西塘，一扑入西塘的街，一住进西塘的老房子，就把西塘彻底忘了。找一张正对着水巷的雕花木床，在徐来的温风里，把没有想完的心事继续想起；抱着电话与远方的亲人或朋友"微"来"微"去，或随人流在一家挨着一家的店铺里找一件儿似曾相识的工艺品，盘算着如何低价买下，带回家去……

很多来古镇的人，吃饱喝足之后，总是要给自己留下一些曾到过古镇的凭据，要么在某一重要景物上偷偷刻下"某某到此一游"，要么就是拥着挤着争着抢着在古镇的水巷边、石桥头或某一处刻着字的古宅前排队留影，希望在古镇背景的映衬下自己的倩影会更加隽永美好，以便事后愉悦一下远方未能成行的亲友，但很多人拍完片子在相机的显示器里一看，竟然大呼奇怪。他们或她们都情不自禁在抱怨古镇的不予"配合"，因为拍出来的片子一点儿都不和谐美好，就跟"P"上去的一样，人与景儿之间你是你我是我地分离着、隔阂着，如不同时间、不同地点、不同事件的硬性捏合。

相对于漂萍一样去留无定的人们，似乎还是墙角、石阶上的青苔与古镇之间的关联度更高，更贴近、更默契、更和谐。它们就像古镇从岁月深处呼出的翠绿、湿润的气息，丝丝袅袅地升腾缠绕在行人的脚边。

而那些守候于客人门外或观光必经之路，低声细语或高声叫卖的人们，则是真正的当地人，他们常常以主人的身份向外出租和出卖着西塘。不知道经年累月的相伴与厮守，有没有让他们中的一部分人拥有了与西塘心灵与心声互通的通道，使他们与西塘之间像叶子与树一样气息与共，互为表达？但有一点是不可否认的，他们中的一些人虽然每天背靠着西塘，却只把两眼死死盯住如流水一样川流不息的游客，一颗心不舍昼夜地悬挂于客人的背包和口袋之上。对于他们来说，西塘也不过是一个栖身和谋生的地点，是一扇木门、一面旧窗、一个悬挂着的招牌和铺设货摊的店铺。

　　然而，西塘却总会以自己的方式展开另一程的生命叙事。

　　水巷两边的老房子，别致的木质雕花窗，通常都是敞开着的。从窗外进去的是风和阳光；从窗里流溢而出或隐蔽着的是各种各样的声音、各种各样的色彩、各种各样的情感和故事。它们很轻易地就让我想起被称为"心灵之窗"的眼睛，而眼睛注定要成为内在灵魂的流露与表达。

　　不知道此时的西塘是醒着还是睡着，如果醒着，那么窗里的一切必定是它秘而不宣的心事；如果它睡着，窗里的一切则是它梦的内容。来西塘的人，大概也都与梦有些关系吧，他们不是来寻找自己的梦，就是来古镇做梦。也不知道此时每扇窗的背后的人们是醒着还是睡着，如果醒着，西塘则是他们未来的记忆；如果睡着，也许西塘就在他们的梦里。

　　于是，便有缱绻过后的情侣情不自禁地把自己的梦延伸到窗外。他们像一对蝶或一双燕一样，在窗前的美人靠上把风景依偎成梦幻。大约是为了印证一下那情景的现实性和真实性，他们开始用店家事先备好的钓竿去钓街溪里的鱼。其实他们并不急于得鱼，他们只是要让那些幸福的时光如街溪水一样缓缓地在西塘流淌。如果能够偶尔从水中钓得一条或大或小的鱼儿，那便是平静的幸福中快乐与激情的象征了。果然，就有一条指头大小的鱼儿上钩，摇头甩尾地在水面上挣扎，情侣们笑着把鱼线收回，小心将那鱼儿存放在盆中，如存放一枚生动的记忆。然后，彼此交换了一下眼神，重新消失在窗子的暗影之中。

水面很快就平静下来。两天后，也许这个曾经上演过甜蜜梦幻的窗后已经人去屋空。再以后，或长久虚置，或住进了一对足不出户的老夫妇，而那窗前的水巷和拥有着很多条这样水巷的西塘，却依然如故，仿佛什么都不曾存在，什么都不曾发生。

这梦幻般的细节、时间之水中一朵小小的浪花，让我想起了短暂与永恒。如果仅从拥有时间的长度上论，我们之于西塘，正如蜉蝣之于我们。有时，人类躺在树下睡一觉或醉一次酒的工夫，蜉蝣已经度过了它朝生暮死的一生。对于人类来说，一只蜉蝣的生而又死几乎在不知不觉中发生，当他一觉醒来的时候，并不知道曾有一个生命在他的身边生而又死。对于蜉蝣来说，它的一生也许和人类一样，充满了数不尽的起起落落和悲欢离合，充满了道不尽的曲折复杂和丰富多彩，而人类却如没有生命的静物一样，在它的一生里几乎一动未动。它并不懂得人类的一个动作就能够跨越它的半生，不知道人类能够把它们所经历的一切在时间的流程里拉长、放大，并演绎出更加惊心动魄的波澜。它们没有能力懂得人类，就像我们没有能力懂得西塘。大象无形，大音希声，人类中的智者隐约感知到了自身的局限，并对那些在空间和时间上的超越者，进行了支离破碎的猜想和描述。

然而，雄心勃勃的人类，从来不甘于生命的短暂与幻灭，即便是拥有了某个闪光的或意味深长的瞬间，也希求将其转化成永恒。

无形的风掠过水面，正在摇橹的船夫放下手中的橹柄，伸手抓一把，风迅即从指缝间遛走。而微波兴起的水，却在这时记住了风短暂的拂摸，于是便心花怒放，让菱花从水中开出来；菱花艳黄，如时光的莞尔一笑，开过之后就谢了，但在以后那些沉寂的日子里，那一泓多情的水，却悄然把那次甜蜜的记忆在内心酝酿成外表坚硬内在甜软的菱角。

与菱角相呼应的还有一种很奇特的水生植物叫"芡"，也有人称其为鸡头米或鸡头莲，属睡莲科，花深紫而大，据说菱花开时常背着阳光，而芡花开时则向着阳光，所以菱性寒而芡性暖。不管怎么说，这一切都是短暂的，一切的发生、发展不过是一个季节的事情。但人类却不甘心一切就这样结束、消失。遂有人将菱角采来晒干后剁成细粒，以作日后备用口粮熬成粥，一边食之一边回想起那些逝去的光景。更有人将芡实采来磨粉，蒸熟，并倾注了自己的心力敲敲打打，制成了芡实糕。一种传说中的美味小吃，一传几百年，名声已差不多与西塘相齐。

人类就是这样，把自己希望永久或永恒的愿望寄托于一切所经手的事物，通过物的永恒实现自身生命信息的传承。我一直想不通，说不准，这是人类的理想、梦想还是妄念。

沿着一排排摆满了芡实糕和煮田螺的摊子前行，总能够在某一处房子的阴影中看到一个只管低头操作而无心叫卖、推销的传统手工艺加工者。有的在织粗布方巾，有的在用当地的一种木材加工梳子，有的则挥汗如雨，加工灶糖。有一位剪纸的老妇人，穿着灰色的布衣，坐在自家门槛外，专注地裁剪着手中折叠的红纸，鲜红的纸屑像是时光的碎片，扑簌簌落在她脚下的暗影中。当天色已经变暗时，我再一次路过她身边，她仍然坐在原地未动，依然神情专注地剪着她心里的那些图案，脚下的纸屑已经积了厚厚一层，并变成了暗紫色。这时，那老妇人已经与她身后的房屋融为和谐的一体，一同在黄昏里变得身影模糊，模糊成古镇的一份记忆。

两千多年岁月所成就的西塘古镇，就这样点点滴滴凝聚着人类世世代代的心愿和种种努力，但最后它却无情地超越了多情的人类，成为一个冷峻、高傲的巨大背影，严严地挡住了我们探寻的目光。

庄子曾在《逍遥游》里描述过一种植物，叫大椿，据说它以我们的 500 岁作为自己的一个春秋，因为没有人能够亲历它的生命过程，所以就没有人确切地知道它的寿命，没有人确切地知道它的寿命，便也就没有人知道它已经行进到了生命的几分之几。如果，我们如此这般地比拟、揣度西塘，那么我们同样不知道它到底处于生命进程的哪一个阶段。

在那些与西塘日夜相伴的日子里，我一直主观地认为，西塘就是一个年轻俊美的女性。在夜晚的静谧之中，侧卧于水巷边的客栈床上倾听西塘，仿佛就能够清晰地感觉到她那年轻而柔媚的呼吸。倏然，有一半自水一半自花的暗香越过半合半开的窗，长驱直入，直抵枕边，半梦半醒之间，西塘似乎真的就幻化为了最心爱的女人，陪伴身旁。持续的温情如窗前沐浴薰风的树，沙沙地彻夜摇动不停，不但有声，而且有影，激活了生命里所有的渴望与想象。

眩晕中，我曾一遍遍追问西塘，那个关于时间和永恒的秘密，但西塘始终沉默不语。我揣度，深谙天机的西塘，是不会向我开口的，一开口，便触犯了天条，也会和我一样堕入红尘，在时光的洗涤中慢慢老去。

夜一定是很深了。从环秀桥的方向突然传来一个神秘的声音，像摇橹，像鸟鸣，也像一声讪笑。突然的惊醒，让我很快地意识到，夜色中，真实的西塘，离我已经更远了，远得不可触及。环秀桥外一闪即逝的那个背影，到底是传说中多情而委婉的胡氏，还是执着而羞怯的五姑娘？清丽而又有一点儿暧昧的西塘，到处都是新鲜或陈酿、热烈或凄婉的爱情与传说。但那一刻我却感觉到，那似有似无一闪而逝的影子，正是西塘刻意躲闪与回避的身影。

清晨起来，我站在客栈的窗前，久久地凝望着古镇上的一切，内心感念丛生。无法收束的目光涉过水巷，跨过永宁桥，沿烟雨长廊向前，像抚摸自己的前世今生一样，一直抵达送子来凤桥。

有一对早起的恋人，携手相依，正从来凤桥头幽暗的巷口走出，两张甜美的脸在初升阳光的照耀下，像花儿一样明艳、灿烂，我想，也定如花儿一样芬芳。他们一路徜徉，一路缠绵，在靠岸的乌篷船边悄声私语，在滴水晴雨桥畔相拥而立，一方艳丽的土布披肩如他们借以飞旋的翅膀，一路把西塘演绎成一个故事里的模糊背景。

一时间，竟让我忘记了关于永恒这个话题的追问与思量。当他们在永宁桥栏上端坐拍照，再一次相拥而笑时，突然有些许的震撼与感动击中了我的心。如果那庸常的快乐与幸福，能够被一个人铭记，被古镇铭记，被时间铭记，我知道，就再没有什么必要去追问那个叫作永恒或永远的字眼儿了。

那一刻，我真的不知道自己的表情是什么样子，但那一刻，我恍然而悟，我们之所以看不清西塘，是因为我们身在西塘；我们之所以猜不透西塘的心思，是因为我们就是西塘的心思。

（原发《北京文学》2014 年第 4 期，获第七届老舍散文奖。）

阿尔山的花开与爱情

一

两棵俊秀而修长的白桦树，就那么依偎在山口的路边上。

它们的根部虽然是分开的，但在高处，却彼此倾斜、靠拢，树冠紧紧地拥在一处。这让人想起流传于人类中的"倾心"一词，或某一篇古文里所描述的意境："根交于下，枝错于上。"

看它们相亲相拥的样子、那种难以言说的缱绻与热切，好像它们并不是从小就在那个山口一起长大长高的，而是受命于某种神秘力量的驱使，经过急行，从两个不同地点特地赶到这个山口相会，涉过一重重山、一道道水、数不清的季节和岁月，在这个宿命的山口为经过它们的人倾述一段奇特的情缘。

它们头顶正是如洗的蓝天和锦绣的白云，它们脚下则是阿尔山的七月和七月里红灿灿的花开。其实，它们只是一个故事的开头、一部影片的序幕，对于风情万种的阿尔山来说，它们只是一个有一点象征意味的表情。

让我们驱车穿过英雄的科尔沁，越过那山口，越过那白桦带，一直向北——

阿尔山，就会很铺张、很豪放地为我们打开它美丽的七月和七月里所有令人神往的故事与传说，还有暗喻着性与爱情的花开。

于是，田野里、草原上的各色花朵，便不顾一切地纷纷打开花蕊。那是一片色彩的海洋，那是一场浩大的爱情叙事，那是一个芬芳而绚烂的梦境。红的如燃烧的火，白的如绵延的茶，紫的如落在地上的云彩，黄的如一摊摊化不掉的阳光……整个时段，整个区域，连在草地上跑来跑去的风都带着拂不去的香，空气里到处飘荡着甜香而又暧昧的气息。

阿尔山并不是一座山，它只是植物们用来生长开花、人们用来寄托情感与情绪的一个地点。按地理说，它本是一片地地道道的草原。在蒙古语中，arshaan（阿尔山）的意思是"热的圣水"，是一处水泽丰盈的草原秘境。

二

这是一个从来都与花儿与爱情有着不解之缘的地方。

《蒙古密史》里所记载的弘吉剌部，核心领地就在阿尔山。

弘吉剌，既是一个部落的名字，也是一种花的名字。每年的五月，冰雪刚刚消融，草原上的草、山上的树木还没有泛青，弘吉剌花就在山冈或水边灿然开放了。如果把草原的花季比作一支动人的乐曲，那么五月里弘吉剌花的开放，则是一段绚丽的前奏，而到了七月则是乐曲中的高潮。我没有在五月里去过阿尔山，想象不出弘吉剌花四处开放时是一种怎样的景象，但一个强大的蒙古部落能够以一种花的名字来为自己命名，足可以从另一个侧面确认弘吉剌的魅力以及它灿然开放时对人们视觉及心灵的冲击和感染。

弘吉剌，就是我们平常所说的杜鹃花，因为地域和民族的不同，它们就拥有了不同的名字，映山红、金达莱、达达香等。其实一种花儿叫什么，开在哪里并不是很重要，重要的是它们在人们心中所引发的感触和所营造的自然氛围。一样的野杜鹃，到了阿尔山，就是弘吉剌了。这不仅仅是一个称谓的问题，更是一个文化视角和心灵感应的问题。平常被掩埋在深山密林里的一种小灌木，一旦到了草原，到了四岸无遮的平湖之滨，就一下子幻化为临风摇曳、凌波傲物的仙子。草原就是它的道场，只有在草原上，它的姿态、它的品质才真正凸显出来，它热烈、灿烂的情感得到草原上人们的认同、理解和呼应。所以在草原上，弘吉剌花儿就很受人们的喜爱和崇敬，那些能够给无边无际的平以及无边无际的绿增添生机和色彩的各类花儿也备受人们的喜爱和崇敬。

我一直坚信万物有灵，相互感应，生活在同一个环境下的植物、动物和人类的性格、情绪、情感总是能够相互感染、相互影响、相互激发的，所以我也一直坚信只有这样宽阔的草原才能盛得下如此狂热的花开；只有这花一样美丽的地方才能盛得下如花的美人；也只有这美人和鲜花交相辉映的地方才能盛得下那么多或凄美或热烈或沉静或粗暴的爱情。

三

想当年，成吉思汗之父蒙古乞颜部首领也速该抢珂额伦夫人作自己新娘的时候，应该也是一个春暖花开的季节吧？最起码不应该是金风萧瑟的深秋或大雪纷飞的严冬。在那样的季节里，别说不会有哪一个如花似玉的美女受聘远方，就算有，那样的光景和时节也不能让一个美人在苍凉的旷野尽展风姿，于是，也就不可能让一个志在千里的英雄大动春心，冒着酿下血腥和仇恨的风险去抢一个蒙头盖脸的陌生女人为妻。

是的，那一定是一个风和日丽、鲜花怒放、蝶舞蜂飞、跨下马躁动得直打响鼻儿的时节，只有那样的季节，自然中的一切才能够对置身其间的人构成某种情感上的传染和情绪上的鼓动，也只有那样的时节，珂额伦夫人才肯像开放的花儿一样露出她如水如月的姿容。于是也速该首领才能够看清"她的肌肤像牛奶一样细腻白嫩，她的脸庞像杜鹃花一样粉红娇艳，她的身段像白桦树一样婀娜挺拔"。于是，他也才会将一切置之度外，与兄弟们纵马抢亲，抱得美人归，纵使身后注定要留下连年的争战与杀戮。

这段故事常常让我联想起荷马史诗《伊利亚特》中记录的那场长达十年之久的特洛伊之战。不一样的时代，不一样的人文背景，却有着同样的故事情节，其战争之火的源头都是一个美人，都是一段爱情。在那场旷日持久的争战中，有数不清的战士惨死在疆场，很多伟大的勇士、威名远播的英雄被掩埋在黄沙之下。有时我就会感到疑惑，并且我相信很多人也会和我一样感到疑惑，因为那样的缘由，引发了那样的一场战争，值得吗？人类有时是不是真的很疯狂？但如果你去了阿尔山，到了花儿如火怒放的草原，你就会放下自己的这些疑惑，一点点理解和接受那些热烈得近于疯狂的事物和情绪。

假如我们是一棵会开花的草，我们会因为可能面对采摘的手指、暴烈的风雨、践踏的马蹄、屠戮的刀镰等等各种危险和不测就拒绝开放吗？

作为草，生命的一个轮回就那么短短的几个月，有多少时间可供犹豫，有多少岁月可供蹉跎？不开放就可以免于一切伤害和灾难吗？就算是避开了刀斧暴力之灾，又怎能避开时光那无情的掩杀？与其在犹豫和盘算中一步步走向无声的寂灭，莫不如拼出生命里的全部能量，绽放一回，绚烂一回，哪怕随即而来的便是毁灭！

由此，对于从来没有投身过任何一场战争的人们来说，似乎也可推理出一个战士的内心渴望和选择。如果不战也难逃战争的劫难，且必定无名或遭人唾弃，还不如拼却一腔热血，勇往直前，成则英雄，殒则烈士。从某种意义上讲，光荣地死，或许正是实现永生的一条有效途径。

当铁木真，也就是后来的成吉思汗长到9岁时，他的父亲也速该带着他沿克鲁伦河向东，日夜兼程，绕过呼伦湖北岸，渡海拉尔河，在额尔古纳河畔的扯克彻儿一带，遇见了他的舅舅弘吉剌部的德薛禅并订娶了他的女儿孛儿帖为妻。

一个人文链条就这样在历史的流程里得以焊接和有效延伸。弘吉剌，从此便有意无意地成为了蒙古皇室的重要美女供给地。自孛儿帖成为成吉思汗的正妻皇后之后，至元朝末，弘吉剌氏的女子作为正宫皇后的共有11人，被称为皇后与追尊为皇后的又有9人。其间有多少风花雪月的往事，有多少柔肠百转的爱情，又有多少悲欢离合的演绎自不必一一考证，但这一方水土、这一方人便在幽暗的历史中隐隐透出了白亮而神秘的光泽。

阿尔山，史上的弘吉剌部，就这样理所当然地成为一个能够激发人们无限想象和向往的芳艳之地，从历史的深处向古今所有知道它的人们发出诱惑和召唤的信息。

四

阿尔山的七月，油菜花正在盛开，麦子也接近黄熟。

偌大的草原，仿佛一块绿底杂花的地毯，其上凭空就多了一块块亮艳的明黄和土黄。明黄色的是油菜，土黄色的是麦田。

这是一幅人与神共同参与创作的油画。起初上帝为了让自己或他所造的人类赏心悦目，便在这一方土地上慷慨地铺展开一方草原并在其上点缀了各种花朵和树木，但人们仍然觉得不够满意，于是便自己动起手来，在上帝的原创作品上横七竖八地施展起涂鸦之技。

其实，这并不是一项游戏。人们用这些颜色涂抹大地的最初动机并不是为了妆点草原使其更加美丽，而是为了满足自身的物质需求，让那些具有同一种性质、同一种颜色的植物集中在一处，一同开花一同结籽，一同奉献出滋养生命的果实。这种事情，恐怕只有组织、纪律极强的人类能够想得出来、做得出来。很显然，这不一定是上帝的本意。

然而，那些迫使某种生命为了满足一己需要而被动生存的做法，尽管是残酷、生硬、不和谐的，但生命本身的美丽却产生了足够的力量，去消解上帝的嗔怒。于是，人与神在这片草原上很快便达成了某种和解，虽然人类出于功利，上帝出于悲悯，二者的目的并不在一个层面上，但让那些花儿在有限时间里尽情开放，却成了天上人间的共同意愿。

麦子的花期早已经过去，并且它们所开的花在人们的眼里也不能算花。但麦子临近成熟或成熟之后，却意外地获得了一身迷人的颜色。

如果在麦子青黄转换的时节，逆着阳光看麦芒，它的每一个锋芒都闪动着太阳的光芒，那时的麦子就仿佛是太阳家族的成员，也能自己发出光来。当麦子成熟时，它们浑身上下完全一致的黄，则常常让人想到一种贵金属的颜色，那种贵气不仅来自于它的实用性，同时也来自于它的神圣性。

在麦田与油菜田之间穿插的那些紫色，应该是这个地区并不多见的薰衣草。由于那些珍贵的植物常常被种植在离我们所行道路较远的地方，路过的人便无法对它们有很细、很深、很清楚的了解，所以，去过阿尔山的人过后总是很少提及它们。但不论如何，在阿尔山的色谱里，如果少了那几抹深深浅浅的紫，便在丰富性上打了一个不大不小的折扣。

七月，正是阿尔山的雨季，如果突然有阵雨降落，往往是一件值得庆幸的事情。因为短暂的雨水过后，天空里每每就会现出一道甚至两道彩虹。赤橙黄绿青蓝紫七色俱全的一个巨大拱门就那么兀立在面前，仿佛举足可入。这情景，常会让很多人产生一种身在天堂的幻觉。那些短暂的事物，虽然转瞬即逝，却往往给人们留下终生难忘的愉快记忆。那是阿尔山不需要承诺却能够经常给予的一份附加厚礼。

五

在地理位置上，阿尔山正好处于四大草原的交汇处。它的东边是闻名遐迩的呼伦贝尔大草原，南边是以骑士命名的科尔沁大草原，西边是广袤的锡林郭勒大草原，北边是已经划出中国版图的蒙古大草原。

这样的格局，注定了从阿尔山往任何一个方向走都会遇上和进入草原。这是一个令人兴奋的信息，同时也是一个令人沮丧的信息。因为只有真正进入草原的人，才能体会到草原的个性与禀赋。宽阔平展的大草原对于人的情绪和情感来说，正是一匹难以驾驭的烈马，而烈马只能给最好的驭手带来激情和愉悦。

　　如果不是在草原长大或生活过的人，并不容易在短时间内对草原有太多的理解和喜爱，更不要说迷恋。尽管草原上有风、有云、有鲜花，但它表象上的平阔与单调往往会让一些人在很短的时间里就失去兴趣，因为他们无法知道那空旷得如天空一样的草原是已经容纳了一切之后显出的空旷，是万有的无，是富饶的空。

　　他们不知道这蓝天之下，绿草之上，曾有流云飘过如一拨拨吃饱了牧草的羊群，如今都歇息在它某个深远的角落；曾有长风一样的牧歌起伏飘荡，如今也传向了目光无法抵达的远方；曾有无数美好的年华和岁月在其间如花开放，如今也沉隐于记忆之中。他们不知道草原上每一棵树木、每一丛花草、每一只蜂蝶都能够为他们讲述一个完美的故事……他们也无法体会，把一个人的想象和情感放牧在那空旷得如天空一样的草原是一种怎样的感觉。

　　草原，永远是为相知者预备的草原。

六

　　一夜的遐想与美梦之后，从以阿尔山命名的小镇出发，再向北，就到了草原上醒着的梦境七仙湖了。

　　那里是呼伦贝尔大草原的腹地。在那里，七个明镜一样的水泊错落排开，一下子就把呼伦贝尔衬托得像一个生着水汪汪大眼的女子般妩媚可人。于是草原上的人便按捺不住内心的冲动，为它编织了一个爱情故事。

相传，因为阿尔山一带的草原草美花艳风光无限，惹得天上的七仙女每年都要下凡来这里玩耍，并且一玩就忘情而沉迷，以致流连忘返。后来，年龄最小的小七做了个大胆的决定，干脆就留在草原上不回天庭去了。刚好，一个年轻的牧羊人来到这里，悠扬的马头琴声吸引了小七，他们一见钟情，相互爱慕，海誓山盟，幸福生活就此开始！时光如流水，11年以后，他们生了11个聪明勇敢的孩子。这11个孩子就是新巴尔虎旗的祖先……

这故事听起来很像一个老调重弹、毫无新意的杜撰，但却如天下所有的爱情故事一样，被沉浸其中的人深信不疑、津津乐道。对此，我们不能怪草原人只有如火的目光，只有如云絮一样的柔情而没有明澈如镜的心智和如花一样的文采。因为天下所有的爱情，都是来无影去无踪，无依无凭的；天下的所有爱情都是只有爱着的人自己知道并且只供自己享用的。如果不是悲剧，管你是什么样的爱情，管你是什么样的故事，基本上都很难得到大众的认同和赞美，也不会有真诚的分享。感动不感动，信不信由你自己。

关于爱情，有什么更多可说的呢？存在的或杜撰的、真切的或虚假的、轻松的或艰辛的、庄严的或游戏的、短暂的或永远的，除了爱着的人，除了那两颗心，大约也只有七仙湖——神仙所幻化出的存在可以见证。真正的爱情本来就是一个奇迹，本来就是一个不太让人相信的神话。

七

两只彩蝶在天空下交错飞舞，从一个花朵到另一个花朵，像一个美丽的想法或主意，在草原蓝色的意识里交替演进。

一份完美的计划成形之前或一个决心下定之前，也许必须要经过这样不停的思考与选择。飞起又降落的蝶，如草原的情感和意愿一样，在空中和追视者的意念中留下了芳香的轨迹。这是一条抽象的线索，能不能读懂这条线索，便成了能不能读懂和正确感知这片草原的一个关键。

象征着爱情的彩蝶和爱情本身一样轻盈。

从古到今，它们每一次翅膀的翕张和触须的颤动都被人们理解为浪漫，但是没有人了解它们曾经的沉重与疼痛，没有人相信它们翅膀上每一条花纹都是为挣脱茧的束缚所形成的伤痕，也没有人相信它们翅膀上每一粒闪光的银粉都是在漫长的化蝶途中用纯然的黑暗煅成的。蝶是天生的一段悲剧，为了美，为了爱，只能把一切肉体和精神的苦难藏于生命的底部和深深的夜，如今它们在阳光下展开彩衣，成为飞舞的花朵、爱情的意象、有形的灵魂，向人们、向世界公然阐释什么是草原最浪漫的情怀。

蝴蝶短暂而美丽的一生，似乎只有一种使命，那就是为天下的一切爱情提供一个鲜活的注解。那些白的花、黄的花和粉的花，不过是它们暂时落脚的驿站，或一个个临时舞台，仅供它们一节节演绎着爱的种种情态与境界。

它们就那样不知疲倦地飞舞着，以轻盈阐释来来去去的奔忙，以甜蜜阐释命中的苦涩，以爱情阐释爱情，以快乐阐释忧伤——

当两只蝴蝶在一朵花上相聚，世界上就再也没有离散和思念；当它们煽动快乐的翅膀双双在空中舞蹈，世界上就再也没有寂寞与孤单；当它们触须相抵卿卿我我时，世界上就再也没有能够阻隔两颗挚爱之心的时间和空间……

所有的乌云，都因为那片刻的阳光而无影无踪；所有的阴郁，都因为一朵花儿的微笑而烟消云散。这是阿尔山的七月，阳光的七月、快乐的七月，开满了各色鲜花的七月，不提及任何怅惘与忧伤的七月。

一阵轻风拂过，两只蝴蝶像是得到了一个神秘的指令或有了一个什么美妙的想法儿，兴冲冲从一丛粉红色的花穗上因风而起，彩翅相摩，并肩而飞，向着空中，向着更高更远的北方——

北方，从阿尔山再向北，便将靠近更加辽阔的蒙古草原，那是更深、更远、更触不到边际的草原深处。

（原发 2014 年 6 月《作家》，《散文选刊》2014 年第 4 期转载，获第六届冰心散文奖。）

向海之蜃

从前的向海，有一片银白色的沙岸。

我说的向海，其实并不是海，而是科尔沁草原上的一个湿地湖泊。构成沙岸的也不是沙，虽然它们看起来如海沙一样干净、洁白，但那只是一种湿地上特有的碱性沙土。

从这片沙土岸向远处看，则是另一番气象——在苍茫的湖水和锦绣的草原之间，交错、间杂地遍生着菖蒲、芦苇和蒙古黄榆，其幽深，其旷远，其生动，往往激发出人们描述的欲望，但其微妙的韵致却又远远超出我们平庸的描述能力。

后来，有人发现了那个地方的美丽，便花了不多的钱从当地政府手里购得那段湖岸的使用权，在离岸不远的地方建起一片漂亮的楼宇和园林。很快，一个名义上的培训机构落成，实际上，它却是一个度假消闲之所。经营者尽心尽力的结果，自然是环境整洁、优雅，房屋漂亮、舒适，更有错落有致的绿植、四时竞放的花朵、从早到晚时断时续的鸟鸣，以及从湖面或草地上徐徐拂过的薰风……所以，四面八方的光顾者蜂拥而至。

一时，院子内车水马龙，欢声笑语，红男绿女，莺歌燕舞。谁也想不到，这样一个荒无人烟的去处竟突然多出这么个人间仙境，竟如昏睡中霍然飘来的一袭美梦，竟如戈壁上乍然显现的海市蜃楼。

有人来这里躲避城市的喧嚣，求得片刻安宁；有人来这里亲近自然，重温昔日梦想；有人来这里寻找浪漫，与心爱的人儿共度温存时光；有人来这里享受孤独，在天水之间感受人生的欣喜与哀愁。有人在夜晚感知黑暗中的神秘和温馨，有人在白昼下见证阳光里的快乐与激情……

而我来向海，却为着不同于他人的牵挂。向海有我喜欢的花，喜欢的树，喜欢的鸟儿，也有我心中的梦想。

记得那年五月，初去向海，在那个湖边的院落里，我一抬头，就邂逅了一丛丁香花的微笑。之后，便把魂丢在了向海。以后不管是看向海，还是想向海，一切都是好的、不同寻常的或美妙的。

我不知道在向海的植物谱系里有没有自然生长的丁香，但那棵站在院落一角尽情挥洒着芬芳和微笑的丁香，却在那片贫瘠的沙土地上生长出葳蕤茁壮的野性，让人一见就深深感受到了青春的活力和花季的美好。那日日夜夜、无休无止的芬芳啊，如向海湖的涛声一样，一浪接一浪地将人缠绕。

在城市里，街边、公园到处可见的丁香有什么可稀罕的呢？它们肩并肩一棵挨一棵地挤在一起，形态和姿势都是那么拘束着、紧缩着，防范着别人，同时被别人防范；因为很多的枝丫被剪切，生命及活力遂变得单薄。于是，就格外爱惜自己有限的芳香，但越是爱惜自己的芳香，仅有的一点芬芳就越散发不出来；至于色泽，更因为长久蒙尘而显得黯淡无光。如今有了向海的那束丁香，仿佛世间一切丁香都不再是丁香，那透彻的娇艳和凌厉的芳香，已经将人的灵魂浸染成了淡淡的哀愁般的紫色。

五月里，蒙古黄榆还没有发出芽苞。估计，至少要等来一场春雨和几夜春风。至于最后是否发芽，还要看黄榆们的心情。如果年景不好，大旱或虫灾肆虐，黄榆索性就一直保持着枯黄的状态，拒绝复活和生长，直到第二个雨水充足的春天，它们才肯重启年轮的旋转。对天灾、对人祸，对难以预测的命运，这是它们唯一有效的防御和抗争方式，也是它们不肯就范的天性。

还有那些一身翎羽如雪却顶着朱红的丹顶鹤，一看到它们，我就联想到了天使。因为它们和天使一样稀少、一样美丽，它们也和天使一样，可以在时光的深层与表层之间，在人与自然之间自由自在地往来穿梭，并传达着某些神秘的旨意。所以当某一只丹顶鹤啄食了你手心上的玉米时，你不要认为是你对它的施舍，实际上那是鹤对你的施舍，因为你还不知道它到底有多么古老，到底有多么尊贵，到底有多么深奥。

不管是在朝雾蒙蒙的清晨，还是晚霞凄艳的黄昏，丹顶鹤凌空一叫，我们都会被那来自岁月深处的呼唤紧紧地牵引，思绪便悠然地飞越了我们渺小的身躯和低矮的房屋，随着凝重的音波在旷野回荡，并渐渐地融入大地和天空，融入久远的苍茫。

自从冰河时期起，每年春天，丹顶鹤都会带着它们奥意幽深的鸣叫，如期地回到这片湿地上来，为湿地留下它们的喜悦和忧伤以及同伴的尸骨，并在每一个冬天来临之前，带着它们新生的儿女，从时间的淤泥里抽出细长的脚，把湿地的信息传往远方。

那是一幅多么美妙的画面啊！

那该是拂晓还是黄昏？因为太阳的光芒刚好从地平线射向对面的天空，梦一样的黑暗里就有了些许的亮色。突然，就传出了丹顶鹤那富有沧桑感的鸣叫，然后是两对闪闪发光的纯银质感的翅膀比翼从黑暗里旋出，相同的间距、相同的节奏、相同的亮度，优雅而又从容的挥舞，然后再一点点消隐于黑暗……

还有，我久住向海写《粮道》时，经历过的那些难忘的时光，那些难忘的人和往事，那些每天一帧帧印到眼中和心上的风景，都让我从心里生出无限的热爱和眷恋。

曾看过一个电影，里面说，天堂并不只有一个，每个人的天堂地址各不相同。比如说，有人的天堂在山上，有人的天堂在大海，有人的天堂在一片鲜花丛中……电影里那个不幸福的家庭，却在苦难接连发生之后意外地发现了他们离自己的天堂很近。他们的天堂就在室内的一张油画里。虽然那个房子最后是空了，但一家人都在那张油画里快乐地开始了另一个维度的生活。

那时，我天天在想，等我百年之后，如果也能找到自己的天堂，那个地方一定就是向海，再具体一点，也一定是坐落在湖边的那个院落。因为所有的情感和记忆都在那里，所有的人物和故事也在那里，什么都可以原封不动，只要镀上一层神圣的光泽。

一晃，十几年的时光过去，回首曾经在向海度过的那些时光，总免不了心生无限的感慨和眷恋。似乎那里的每一扇门、每一条路、每一个日子都与难忘的往事有关，它们就像那些开在草原的花朵一样，忽隐忽现地在情感和记忆中闪烁，也曾因为岁月的流逝而黯然凋谢，也曾因为无法在岁月里泯灭而一次次绽放。

前年，突然听人说我曾经居住过的那座房子已经被彻底拆除了。消息传来，好多日子里，我心里有无限的失落和感伤。惋惜之余，难免一遍遍想象那个培训机构被拆除之后的情景。也许，一切拆除之后，地上留下一片瓦砾和废墟，就像我们破碎的情感和记忆；也许夷为平地之后，与湖岸连成一片，如大地上一道生硬的伤疤，需要湖里的波浪日夜抚慰，三年或五载，总需借助忘却之功才能一点点平复凸起的痛感和印痕……

同时，我也在想，假如有一天我旧地重游，站在那片废墟之上，一定会感慨万千，久久怀念起那些费了很多人力和物力才建起来的房屋和园林；还有那些花去很多缘分才遇见的人，以及耗去很多时间和精力才铭记下的往事。那白茫茫如一场大雪般的沙岸，定如一部无字的残卷，为我注释着人去楼空后的虚无和无声也无泪的哭泣。

　　就在这个夏天，当我终于有机会重返向海，沿着往昔无数次走过的路，将旧日的风景一一重温，我却意外发现，一切依然如故，向海的天、向海的湖、湖边的芦苇、岸上的白沙、沙地上的蒙古黄榆、芦苇中的鸟儿，还有那白羽丹顶的鹤……唯独不见了湖边上的那个院落。

　　很想如事先预想的那样，站在那片废墟上凭吊一番，也不枉曾经的眷恋。但比想象更加残酷和可怕的是，我竟然找遍了那片湖岸也没有找到那些建筑的确切地点，如果不是有一棵结满了果子的苹果树暗示前缘，甚至连我自己都怀疑，是不是走错了地方。连成一片的荒草和树木，一同背叛了我的记忆，它们似乎在异口同声地告诉我："有生以来，我们眼里的向海就是这个样子。"此刻，我心，已不仅仅是空。因为空并不是一无所有，比空更一无所有的是遗忘，比遗忘更一无所有的是遗忘之上又覆盖了另一种记忆。

　　小时候看《聊斋志异》里的故事，常常会手抚案卷，为那一夜繁华之后的幻灭而心生悲戚。如今，望着这新草和旧草并肩疯长的岸，竟然没有了手捧一部残卷的忧伤，有的是对残卷上已经印满崭新文字的茫然无措。

　　原来，真正的失去，竟然如此——纵望穿秋水，寻寻觅觅，已然无可凭吊。

怀　念

　　当树上的叶子由绿转黄，我想起了自己头上剔也剔不尽的白发。

　　风还是从前的颜色，但显然冷了很多，拂过心头，心已经不敢随着它继续前行。如流水般容易被风吹皱，被季节策动的心或心意，在彻底静止之前仍要保持流淌或波动的惯性，一旦遇到了生硬的坎或不可逾越的岸，势必还要转念回头。回头，已不再是岸，而是无边无际的怀念。

　　怀念又总近似于虚无，让一些人难以置信，也让一些人深信不疑。比如宁静的天空里那些鸟儿飞过留下的轨迹，比如春花开过之后散去的芳香，比如曾经的青春年少，比如那些逝去的美好时光，比如那些凝聚又消散的情意，比如那些如电光般动人然后又暗淡下去的眼神……梦里的花朵、前世的盟约，如早已消逝在时间和宇宙深处却仍在夜空里泛出微光的繁星，为那浩瀚无际的空，抵御着黑暗与寒冷。

　　时间有一个温情的别名叫光阴，还有一个冷酷的别名叫岁月。它是一个心性乖张的巫师，以一双看不见的手不断地构筑又不断地夷平着季节，如大海反反复复涂抹着自己的沙岸。潮起潮又落的沙滩，在阳光的照耀下，平展如一张没有被触碰、折叠，更没有写过字的纸，仿佛这里从来没有发生过任何事情。究竟是有意的掩埋和隐藏，还是无意的忽略和遗忘？我们似乎永远都不知道海的真正用意。但只要来过的人，经历过的人，就不会不知道，不动声色的平静、沉默之下埋有多少过往的足迹和激越的涛声。

在无始无终、无限循环的时间和季节之轮上，我应该从哪里入手呢？我想还是冬天吧！虽然我并不喜欢冬天的寒冷，但冬天却是春天的序曲，冬天不仅可以给人以关于未来美好、浪漫的向往，还可以给人以温暖的渴望和期待。那是进入另一个美好季节的必经之路。

冬天里，北方的雪总会不停地落下来，一年接着一年，一场接着一场。在无花的季节里，雪像花的精魂，闪着金属的光泽从天上落下来，将一些微小的光亮和温暖，放大成无限的温情。很难用开放或凋零描述它们的姿态，雪的纷纷扬扬更像是一种仪式。因为缥缈而又美好，便会使在雪中行走的人心绪如雪，有一些纷乱，有一些激荡，也有一些柔软。

南来的或北往的人啊，就那么急切地在雪中行走，在雪中相约、相会，在雪中彼此交换着雪一样纯净、温柔的心。当雪落在车窗上的时候，它们就受热、融化、凝结成一个故事的封面。这就需要我们将一页并不透明的扉页掀开，才能进入那些温暖、隐秘的故事和细节。我知道有人在远处或躲在我的内部微笑着，看着我，看着我自己将自己的故事打开。我并不感到孤独，是因为我一直被纷纷扬扬的雪环绕着，我很清楚，每一个雪花里都藏有一份情意、一份眷恋、一个祝福、一面镜子、一个宇宙。

很渴望在冬天里听一首缠绵的歌。在北方长长的冬夜，只要躲在温暖的房间里，让灯光和那些如梦的音像将感觉与无边的夜晚完全隔离，就看不到也想不起寒冷的现实。那年，好像整个世界都沉浸在爱情之中，"世界好声音""中国好声音"，仿佛每首歌曲都与爱情有关，都是爱情的抒发。《最美的旋律》《相思船》《卓玛》《为爱痴狂》……就那么一首一首、一晚一晚、一季一季地听下来，有一种奇特的感觉突然而至，跨越四季的各种各样的声音同时聚集、回响在我的耳边。燕子的呢哝、夜莺的歌唱、杜鹃的啼叫、秋虫的唧唧、蛙鼓喧嚣、鱼儿以尾快速击打水岸的啪啪脆响、呦呦鹿鸣、震颤山谷的虎啸，来自于人类的絮语、低吟和叫喊……还有流水，还有风声，还有浪涛的起伏，所有的声音都是一种特定的语言，都是来自生命底部并佐证自身存在的本真表述。这世界正是依托各种各样的声音维系着它的活力、生机与繁荣。

总有一部分有韵和无韵的旋律拂过心头，如风、水、雷电一般。所过之处大地解冻，冰消雪融，草木萌发，蛰伏的生命从沉睡中苏醒，我仿佛听到很多种沉睡的声音在身体内部纷纷响起。冰河开裂，流水潺潺，春风春雨，青青翠翠的草芽奋然向上，拱破了坚硬的泥土……我曾经不敢相信春天真的会来，但春天果然就来了。

春天来临时，我的脚步并没有停滞下来。我循着远方的呼唤继续向北，去北方之北的那个大湖之滨。骑一匹纯黑色的蒙古马去追呼啸的风；去嫩芽初生的芦苇荡里捡拾丹顶鹤苍凉的鸣叫；去黄榆树丛寻找一种淡紫色的花香；去伸手不见五指的夜晚倾听湖水令人心动的喘息。黑暗中，我以一副不想退缩的肩膀承接起那个温柔缱绻的凝视，一伸手，竟然牵住了余生不断的挂念。

一直以来，我都不曾淡忘那些我亲手拍摄下来的影像，并深深感怀于它们的姿态和质感。至今，我仍不太明白我是如何将转瞬即逝的时光固定在一张彩色的纸上，又是如何将一张脸拍成了花的样子和花的颜色；我一直不知如何命名那种芳香的类型，因为每一次品咂都在接近成功边缘时功败垂成，熏熏然醉去。但那年，我却无意中发现，在各种各样的表情之外，还有一种不动声色的表情叫快乐。

我决定写一篇能感动自己也能感动别人甚至感天动地的长文。我知道我的头脑里已经储存了太多香甜如蜜的东西。这是一种很危险的事情，它们会在无法耗散、毫无用场的情况下一天天自行氧化，变成一种叫醇的物质，把人弄得整天迷迷糊糊，神智昏聩。与其让它们在我自己的生命里泛滥，还不如给它们找一个更有意义的出路。是应该叫作炮制吗？就是让一些文字进入我的头脑，在一种情绪和情感的浸泡之中渐渐失去原来的味道，变得和我头脑中储存的味道一样。最后，它们都呈现出香甜软糯的状态，如一粒粒可口的饵，且拥有足够的能量，可以将受诱者一步步引向情绪或命运的迷宫。

后来，我给这件事找到了一个恰当的命名——甜蜜的巫术。但我也很清楚，做成这件事情的并不是我一个人，远处，还有另外一个人与其息息相关。如果追问关联方式，虽然我也是当事人，似乎并不好回答。说来，都是一些十分隐秘的通道，包括电磁、光、波、心、灵等等，有抽象的，有具象的，有属于精神的，也有属于物质的。

夏天，最让我着迷的是那些在天空里飘来飘去的云和说来就来的雨。

雨滴打在玻璃窗上，打在宽大的树叶上，打在微澜不兴的水面上，传来噼噼啪啪好听的声音。雨激烈的时候，天地弥合，显得一片昏暗，但这并不影响我对夏天的好印象。当天空所有的云都幻化成雨滴，饥渴的大地被雨水滋润得汁液饱满。天蓝得像一种快乐的心情，太阳露出最动情也最灿烂的笑容。雨后大地，散发出醉人的芬芳，也激发出万物的生机。燕子不再满足于屋檐之下的呢喃，一跃凌空，相互追逐着快速掠过杨柳梢头，在一片蔚蓝的背景上划出优美复杂的曲线。草木葱茏，激情澎湃，让花朵在阳光下尽情绽放，在随着微风的舞蹈中完成了生命中的又一次拔节。

彩蝶飘然，如飞翔的花儿，沉迷于草丛中那一朵毫无保留的盛开。触须与花蕊之间的细腻摩挲，总会激起人们某些香艳的联想和内心的纷乱。我想起昨夜梦中那团始终在胸前跳荡的火焰，灼热与微痛的惬意似仍然清晰可感。清晨，我按照古书里传授的经验，循着露水消失的痕迹深入到草丛深处，那里刚好有一朵鲜红的野百合在凄艳开放。从此，那种在草原上经常能够见到的野花，在我眼中就是那个穿着一袭红裙子的花季少女。妖冶的妖，在如毯的绿茵中，是一枚绣上了又消失，消失了又绣上的华美徽章，是一盏闪闪烁烁但终不会熄灭的灯，保证有一点疯狂的季节不会在奔跑中迷路。

继续向北，便是杜鹃和白桦的故乡。田野里的麦子渐渐黄熟，盛开的油菜花笑出了阳光的颜色和温度。此时的百灵鸟不再喜欢成群结队地在天空里飞翔，也不需要没完没了地对着空旷的草原歌唱。所有的大事均已敲定，广阔的草原已经为它之前的奔波备足了丰盛的晚餐；曾孜孜以求的另一只鸟儿依傍在身边，不弃不离的心意已定；可以躲避风雨的窝巢就在不远处的草丛之中，还有什么需要高声抱怨或倾诉的吗？如今，它们只需要把内心的快乐和满足转换成低分贝的卿卿我我，说给飞去又飞来环绕嬉戏的情侣。

转头之间，视域之内已尽是过客。天池里，那对年年相守的白天鹅，今年不再归来，只留下一泓空水与长天相对；春天里开得如火如荼的杜鹃花也荡然无存，翻遍了枝头和树下的泥土都没有一丝曾经存在的痕迹；大呼小叫或低声絮语的游人中，再没有一个熟悉的面孔；年年为别人表演的骑马人换成了一个稚气未消的少年；慈祥的老额吉不能再为叩门而来的陌生人端出热气腾腾的奶茶，她如今住在一个世界上从来没有登记的地址；草地上的那个洁白的毡包也不知哪里去了，甚至远处那个只有一条街道的小镇也不复存在，一个个朝街的店铺和店铺的主人如同被岁月多次割过的韭菜，虽然还是韭菜，却早已没有了原来的样子和味道。只有山口那两棵相互依偎的小白桦还在相互依偎。可能是因为有一些根系在地下将它们暗暗牵连，它们不散也不死，成为一种令人感叹的象征。可以想入非非，把名字刻到它们细腻的树干之上，当有一天那刻下字迹的生命也在时光中消散，已然变得粗糙嶙峋的老树干上，或许还能找到多年之前一份可怜的心意。

秋天了，人应该懂得不要继续跟着风走。特别是已经靠近季节边缘的风，说不定哪一刻就会突然转身，换一副冰冷的面孔向你扑来。从此后，曾经和蔼的引导者将变成不留情面的追击者，寒凉将追击温暖，遗忘将追击记忆，原野上的枯黄将追击往日的苍翠，隐隐的不安将追击忘情的陶醉……我们需要转头向南，从草原逃往大海，从赭黄逃往蔚蓝，从步步紧逼的时间逃往广阔自由的空间。生命在随时光流动的过程已经具有了某些流水的属性，而海正是一切水的归宿。

豁然开朗的大海宛若一片液态的天，我们是天之外，时光里自由呼吸和游动的鱼。带着微微咸腥气息的海风犹如味道独特的爱情，轻轻一拂就扫光了红尘里的一切烦恼和忧愁。光阴如空气，如美食，成为我们唯一的依赖和迷恋。我们既贪得无厌，也惜时如金，舍不得浪费一分一秒。白天，我们紧贴着波浪航行，如贴近天空飞翔，在呼啸的风里，感受快乐的眩晕。也可以停下来，让激越的情绪像疲倦的潮水，渐渐退去，在海水与岩岸之间露出一片平展的沙滩。不留下任何语言和文字，只让沙滩上两行时而规则时而凌乱的足迹以一种不事张扬的方式讲述一个长长的故事或描述一些复杂的细节。

在那些清凉如水的夜晚，可以以一种庸常但又必要的姿态，共同仰望星空，在浩瀚的宇宙，在银河内外，捕捉某些扑朔迷离的深意。这样的夜晚注定无眠，黑暗之中，可以倾听自己的血液在血管里汹涌流动，也可以静静地倾听远处或近处此起彼伏的潮音。是谁的牵引或恳恳把沉睡的大地唤醒，海潮再起之时，有各种各样的意象和声响交织、混杂到一处，从四面八方汹涌而至：海的喘息；岸的颤抖；巨鲸下潜，隐入幽暗的海沟；亿万条闪着银光的小鱼逆浪穿行；大鸟之翼从高处迅疾而降，又倏然掠过海面……一切都如此玄奥神秘，让人一时难以理解，是谁虚拟或导演了这场盛大的实景游戏。混沌中已经没有人能够划清天与地、海与岸、山与水之间的界限。躲在暗处的那个万能者，每天就是这样让人们温习一次宇宙诞生之前和毁灭之后的景象。

本以为这样的日子可以延续至地老天荒，熟料秋天如任何一个季节一样，也有自己的期限。最后一场秋雨，总是要落在旅人归去的途中。竟然连这色彩缤纷的季节也已经走投无路，面对纷纷而下的落叶，流露出最后的忧伤。岁月，已经在时间的转弯处设下了难以察觉的陷阱，即便是偶尔的骄阳如火，即便是最后的风和日丽，也难以改变时间的法则，归路注定难返。

事实上，决定结果的最后一役从来不是追击，也不是埋伏、设陷，而是包围，那是360度不留缺口的追击。南飞的鸿雁已经在高处看清了一场戏剧必然的结局，一边扇动着疲惫的翅膀，一边发出近于伤感的感叹。冬天已近在咫尺，容不得一个人将事先设想的所有情节一一完成。冬天里，不再有充足的阳光，不再有薰风如酥，不再有花红柳绿，不再有那么多的浪漫、温情与缱绻。冬天里只有置身寒冷，对炽热的向往，只有深陷孤寂，对往昔的怀念。

如果，你认定冬天就是从背后掩杀过来的，你也还是没有足够的速度和能力成功逃避。越是漫长的逃避过程，越会将冬天的长度拉得更长。我知道，勇敢的心会选择勇敢面对，忍住寒冷，以冬天行走的速度迎着冬天走向未来。如此，冬天的长度就只剩下了一半。我也知道，所有的往事和关于往事的回忆和怀念注定被囊括在岁月之中。可是，如果我拒绝在回忆中怀念，而是朝着回忆的相反方向行进，我还能够在逆旅中再一次走回往事吗？还能穿越回忆走到很久以前那个令人怀念的开端吗？

（原发《骏马》2022年第3期。）

长春的雪

长春的雪，从来都不像某种物质或介质，而更像一种精神，所以，它降临的方式就不是庸常的飘落，而是弥漫——无边无际的弥漫。

洁白的雪花飞满苍穹，天地之间就没有了界限。苍茫里，是谁在飞针走线？一针紧似一针，反复牵引着人的目光，直把人穿梭得神魂颠倒，一时竟分不清天和地哪个在上边，哪个在下边，也不知雪花儿从天上落下，还是地上飞起。街道、河流、田野、房屋等等，地上一应事物之间的边界和轮廓尽皆消失，统归于同一的起伏和波动。

在这一片纯白的混沌之中，仿佛时间也因为迷失了方向而停止流动，就像我这颗经常会在岁月里迷失方向的心。对长春的每一场落雪，我都会把它认定为四十年前的那一场。

四十年前的 1978 年 10 月，我还未满 16 岁，拿着一张迟到的录取通知书，第一次走在长春的大街上。那时，年少懵懂，刚从一个偏远的小村庄出来，不知道要怎样应对这样一个高楼林立的城市和城市里熙熙攘攘的人群。好在，这个城市已经给我预备了可以把头深深埋入的书桌及书，还有，可以倒上去做梦或沉睡的床铺。

仿佛一夜之间，一睁眼，我就遇到了那场雪。那是一场全新的雪，寒风退避，雪落无声，有几分暖意，有几分温柔，温柔得让人心软。过去，我是经常站在乡村的雪中向往城市的；如今，我开始站在城市的雪中幻想未来。

天已经断续下了两日的雪，仍无意停止。我和相识不久的同学们，手拉手走在雪中。积雪在我们的脚下吱吱呀呀，传达出时缓时急快乐的声音。

我们从长春电力学校的东门出发，穿过平阳街，穿过解放大路，一直向春城电影院进发。那天晚上要上演的电影我至今记得清清楚楚，名字叫《吉鸿昌》，因为是长期阶级斗争背景下第一部英雄主义叙事的艺术电影，各大中专院校和企事业单位竞相包场，一票难求，长春市仅有的几家电影院需要 24 小时不间断播映。因为我所在的学校在院校里排位并不靠前，所以场次就排到了凌晨一点。

时值午夜，市内的公交车已经全部"下班"停运，而那个年代，出租车、"滴滴"等交通方式还没有出现，几公里的路程，只能靠双脚一步步丈量。从开放的儿童公园东门进入，西门穿出，进入最负盛名的斯大林大街，右行 800 米就到了最负盛名的人民广场。广场上的纪念碑看起来巍峨、高大，塔端上那架石头质地的苏式战斗机，雄风依旧，但却再也不用发出刺耳的轰鸣，更不需要对准对面的银行大门付诸惊心动魄的一撞。夜晚宁静异常，只有我们一行人脚下发出的沙沙踏雪声，和广场的长椅上偶尔传来的窃窃私语。

那个年代，由于没有更多的消遣渠道和更好的容身之所，对于青年人过剩的青春活力和荷尔蒙，最浪漫的消耗方式便只有两种，一是看午夜电影，一是去公园或广场谈恋爱。可喜，我们刚进长春城，就占据了其中之一。现在的人们回头看那时候的我们，一定会觉得很"奇葩"，其实我们和任何一个年代里诞生的"青春"一样，就是一些应时、应运而生的"奇葩"。那天，回来的路上，大家毫无睡意，每个人都很兴奋，情不自禁地唱起了另一部电影的主题曲："红岩上红梅开，千里冰霜脚下踩，三九严寒何所惧，一片丹心向阳开……"

转眼30年过去，中间相隔多少坎坷与周折，又相隔多少场风霜雨雪，已经无法准确统计。当我再一次走在一场纷飞的雪中，长春这个让我一度成为过客的城市，慷慨地许给我一个可以躲避风雨的蜗居，我已在其间定居多年。我不再青春年少，也早没有了往日吐艳流芳的梦幻，但却如一棵把根扎得很深的树，感受到了这片土地之下一米、十米、一百米的温度。

也是午夜，当初的斯大林大街已经更名为人民大街，大街两侧高楼林立，各种各样的机构和娱乐休闲场所把夜晚的街区装扮得五光十色，大街上的车流拖着一条光的尾巴往来穿梭，将整条街道描述成一条色彩的河流。然而，随意拐入一条小街或小巷，人们都可能找到属于自己的独立、私密空间，生活变得开阔而又隐秘，华丽而又安宁。如今，公园和广场上的长椅，早已经卸掉了身上的责任和使命，只是偶尔会有一位过路歇脚的行人暂时坐坐，或有两只恋爱中的猫用以消磨一段缠绵的时光。人们借助现代的科技和建筑理念把零至一百米的高空加以分层、分区利用，一下子把城市设计成立体、繁复的现代或后现代迷宫。

那个晚上，我和曲有源老师在他的家中秉烛长谈。也许是因为我的新书《玉米大地》终于出版，也许因为有源老师的新诗集即将付梓，也许是因为多年来的彼此相互关注、关心，也许因为那份与文学并无关联的情同父子的情谊，也许，只是因为前生今世的一段缘分。我静静地聆听着他对我的叮嘱，从生活到修身，从工作到文学，从文学到未来，从理想到信念……他让我清楚地看到了自己的局限和优长，懂得了放弃与坚守，学会了敬畏和勇敢。

我深深地知道，此夜不同寻常，但却不知道窗外正无声地下着一场大雪。当我深夜离去时，有源老师一反常态，执意要出门送我，并执意要站在大雪中陪我候车。雪花大朵大朵地落在他已经不再浓密的头发上，落在他已经微驼的背上和他表情凝重的脸上。那情景，让我感觉我可能正面对一次隆重的远行，或者，我们只是初次相识。但我心里想得更多的，是多年之后，当我回想起那天那晚雪中的情景，我的心会涌起怎样的波澜。

转眼又是十年，城市仍然像一张没有画完的图画，在长大，在扩展，在丰富，在变化，虽然还没有最后完成，但却比以往更加丰满、充盈、绚丽。而我却单单因为它的雪，因为它单一的、纯净的白色而心怀依恋和感恩。从最初的雪，到后来许多场雪，种种的情景、种种的经历、种种的故事，已经让我深深认定，长春的雪就是一种无法回避的美好机缘。

我在雪中沉静下来，紧紧握住渐渐增长的年轮，细数如风的岁月里凋零而去的叶子，以及来了又去的快乐、忧伤、繁荣、凋敝、感念和期盼。

冬天再来的时候，我突然发现，一棵树如果在一个地方把根系扎得太深时，就已经不再是一棵树，而是城市的一处风景，是城市固有的一个部分。它在岁月中汲取的一切，如今都要反哺给岁月；它在城市中所得的一切馈赠，如今也将回馈给城市。

那天，突然接到老友的电话，不为别事，就是一种关切和担忧。因为相隔很久没有见面，不知道冬天刮来的寒风有没有伤害到我，面对那些有形和无形的重压，我有没有因为承受过多，而致枝残桠断，或被压抑得直不起腰来。我说我已经老到皮糙骨硬，不害怕也不在意那些无事生非的风来风往啦！他就在电话那端开怀大笑，虽然我无法看见他的表情，但我能够想象得出，他的笑容灿若春天的阳光。

我一时内心软弱，有泪水如春潮，从心底涌起。抬眼，又是一场纷飞的大雪，从天空飘向大地，又从窗外飘到窗里，在我的身前、身后、头顶和发际以及生命深处——弥漫。

（原发《人民日报》2020 年 7 月 22 日。）

一棵草或更多的草

一

以我现在的智慧与觉悟，只能置疑到草的由来。

单独的一棵草。它到底从何而来？它们的根，到底生自泥土，生自埋在泥土里的种子，还是自天而降？虽然科学的常识不断提醒我，这是个很愚蠢的问题，但我还是认为草有时会超越一切科学的定理或定律，生，而难以追问其出处与依凭。因此，也就没有人能够准确预测，草将生到什么地方，生成什么模样，被派为何用。

平生最难忘的一片草，很像一个奇迹，它们竟然生在四川省某一处地下 50 米深的黑暗溶洞里。只因为钟乳石间有一片薄薄的土，薄土上方有一束常年照射的灯光，草就在那里生长出来，稀疏、柔弱但娇嫩欲滴。从那一刻起，我就坚信，有一些草是从光里生出来的。

但我现在最想说的，却是单独的一棵草。因为摆在面前的草一多起来，就会把我的思路塞满，让我无法思考。当草多得铺天盖地的时候，我只能深深地沉醉于那种浩瀚的气势，眼花缭乱，目瞪口呆。群体或集群，从来都是一种奇异的组合方式，经常会让身处其中的每一个成员迷失或隐性消失，也会让外部的观察者因为视觉的迷乱而失去判别和品鉴能力。那么多的草，多得都不叫草，而叫作"原"或"甸"了，我还怎么能看清每一株草的模样和表情，还怎么辨认它们的身份及所传达的信息？

只有单独的一棵草，才能够让我把心智和目光凝聚于一个独立的生命，从它破土而出，伸展开茎干与叶片，一直到开花、结籽，全过程地体会和感悟它有关生命的启迪与暗示；也会让我由此及彼一棵一棵毫无障碍地关注下去，发现并领会很多棵草不同的品质与禀赋。

在早春的原野或冰雪尚未完全消融的陌上，一棵草，出人意料地展露出最初的锋芒。刺破黑暗、湿冷、厚重的泥土，一把锋利的剑，如初燃的绿火，与自天空而来的阳光遥相呼应。紧接着，便是春风浩荡、万物复苏……当季节与生命的盛宴被推向高潮，再回首，才发现最初的那棵草竟然是春的宣言和一呼百应的号令。

这基本上是一个不能让人接受的事实，难道号称万物灵长的人类也要听草的号令和呼召？草与人，究竟谁可称大？

物理上远与近、大与小的关系，常常让人类获得自高自大的勇气。我们平时看到的草总是一个群体，总是在距我们较远的远处，于是草的个体就被我们的视觉"缩小"或忽略。身处群体之中，似乎每一个同类都高大得足以挡住我们的视线，但却没有人发觉自己其实只是在受着视觉的支配和哄骗。眼见，有时并不一定为实。

那么究竟是谁"大"谁"小"、谁"轻"谁"重"、谁"高"谁"低"呢？一座殿堂，地基在下，屋瓦在上，站在地上看，瓦自然是天，而站在瓦上看，则地基是天，因为地基存在于屋瓦之先，没有地基，就无处立瓦。

经书里说："至于地上的走兽和空中的飞鸟，并各样爬在地上有生命的物，我将青草赐给它们做食物。"依此，我们便可推出，草，原来是最基本的天意，是生命之旗。草虽然势弱、渺小、微不足道，却是"物"直接面对的天，而"物"又是人类的天，草在逻辑上自然就是人类的天外之天，是比天更重要的天。

然而，当我们站在更高更远处看这个世界，看到的将是另一种"事实"、另一个"真相"：人类或所有的生命不过是岁月的食物。当事物被时间或空间中的某种程序链接到一起时，一切都不过是这一链条中的一个环节，某种循环的一段行程。一切都将成为模糊的一团，没有缝隙，也看不到轮廓。情感、动作、心机、争斗、冲突、成败、主次、尊卑、优劣、一切的波澜、一切的起伏、一切的愿与不愿甘与不甘尽皆消失。这些丧失了细节的"片"或"团"，全部意义只在于保持一种简单的运动，朝着某一个不可改变的方向，移动、再移动，一直移动下去。而时间那透明的手指却执拗地在每一个"团""片"身后保持着同步、均速的移动，耐心、细致地将一切痕迹一一抹平。

如果真有人相信所谓的"意义"，那么意义最有可能隐藏在个体或个体的行为之中。

一个人，因为养了一些牛，他的草场才有了生机，他的生活也才有了期盼和可能的富足；一头牛，因为找到了一片口感鲜嫩、营养丰富的草，才使自己的生命有了存在和幸福延伸的保证；而一棵草因为长出了自我保护的尖刺，才幸免于被饥饿的动物们吃尽、噬绝，如果它稍多一些抗争意识，心生怨愤，便会机智地躲过某只羊或马灵巧的牙齿，用锋利的叶片割破它的唇，让它的血滴在草尖儿之上，以作偿还……

虽然，一切都无法改变时间的流程，但那些丰富的细节却总是让我们在无意的总体进程中，看到某些微小的甚至是不值一提的意义。

那么，是谁，为什么，竟然让一棵草表现出如此的柔弱又如此的刚强？

二

　　遥想千年之前，生于春秋战国时期的铸剑鼻祖欧冶子，也一定如我一样，曾在某一个早春的原野之上，凝视一棵刚刚吐叶的草，久久发呆。一滴露水如凝成了液态的光，沿着草叶的边缘滑落下来，如利器上透明的血。在那片直指天空的草叶上，不知道他是否得到了某种昭示，是否看到了冲破黑暗的草的灵魂。

　　相传，欧冶子在冶铸出史上第一把铁剑——"龙渊"之前，曾走遍江南名山大川，寻觅有铁英、寒泉和亮石存在的地方，因为只有集齐这三样东西，才能铸造出惊世的利剑。几经艰辛之后，他终于来到龙泉，以两年之功，铸剑三把：第一把即是"龙渊"，第二把是"泰阿"，第三把叫"工布"。又传欧冶子在铸剑时，"赤堇之山破而出锡，若耶之溪涸而出铜，雨师扫洒，雷公鼓橐，蛟龙捧炉，天帝装炭；太一下观，天精下之。欧冶子乃因天之精神，悉其伎巧……"这些记述无非是想告诉世人，欧冶子所铸之剑皆得神助，并竭其才智而成，每一柄剑都是价值连城的稀世珍宝，但却一直不曾提及，为何那些宝剑都是草叶之形，炼剑最初的灵感从何而来。

　　历史的典籍或传说，往往只关注结果，而最初、最关键的环节总是被有意无意地忽视。更多的时候，我们只知道文章，而不知道引发文章的灵感；只知道冰冻三尺，却不问其后存在的寒冷以及寒冷之功；只知道花儿开放，而不知春风在花儿背后已拂过千回……只知道世上有龙渊宝剑，却不知道它是由一棵草的魂魄所化。

一叶草在火里泯灭，又在火里重生。

再提起那些清清凉凉的水滴、被水滴濯洗得翠绿的叶脉、叶脉下充盈的浆汁以及由此而生的芬芳，都已经属于遥远的前生了。而今，一腔碧血正与熊熊的炉火狭路相逢，一生一世的水，经过数千度的煅烧，已不再流动，不再沸腾，而是凝成不可触碰的固体。这是今生。今生，将炼草为剑。饱饮烈火之后的叶形轮廓里，已不再有一丝一毫湿润的回忆，更不再有对雨水和阳光的渴望。水与火的纠缠、凝结，形与神的融会、化合，终成三尺亦正亦邪的冷光。倘若恰巧有雨滴飞落，撞击之声隐隐传出，已然铮铮尔。

自从世上有了第一把剑之后，剑就如泥土上的草一样，生长繁衍起来，龙渊、湛泸、纯钧、胜邪、鱼肠、巨阙、赤霄、干将、莫邪、承影……一直到那些数不胜数的无名之剑。暖风再起的时候，不但春草，剑也已然遍地。剑是草变冷变硬的魂魄和心肠，它们不再为饲育生命而生，而是要向那些直接或间接食草而生的生命讨还几生几世所欠的宿债。这一世，它们的性情与前世相反。它们会因水而蚀，因血而荣。所以它们不再坐等雨水的浇灌和人脚兽蹄的践踏，而是主动出击，四处寻找着灼热、鲜红的血。

传说中的好剑，是不可能长久沉睡或无所作为的，如果沉寂过久，它们会在鞘中铮铮自鸣，借如水的月光把心愿传向远方，呼唤那个应运而生的主人或命里注定的英雄。于是便有了江湖，有了不同凡响的时代。当无数的英雄或勇士、无数的剑聚集在一处时，战争来临。那是被人类误认为"伟大"的年代，也是人们所没有认识到的剑的盛宴。在一场场血雨腥风的冲杀中，不管最后的胜利属于谁，实质上都只是为剑安排了一场场豪饮与狂欢。冷兵器时代的战争，会有数不尽的生灵在剑的摧残和逼迫下沦为卑贱的草，人类及牲畜，随时可能将血管里的热血毫无缘由地贡献给疯狂而饥渴的剑。

剑总是以英雄之名和城、国之利诱惑着人们去流血和流人之血。"争地以战，杀人盈野；争城以战，杀人盈城。"

据说，素有"人屠"之称的战国名将白起，一生杀人如麻，仅最著名的长平之战就坑杀赵人 45 万，连同以前攻韩、魏于伊阙斩首 24 万，攻楚于鄢决水灌城淹死数十万，攻魏于华阳斩首 13 万，与赵将贾偃战沉卒 2 万，攻韩于陉城斩首 5 万，共 100 万有余。他因一生从未打过败仗而成为名垂千古的英雄和当之无愧的战神。然而，最后他的结局却也是将一腔子的血轻飘飘地祭奠了一柄无名之剑。

有道是"一将成名万骨枯"，其实，能够真正经得起时间淘洗的名将，何止是万人之死所能成就的呢？哪一位英雄的手不是被同类的血一遍遍反复染过，以至于长江水流淌千年仍洗不净其陈迹？

及至 13 世纪初叶，冷兵器的盛宴进入了最后的高潮，我们已经不敢说那些在战争中死去的人都叫作"饮剑"而亡，因为那时的剑已经像"杀人"病毒一样，几经变异，拥有了数不胜数的存在形式。至今，人们想起那场波及世界的蒙古帝国之战，仍感觉不寒而栗。虽然那场战争被后来的国人誉为史上最辉煌、最伟大的英勇之战，但终究还是难逃"草菅人命"的结论。然而，仅仅 100 多年之后，这个王国，连同它那些威名卓著的英雄，便统统如曾被其消灭的国家和逝去的人口一样，在地球上销声匿迹了。最后的赢家或得利者，无疑，仍然是那些"面"无表情冰冷的"剑"。

此后，喝饱了众生之血的剑，终于心满意足地睡去，一睡便是百年甚至千年。不再饮人之血的剑，不再是宝剑；不再流人之血的英雄，亦不再是英雄。

三

在英雄成尘，宝剑成泥，无数尸骨沦为粪土的大地之上，草一次次滋长，又一次次葳蕤。

那一场铁马冰河的噩梦，并没有让草永远僵硬、凝固于时光深处。醒来，它们依然是草，柔软、单纯如初，生命里所有的欲求不过是温暖的阳光和清凉的雨水。至于另一世曾被谁擎在手里，又如何在血与火中穿行，已经不必再去回想。明知道脚下黑沉沉、比梦还深的大地掩埋着自己的过往，草还是不肯低头瞧上一眼。身世、血统、往昔的荣光……一切又有什么意义呢，如果草不能保持住翠绿的本色？

既然生命的实质竟然如此孤独寂寞，那就期盼着，开出一朵美丽的小花点缀一下自己吧；或期盼着，结出一串饱满的籽实，并逢着一双温柔的手，轻轻采摘或精心呵护。

牛、羊、骡、马等一应牲畜，一如既往地痴迷于埋头吃草，全然不顾也不问在草的身上曾经发生过什么，将会发生什么。因为世代生活在"天经地义"的应许之中，从来没有遇到过难题和困惑，所以，它们用不着去思考。只有人，天生的悖谬，永远不甘于固守眼前的一切，偏要从不变中无休止地求变，求化，总是要把原本静止的石头搬起，直到让它砸了自己的脚；也总是要让自己落在后边的脚超越前边的那只，一直到被自己的脚绊倒。所以，人总是需要思想、发现、寻找甚至反省、反思，也总是要从一个困境解脱出来而进入另一个崭新的困境，如此循环往复，未曾止息。

最早的人类并不知道草中也暗藏着上天对人类的应许，因为经里并没有说人类可以从草中得食或以草为食。除了少数的野果野菜，人类主要是与那些猛兽们PK，争食数量更大而体形较小的动物。在那种艰苦严峻的生存环境下，人类不得不在饥饿中结伙奔跑，在恐惧中前进或退缩。直到神农氏从草里面找到可以食用的粮食，将五谷从百草中分离出来，人类的欲望才得以从最基本的生存转向大量繁衍，实现了群体的空前膨胀与庞大。

对于人类这只狡猾的"猴子"，大概上帝也拿它没什么办法，藏在口袋里以应不时之需的东西，竟然让它一下子就猜到，并伸手掏出来。

在与上帝打赌的第一个回合里，人类成为赢家。人类从草中获得可食之物后，便有了骄傲和自负的资本，依凭着上帝的仁慈与许诺，肆无忌惮地发展壮大起来，数繁量巨，多如牛毛、海沙，并以一种极强的势头将大地覆盖，将其他物种的生存空间占为己有，除了同类甚至同类中的同类，一切都被挤对至边缘地带或无立足之地。

然而，随种群扩大相继而来的病与死，又成为人类的另一个难题和困境。众生芸芸，疫而剪之。但剪到谁的头上，谁又能心甘情愿呢？于是人类再一次想到了"天"，经过反复推理，认定既然上帝造了人就一定不会轻易让人类那么不明不白地灭亡，一定是留有"后手"，只要人们虔诚以求，想必"天"就会用这一手施之以救。

传说，有一种其貌不扬的小草，叫作九死还魂草，不管人死了多久，只要尸首并未腐败，将其含于口中，就会有起死回生的奇迹发生。难道这就是上帝让人类猜度的另一道谜？显然，上帝绝不能把这个秘密直接告诉人类。凭上帝对人类的了解，应该深知人性的自私和贪婪，一旦秘密泄露，这"一手"很可能会被立即作废铲除，所以就只告诉了低调的蛇和有节制的鹿。

先是森林里的公鹿从上帝那里得知了秘密，但平时它们并不轻易去触碰这种草，只有当母鹿生命垂危之时，公鹿才会涉过险境找到那种草，带回来救活母鹿。后来，上帝又将这个秘密告诉了蛇，因为蛇受到上帝的诅咒之后，哑而无足，很容易受到伤害，出于悲悯，上帝便许诺它们受到伤害时可找到那种还魂草自救性命。这一切都属于天机，人类只是凭着自己有限的智慧进行了一系列猜测和推断。传说，之所以后来真假难辨，正因为它一开始就来自于推测。

传说传开之后，果真就有人去跟踪公鹿或蛇，顺着传说的线索寻找那种奇异的草。关于其结果，也无外乎两种：一种说，确实有人跟着蛇或鹿找到了那种神奇的草，采回后救了人的性命；另一种说，那只是纯粹的谣传，世上根本就没有那种可救人命的仙草。人类就是这样，已经习惯于以自己的心思去猜测上帝的心思，以自己的境界去推断神的境界，却全然不知上天自有"天意"。

李时珍，这个生于 1518 年的湖北人，一定是和人类史上并不多见的一些人一样，生来就担负着某种使命，或表达了某种天意。就在神农氏出生或倒下的地方，他站了起来，并和神农氏一样，一头扎进了山野，遍尝百草，"穷搜博采，芟烦补阙，历三十年"，使神农没有做尽的事情得到了有效的延伸，使更多的草变成了为人治病救命的药。最后，那种被传得神乎其神的九死还魂草终究还是没有出现，但一部《本草纲目》中所记录的 1892 味中药物，哪一味中没有隐含着起死回生的要义呢？

至于到底有多少人因为李时珍和他的《本草纲目》而得救，怕动用人类最先进的统计系统也没办法准确计算，但这个人、这部书却成为了人们惶恐中的安慰、绝望中的希望。这一个回合，人类仍然是赢家，但上帝也并没有输，因为谜底似乎早已经被他悄悄放在了人类手中。

四

从前，一棵草想报切齿之仇，很简单也很直接，只要以锋利的叶片将动物的唇切开或化作剑魂直刺入人或动物的肌体，事情就成了。

后来的事情却变得很复杂。

草改变了策略，它们很乖顺地听凭人类的拣选，一部分种群中的优秀者由草而晋升为庄稼。庄稼又很乖顺地听凭人类的调理，全心全意地为人类服务，由着人类的性子和口味生长，使人类除了粮食再也不相信别的，除了粮食再也无法依靠别的生存下去，情之所依，心之所赖，最后使控制者与被控制者互换了位置。

这时，如果那棵牵着人类命运的"草"不再跟着人类的脚步快速前行，产量不再应和着人类需求的增加而增加；或让自己的脚步明显地慢下来，产量不增反降；最极端的时候，干脆来一个大罢工，颗粒不结或枯干而死，人类就要集体进入饥馑的灾难之中，自然就会有很多人颓如败草，枯萎而死。

或许，这是上帝最后的秘密了。谁能够找到让粮食只增不减的秘密，谁就控制了那棵不好驯服的"草"，阻止它对人类做出最可怕的背叛，谁也就成为人类生存、发展史上最后的英雄，真正意义上的英雄。因为这样的一个人注定会与所有的英雄一样，使无数的生命发生逆转；但他也注定与以往的英雄不同，不会让本来活着的人有一天流血死去，而是让无数很可能死去的人因为他的存在而安然存活下来。

1961 年 7 月的一天，31 岁的袁隆平，从一片普通的稻田出发，一步步接近一个改变世界的秘密。

这一天，据他自己回忆："我和往常一样来到农校的试验田里选种，突然，在一块早稻田里，发现一株形态特优的稻株鹤立鸡群，长得特别好。10 多个 8 寸长的稻穗向下垂着，像瀑布一样。我选了一穗，数一数籽粒，竟有 230 粒，推算下来，用它做种，水稻亩产就会上千斤。"试想，如果没有英雄般的胆略和勇气，谁敢把自然中的一个偶然当作必然？谁敢把眼前的一个奇迹当作未来的现实？对于袁隆平来说，那株"鹤立鸡群"的稻草，也许就是冥冥中的一个暗示，就是关于未来的一个指引。眼前的情景不过是一个醒时的梦境，而梦境从来都是只给出模糊的喻示而不给出抵达的路径，只有笃信的人，才可能按照梦的喻示而行。

10 年，对于袁隆平来说，实际上只是在做着一件事情，那就是走遍田野寻找那把打开梦境的钥匙，或开启梦境之门的咒语。1970 年，整整 10 年之后，他终于在海南找到了一株天然野生稻。就是那么一棵草，一棵天赐之草。他擎着那棵野草，像擎着尚方宝剑一样，"咿呀"一声，撬开了自然之门。门缝里，流露出了上帝的微笑和天堂之光。

3 年后，他育成世界上第一个实用的水稻雄性不育系及其保持系"二九南 1 号"，并于 1973 年实现"三系"配套，1974 年选育成第一个强优组合"南优 2 号"，1975 年研究出一整套生产杂交种子的制种技术，1976 年开始，杂交水稻在全国大面积推广，产量大幅增加。自此，袁隆平成为世界上第一个成功将水稻杂种优势应用于生产的科学家，并被誉为"当代神农氏"和"杂交水稻之父"。中国仅靠增产的稻谷就可以多养活 7000 万人，13 亿人口不用再为吃饭的问题而担忧、头痛。

从 1970 年代至今，中国人依靠着袁隆平和他手里那棵神奇的稻草，一路沿着温饱、强盛之路拾阶而上——改革开放、市场经济、领土交涉、货币战争……并没有谁明显地感觉到脚下或背后有什么力量在支撑。但是，如果时光之轮可以向着相反的方向旋转，让岁月反转 40 年，我们会看到什么呢?

当多米诺骨牌慢条斯理地摆到最后,只一个轻轻的反拨,便会有出乎意料的景象显现于人们眼中。

推倒一切屏障,在岁月中回首,站在我们身后的,仍然是那个手持一把稻草的清瘦老者,怎么看都亲切如自己纯朴的家兄和老父,怎么看又都像一个救万千生灵于涂炭的天之使者。当然,在我们这个国度和世界,不仅存在着一个袁隆平,还有很多和他从事着同样事业,做着同样努力的人。这些人,都应该成为我们心中的天使或英雄。

真正的英雄、凡人中的神灵呵,他们并不是要将一棵平凡的草变成所向披靡的利剑;而是要将无坚不克的利剑变成一棵平凡的草;或者,将一棵平凡的草变成一棵意义非凡的草。

(原发《中国作家》2014 年第 10 期,《散文选刊》2015 年第 1 期转载,获 2014 年度华文最佳散文奖。)

评酒师

　　坐在我对面的韩树峰端起高脚杯，轻轻一摇，夜色就渐渐地深了。

　　一种莫可名状的芳香，迅即在空气里弥漫。我微微闭上眼睛，仿佛有无数奇异的花朵正在暗红色的液体里，纷然绽放。

　　此夜注定非同凡响。

　　因为简单，简单得只有一个简易的方桌、四碟干果、一瓶红酒和两个男人；也因为复杂，复杂得有如一款酒或一个人难以说清的生平。最终，一切的经历，一切的记忆和往事必将被简化或抽象成一种味道。那么，我们也只能从一种难以追溯的味道开始追述。

　　平心而论，在柳河这个区域，韩树峰并不是唯一一个国家级评酒师，但若从对红葡萄酒的热爱与理解这个角度论，他却很可能是走得最深、最远的一个人。当一类或一款酒过了他的眼，又过了他的心，再经过他的"品"，一经被他以一种简捷而传神的语言表述出来，一杯或一瓶平淡无奇的红酒，便不再是只供人们"消费"的饮品或"物"，而是一个有灵有肉有经历的生命。

他甚至会以特殊虔敬的态度提醒我们，生命与生命之间的关系从来都应该是平等的，是相互效力、相互尊重和相互成全的。

　　谈笑间，我们同时把杯举起。举起，贴近口唇，我突然感觉那是一次冒险。一次生命与生命之间相互敞开、相互试探和相互影响的冒险。

　　很快，韩树峰就谈到了缘分。这个已在世俗里被反复"流行"，变得轻之又轻、薄之又薄的词汇，今天却因为表述者态度的凝重和内容的沉实而显现出其本有的庄严与神圣，重新拥有了宗教意味。

　　韩树峰与这个世界的缘分，始于1968年。这一年，韩树峰和1000株名曰"红香水"的家植葡萄一同在偏远的小城柳河诞生。那是韩树峰的父亲韩敬伦先生从老家山东日照来到柳河县的第六个年头。作为一名从外地引进的专门技术人才，韩敬伦不仅在林果种植业上取得了初步的成效，而且在未来人生和事业的规划上，也有了一个更加远大的目标。

　　初生的儿子和初具规模的果园，虽然不约而同地为他带来了成功的喜悦，让他内心里充满了自豪，但他更知道，属于他的美好人生则刚刚起步。他不能停下来，他要依凭自己的聪明才智创造出更大的奇迹，让柳河这小小的山城因为自己的存在而更加不同凡响。从此，韩敬伦先生便一边养育儿子，一边开始了他漫长的野生山葡萄驯化之旅。

　　别人家的园子里种满了瓜果蔬菜，韩敬伦家房前屋后却种满了葡萄。唯有葡萄——拥有了好听名字的贝达、有着浓郁香气的"红香水"、又鲜艳又芬芳的"红玫瑰"以及幼小的韩树峰不论如何也叫不出名字的其他杂交品种。整整30年的时间，韩敬伦以葡萄园为家，以家为葡萄园，辗转于小城柳河和那道名叫驼腰岭的山上，开发出一个个山葡萄家族的新品种——公酿一号、双优、双红、左优红、北冰红……

　　从人生的"爬行阶段"开始，韩树峰就与这种以"葡萄"命名的事物结下了不解之缘，在葡萄架下往来穿梭。每年，春天的葡萄树刚吐芽苞，韩树峰就从新鲜泥土和即将伸展的叶片间捕捉到了一棵葡萄和其他植物迥然不同的气息；之后，他每天盯着房前屋后的葡萄树，看它们在阳光和春风的催促下抽枝展叶，开花做果。葡萄蔓在向上攀爬的过程中，必须伸出青青嫩嫩的触须，以此固定住自己的高度，小树峰便怀着好奇的心情悄悄掐下一段，放在嘴里咀嚼，又酸又甜的滋味从口腔直入鼻翼。他会意一笑，那就是葡萄最初的味道了。

刚进 6 月，北方的葡萄树就纷纷开花。有一些小朋友说，葡萄藤上的那些米粒大的小东西，既没有香气，也不漂亮，不能算花。可是，什么才是真正的花呢？韩树峰才不在意别人怎么看，他坚持并坚定地说，那才是真正的花！

正在争执之间，有一天葡萄藤上成串成串花状的小东西，突然就不见了。继而，青青嫩嫩的小圆果儿就挂满了果穗儿。韩树峰摘一颗小小的果实放在嘴里，细细品味，这是一串葡萄无味的童年。从此，每隔一段时间他就从葡萄架上摘一枚青果品尝一下。那些不同生长阶段的果实，如同漫长而风景各异的人生之路，有时令他眉头紧锁，有时让他激灵打个冷战，有时却又令他身心舒畅。从起初的酸涩生硬，到后来的颜色初着，再到后来的苦尽甘来以及酸、甜、涩、香复杂难言，韩树峰几乎全过程跟踪，无不一一领略。试问，除了这样一个对葡萄如痴如迷的人，又有谁能比他更了解、更熟悉葡萄的味道？

然而，葡萄仅仅是葡萄酒的前生前世，仅仅是韩树峰的父亲一生所致力的事情。韩树峰是评酒师，他虽然知道种植环节的重要，但并没有从父亲手里接过接力棒，致力于葡萄的种植，也没有在种植的下游接住葡萄酒的今生今世，致力于葡萄酒的酿造；他最终选择了品评，选择了跳出创造之外去理解和欣赏一种生命的创造。

果然，韩树峰对一款酒的态度或姿态迥异于常人。当他从内室里取出自己多年的收藏，他并不是像对待一只被宰杀的鸡一样，很随意地攥着或拎着，而是用双手托着或捧着，一手扶肩，一手托底，像拥着舞伴共赴一场令人期待的圆舞。他说，目光里泛着异彩，这是1996年的"宝德嘉纳"。

从时间上推算，这款酒已经在黑暗的瓶子里沉睡了20年。但从1996年至今，并不是它确切的年龄，只是在那一年，有人让它的生命改变了一种形态，并给它起了一个名字。一般来讲，一款酒的生命长度是很难界定的，向前似乎可以追溯到产地、酒庄或一颗葡萄，甚至一颗葡萄的根系。向后，则一直可以延展到一个饮者的微醺或沉醉。

业内有一句公允的话："好酒是种出来的。"对这句话，韩树峰自有他独特的感悟和理解，也深表赞同，所以他随即讲起了宝德嘉纳庄园的葡萄园悠久的历史。1996年，发生了很多事情，但对于法国的波尔多产区菩侬乐村的葡萄来说，最严重的事情莫过于区域内百年不遇的大旱。旱情最严重的地带，有一些几十年的老藤葡萄甚至枯死。想来，一棵葡萄赶上了这样的年份，就相当于一个人赶上了大饥荒，比如1942年的河南，比如1959年至1962年间的中国。

1962年，正是我出生的那一年。虽然著名的"三年自然灾害"已进入尾声，但灾害已然在我没有出生之前就影响了我长达数月之久，以至于我一出生就带着先天的不足——营养不良，发育缓慢，就像那些失去水汽滋养的葡萄一样，果稀、粒小。直到长大，长成，才发现，虽然都是一母所生，我比身后的两个弟弟都矮了接近十厘米。世事的奇妙却正在于此，上帝在此处关上了一道门，却打开了一扇窗，在让你失之水灵的同时，也让你滤除了多余的水分，更懂得用一生的努力去弥补先天的不足。人也好，物也罢，也许只有经历过生活和生命里种种的苦，才会激发出生命深处那种汲取和积累"甜"的潜能。就像苦难成就了善于吃苦耐劳的人们，1996年的大旱成就了菩侬乐村的葡萄酒。因为大旱，当年的葡萄产量降得极低；也因为大旱，当年的葡萄品质却升至极高。在葡萄酒的纪年中，那一年成为历史上一个具有传奇色彩的好年份。

宝德嘉纳庄园，按照法定等级，仅为列级名庄的第五级。韩树峰之所以会精心收藏了一款宝德嘉纳，并每每谈起多有尊崇和赞叹之词，我想除了酒品和酒名，更主要还是因为这个庄园背后那一段向死而生且意味深长的往事。

从 19 世纪开始，克鲁斯家族就一直苦心经营着这座宝德嘉纳庄园。但运行至 1973 年时，一个突然而至的可耻事件却使酒庄遭受了灭顶之灾。这一年，克鲁斯家族的一个表亲皮埃尔，也就是这个家族旗下的一个分销商，为了攫取更多的商业利润，竟然将他代理的西班牙廉价酒与宝德嘉纳庄园的酒勾兑，利欲熏心地伪造宝德嘉纳庄园的商标，意欲在市场上行骗销售。结果事情败露，还没等实施就被告上了法庭。一个法制和道德体系健全的国家，对商业欺诈是真正的零容忍。在 1973 年的法国，皮埃尔未果的欺诈行为，已经触犯了法国社会的道德和法律的双重底线。审判的结果，不仅皮埃尔本人锒铛入狱，克鲁斯家族也因为他的牵连而名声扫地。当时，宝德嘉纳庄园主汉文·克鲁斯眼见已经传承了 110 年的家族基业在自己的手中蒙羞、被毁，也觉得无颜面对祖先和世人，羞愧之下，便驱车坠崖自尽。这是一个脆弱而追求完美的人，竟然把尊严看得比命还重。当然，也有一点儿以死抗争的意味，告诉人们这个家族也许犯了管理上的低级错误，但拥有的传统和品格却是不容置疑的。

汉文·克鲁斯坠崖的第三年，1975 年，富有实力也独有见地的著名干邑酒商迪狮龙家族收购了奄奄一息的宝德嘉纳庄园。一方面利用迪狮龙家族的金字招牌对消费者施加正面影响，一方面在经营上更加苦心孤诣、殚精竭虑。庄园主阿尔法·迪狮龙曾说："我每天清晨刮胡子的时候，脑子里想的都是今天我能为宝德嘉纳做些什么，以促进它品质和信誉的提升。"20年后的1996年，宝德嘉纳酒庄终于凭借一款"别有一番有趣风味"的好酒而一扫阴霾，酒、酒庄、酒庄的故事一同被消费者认同并推崇，成为令人感叹的"三绝"。

这时，韩树峰也轻轻地叹了一声。但他的叹息很是轻微，轻微得如同与旋转的杯中之物在轻轻私语。我想，将一款有来历、有内涵的红酒称为"杯中之物"，韩树峰肯定会很介意的，因为开杯以来，他已经第三次强调，红酒不是"物"，而是一种需要用心，用爱，用时间将其慢慢唤醒的生命。

世人好酒如好色，大致不过三点直白的缘由，一是难舍那令人愉悦的颜色和观感；二是沉迷于喉舌间那短暂的满足和快慰；三是贪图那份借名酒之名而带来的附庸风雅的虚荣。而有些商业中人，则把全部的心思用于将手中的酒以更快的速度和更高的价格卖出去，让它们为自己创造出更多的利润，换回更多的钱。没有更多的人愿意花更多的时间、心思和成本提升它们的品质和内在价值。

似乎人人都可以张口闭口对一款酒说喜欢或爱，可是有几人真正懂得什么是爱呢？韩树峰说，爱，就是不轻慢，不亵玩，是一往而深的了解、理解和欣赏，是不讲代价的专注和尽心尽力，甚至像汉文·克鲁斯那样以命相偿。爱，就是一代代前仆后继，全力以赴，为了造出一款好酒不惜代价，不计成本，不问利润，投入，投入，再投入，包括资金、精力和情感，一直到终于将你的酒打造成"倾国倾城"的"名媛"。

韩树峰又浅浅地啜饮一口1996年的宝德嘉纳，表情神秘而悠远。他意犹未尽地说，爱就是一分钟一分钟安静而耐心地相守，感受它每一个时段的气息和个性变化，它的口感、它的味道、它的情绪、它的韵致，它的生命的波动……

这是第三个五分钟。

在第一个五分钟里，酒仍似一个贪睡的少女，意绪恹恹，如被夜露打湿了翅膀的鸟儿，滞留于雾霭沉沉的梦里，迟迟不得也无意展翅。帷幔初启。她不过翻了一下身，抻一抻腰肢，打一个哈欠，但已洋溢着生命之初的羞涩与清新。那是清晨的气息、青草的气息、麦苗刚刚及抃的春天的气息。

在第二个五分钟里，我仿佛看见抽象的太阳在具体的夜晚徐徐升起，明亮的阳光像一支有魔力的画笔，触碰到哪里，哪里就焕发出了光彩。花儿慢慢地展开了花瓣，芬芳丝丝缕缕地蒸腾起来；少女的脸颊上现出了水色与红润，双眼将睁未睁之际，似乎有一种温暖而又顺滑的甜，如一群闪光的鱼儿欢快地游来，点点银星由远而近，刺破幽暗与苍茫。

而此时，温暖又圆润、轻柔又顽强的馨香，已直入肺腑，直摄魂魄。是谁隐在胸前，藏在背后，或抵于唇齿之间吐气如兰？你能感觉到那些存在却无法显现的一切吗？微张的湿润的唇、低垂的含羞的眼、狂乱的勇敢的心……在薄而透明的杯沿上，时间与空间、世界与仙界、物类与人类、梦境与现实、液体与固体已相交相合，混淆了原来设定的维度和边界。

之后的混乱，可以称作"沉迷"，也可以称作"通灵"。饮者与酒，不知道从此谁进入到了谁的生命，谁附着于谁的灵魂。当酒终于进入人的身体、人的精神、人的记忆和人的情感，才知道，这是一次成功的逃逸或解放，原来瓶和杯才是它们难以突破的牢笼。人的姿态依旧，安静或沉稳地端坐于桌前，但生命深处却暗暗地起了波澜——春风春雨、秋风落叶、如花绽放的欣喜，如雾盘桓的哀愁……就这样看似无依无凭地滋生出来。于是，迎面萦绕起岩石或泥土的气息、青草或嫩叶的气息、花儿开放的气息、云和雨的气息、黑暗与阳光的气息、某种树木生前或死后的气息、时间和历史的气息、死亡和再生的气息。那正是酒的语言、表情和心境；那也正是酒在以自己独特的方式，娓娓展开的一场倾诉。它们把身世、历史、经历、遭际、爱恨情仇、心思意念、性情禀赋都寄托于一种气息和味道。

也许，人与酒之间的对话和一个人与另一个人的交往同样，就是一种冒险。有人喝了某种酒之后，感觉味道、口感和入口后的身体、意识反应均佳，便会脱口而出二字：好酒！而另一些人却可能感觉味道不合意、口感不相宜，且胸闷气短、头痛"脚晕"，于是便不假思索地断言，自己遭遇了劣酒。其实，人与酒，也是要讲缘分的：感觉爽或不爽或美妙与否，完全取决于是否相遇；相遇后是否"同频"；能否互动、共振。玄一点儿说，这也是人与酒相互选择的结果。

一般情况，韩树峰评酒从不轻易使用好、坏、优、劣这样的险峻之词。作为一名对酒有着深刻理解的评酒师，他是最知道酒的复杂，正如他最知道人的复杂。他对酒的品评常常使用比如轻盈、厚重、适中、甘洌、凌厉、顺滑、威猛等纯然中性的技术术语，充其量会使用一些喜欢、不喜欢、适合、不适合等个人化的评价。即便是他最中意的宝德嘉纳，他的评价也是平和、客观的。他说，宝德嘉纳样样都好，就是少了一点明亮、通透的酸。这就像一个女人不会流泪，一个男人不懂忧伤，你可以称其为乐观放达、刚强坚忍，或性情豪迈，但终究还是缺了一点儿立体性和丰富性。世间没有完美的人，也没有完美的酒，唯有丰富与复杂才能演绎和调适出一个鲜活生命所必有的魅力和韵致。

当品评进入第六个五分钟时，一般的酒都会彻底醒来。酒"醒"的概念，相当于一个人从沉睡之中的意识朦胧到神志清醒，信息和感觉传导透彻无碍；或者一个人，进入"而立"与"不惑"之间，已经历了人生应该有的绝大部分酸甜苦辣和波折历练，已经在自己的生存环境里找到了一种相对稳固的调和与平衡，气息与格调已经不会发生很大改变。真正的评酒师，只对，也只敢对"醒"好的酒发表自己的看法，做出自己的评价。

由于西方特别是法国葡萄酒在中国市场上的绝对强势，业内、业外与葡萄酒有关的各方面人士，不敢对纯正的进口酒有一丁点儿的微词，提起列级名庄的酒，基本众口一词："酒体均衡，几近完美。"但在千差万别的"完美"中，韩树峰坚持着自己的客观与清醒。他认为，"旧世界"或"新世界"的酒，虽然因其低酸和糖度适中，所酿干酒口味纯正，但也不是毫无瑕疵，在色泽上和口味上，因为"酸""苦"要素的缺失，还是稍显单调和沉闷。

第八个五分钟临近，宝德加纳的酒体里单宁继续加厚，并透出了隐隐的苦。这一变化令韩树峰大为惊喜。这正是好酒所应该表现出的禀赋和特性——酸、甜、涩、苦、辣的兼备与均衡，并且能够经得起岁月的考验。

酒体如人生，应该有的经历和味道，一样都不能少。辣是酒的根基，也是人的血性，没有一点点的辣，酒则不成其为酒，人也难以立事、立世。甜则是人生意义的根本所在，生而无乐、无甜、无趣，人为什么要来世间走一场？五味中，酸几乎就是甜的孪生姐妹，是甜的反证和互动，没有酸，甜必无着、无证、无趣、无益。涩是情感、口感、存在感的"摩擦力"，如果说没有摩擦力就没有运动，也没有运动的世界，那么人生或酒里没有一点涩的感觉或味道，生活和生命，终究不过是一杯白水。苦是五味的根基，是生命成长过程的必修课。苦味入药，则益智、去燥、明目。不经过苦的打磨、浸泡和淬火，生命就会缺少必要的硬度，酒就失去了复杂和丰富。

第九个五分钟来临，韩树峰仍然意兴未尽，一边感慨于宝德嘉纳于平凡中凸显出峭拔的独特，一边畅想着能有一只执掌造化的妙手将柳河、通化地区山葡萄里最独特、最有趣的"酸"转移到宝德嘉纳里一点："那样，岂不两全其美，宝德嘉纳也通透活泼了，我们这个区域的酒也平滑、平和了。但话又说回来，凡事为什么要追求违背自然本意的极致和完美？"

是的，世界上从来就没有也不应该有完美、极致的事情。有"求全"，就必有"责备"，任何人、任何事，都不可以完美无瑕。如果上帝真的一心软，满足了人类的全部意愿，人就不再是人，而为神；物也不再是物，而为神器。反过来说，人之所以永远成不了神，就是因为天天在追求完美，反使得自己变得更不完美。求全，只是人的思维，而不是神的思维。神的思维是一切存在都为圆满，都为完美。在不可选择中选择，在不可挑剔中挑剔，显然就是对自然、造物主以及一切受造之物的不尊重、不理解和不宽容。正如，沙漠覆盖的中东出产石油，雨水丰沛的巴西出产粮食，而炎热得衣不得遮体的泰国可以吸引人们去观光一样，法国的旧世界、拉美和澳大利亚的新世界以及比新世界更新很多的中国其他产区都已经在上帝那里分得了自己应得的一份，不能再多了。再多，连上帝都会觉得自己过于偏心而不好意思了！哪能把一切好用的、珍稀的资源都放在一个地方呢？

现在，终于临到了自古以苦寒著称的长白山区。

这里，一年中有半年被冰雪覆盖，夏短冬长，昼短夜长，人们在皑皑白雪中期盼着绿色，生物们在冗长的冬天里企盼着阳光和温暖。如此与众不同的地方，当然要有一些与众不同的事物与之相匹配，这是上天的旨意和公义。于是，长白山脚下的众山城就拥有了别处没有的独特资源——野生山葡萄。《诗经·豳风·七月》里说："六月食郁及薁。"译过来，就是：六月里吃郁李和野葡萄。薁，也为蘡薁，就是野葡萄。《唐本草》也有记述：薁，山葡萄，并堪为酒。

据史料记载，从前，野葡萄的踪迹遍及华夏，河北、陕西、山西、山东、江苏、安徽、浙江、湖北……似乎有山就有山葡萄。可事到如今，书上记载的各处山葡萄分布地，都已经鲜见山葡萄的踪迹了，偏偏是书上没有提到的东北，东北的长白山区，通化或柳河小城，山葡萄仍然多得可以支撑起一个庞大的产业。这正是："近来始觉古人书，信着全无是处。"书上没有记载，并不代表实际上并不存在。也许，正因为长白山区古来一直是一片人迹罕至的荒芜之地，更加之清政府 300 年的封禁，连闲杂人等的马蹄都不允许触及，连文人们的笔尖儿都不许随意指点，才使这片寂寞的土地上的资源得以较好地保存。

长白山区的山葡萄，根植于原始森林肥沃的黑土，沐浴着自天池而来的甘冽山泉，冰清玉洁，清香袭人，酸甜醇厚，出落得如不咸山下的美女"黛玉"。其性异也，酸也突出，甜也突出，用术语说就是高酸高糖，以其所酿的酒，偏酸而甘，喜欢的人自然会认为是酸甜可口，不喜欢的人则嫌其"刁钻古怪"。所以，这个地区以山葡萄为原料酿造出的葡萄酒，大多具有三大突出特点：一是色泽靓丽娇艳；二是香气优雅隽永；三是果酸凌厉别致。其酒体中三条主要风味支柱，酸、甜、涩几乎等长，如此结构，决定了它必然在甜酒和冰酒领域表现优异，一起步便依凭着优越的"天资"而晋身世界级的好酒行列。不管国际上的什么机构评酒，这个地区的酒往出一拿就是金奖，或金奖、银奖一同拿下。但美中不足的是，在酿制干酒时，剔除酒体中桀骜不驯的酸就成了令无数专家尽挠头的难题，若论平和柔顺，目前还无法与欧亚种系匹敌。也就是说，一个"心似比干多一窍"的林妹妹，不论如何压抑和克服自己的个性，一时还难以达到宝钗姐姐圆滑敦厚的境界。

现在是第十个五分钟。如花绽放的葡萄酒已经如孔雀开屏一样，释放出它生命里最为绚烂的激情，渐渐地韶华消散，意绪阑珊。韩树峰举杯示意，我们再一次怀着眷恋的心情深吸一口那酒的余香，并以告别的心情饮进最后一口宝德嘉纳。从此，那一袭飘荡着的芳魂，便移居我们的记忆、情感和血液，以另一种形态继续生存、奔涌、飘荡。

一切的过程都将有一个必然结局，包括一个晚宴或一场人生。我一直不是很理解，为什么西餐里最后一道饮品一般都是甜酒，当然最好的甜酒还数中国东北或加拿大这样的寒温地域所出的冰酒。今天，韩树峰也比照西餐的规矩，开了一瓶本地冰酒。酒一入口，立觉繁花似锦，花香弥漫。仿佛一支乐曲进行到尾声，圆号、黑管、萨克斯、长笛等"重器"已轮番过场，突然，万籁俱寂，一阵琵琶轮指，清灵灵如一脉小溪自山间的石缝中淌来；如一只机警的火狐迅疾划过雪野，撒下一行匀称精致的梅花足踪。或时值深秋，如水的长天正与透黄的树叶在长风里对望，无可奈何地等待着日子一天天变冷，变得萧瑟，突然就来一个艳阳高照的暖日，让人感觉到时光倒转，一切又回到了从前，春天的脚步仍在耳边回响，门扉翕张之间，尚见她发梢一晃。

后来，我终于想到了"甜"的隐喻和真正的意义。不仅是西方人，可能全世界的人，都对甜有着某种近于宗教的信仰。一个复杂的晚宴，期间必然经历过麻、辣、苦、咸等诸般味道，又有咀嚼的劳顿和吞咽的风险，在一切即将结束时，来那么一点甜，激励、慰藉或总结一下，也属人之常情。就如很多人花去一生的时间所期盼的那件事——一生奔忙，当生命已经走到尽头时，自己的脸上尚能剩有一个满足或释然无憾的微笑。

韩树峰的"谢幕词"很独特。他凝视手中艳若桃花的"冰红"说："这是一个寂寞的事业。"我一时竟不知道如何给他所说的寂寞定位。他是在说种植葡萄的事业寂寞，酿酒的事业寂寞，品酒、评酒的事业寂寞，还是人生寂寞？其实，他说的不过是一个普通的道理，想做好任何一件事都需要耐得住寂寞，没有那个黯淡无光的过程，就不会有最后的华丽蜕变。譬如爱，不用心，不动情，不忍受孤独，不把生命一起押上去，你怎么可能达到那个幽深玄妙的境？可是，"不知情之所往，一往而深"，一深就感觉到了无朋的孤独，一深就感受到了刻骨的寂寞。

一开始，我就认为，像韩树峰这种幽深、颖悟的人在柳河这样的小地方定然会感到寂寞和孤独的。随着彼此交流和理解的加深，更让我感觉到他倒是与这个地域的山葡萄有着相同的际遇。但对我的"惺惺相惜"，他似乎并不领情。他认为此生能与这个地域的山葡萄和葡萄酒紧密地绑定在一起，这已经是一份美好的机缘和祝愿，没准儿，这正是上天刻意设计的一场"成全"。至于地域的大小，他曾有这样的表述："你看法国的菩依乐村和普罗旺斯小镇，哪一个比柳河这块地盘儿大？可是，谁又敢说，它们是个小地方呢？等有一天，柳河小城也成了东方的菩依乐或普罗旺斯，你就知道我已经有多么幸运啦！"

至此，我不想再继续说些什么。望一眼窗外，突然想起，曾有一位作家说过这样的一句话："我要在巴掌大的地方做出天大的努力！"这是一种人生的境界，也有一点儿像哲学。

窗外，不知什么时候下起了雪。落雪的时候，小城的夜空就会变得明亮起来，可以搬个凳子，坐在院子里看书。这样的情景真是奇妙，雪花落在书页上就成了黑色的字，书页上的字飞起来，就成了飘动的雪花。

（原发《美文》2017年第8期，获丰子恺散文奖。）

在时光的倒影中

窗外的山桃花开过，然后又落去；过站的候鸟来了，转眼又飞走……

望着在风中空空摇摆的树枝，突然想起母亲，想起母亲那些寂寞的表情和期盼的目光。在母亲的生命里，也许我就是那常来常走、一闪而过的花或鸟儿吧？

盘点自己这半生，能够陪伴母亲共同度过的时光真是太少了，相对人生的全部进程，充其量也只能占到种子之于粮食的比例。小时候，母亲几乎每天向我灌输着"好男儿志在四方"的观念，并把全部心思都用于督促我的"学习"，以期有一天可以让我借此离开那片土地、那个村庄，自然，也会离开她。

就连我有时"心血来潮"帮她做一点零活儿，她都面露愠色，责备我胸无大志，像个女人一样俯身俗务。于是，我只好硬起心肠，"忘我"读书。忘我，也忘记了母亲，不再去想她劳作时的辛苦与艰难。为了不负母亲的期望，我疯狂地奔跑在求知、"升学"的路上，早早地实现了对她、对故乡的"离弃"，远走高飞。

最初那些年，母亲表现得十分"刚强"，她常以她的出色的节制和冷静向我传递一种朴素的信念，让我坚信，我们能够拥有的团聚和快乐如我们的财富一样，是不能挥霍的，只有"细水"才能"长流"。由于家境贫寒，承担不起路费和额外的消耗，母亲就鼓励我不要想家，不用总惦记回家。所以，除了春节，几乎所有节假日我哪儿也不去，只是躲在集体宿舍里给母亲写信，在时间和空间的屏障之外，向她描述我学习或工作上的"顺利"以及生活和际遇上的"平安"。

几页信纸、一张邮票就行使了"见字如面"的使命。如此这般，似乎就真的"免"了彼此间的"牵挂"。母亲说，只要平安，就比什么都好。每当我们离别，她总是从我身后丢下一句很"硬"的话："走吧，我不惦记你。"我知道那句话的真意，便顺势把那句"坚硬"的话当作抵挡风雨的外衣，紧紧地裹在身上，咬紧牙关，为她创造出种种"不惦记"或不用惦记的理由。

不知从哪一年起，母亲变得不再"刚强"。如果有一段时间，我因为"没头没脑"地忙碌，没有抽出时间给她打个电话，她就会坐立不安，在客厅里一圈儿接一圈儿地转，边转边对妹妹说，又像是在喃喃自语："你大哥没来电话吧？"直到妹妹看透她的心思，将我的电话拨通，她才会从那种无所适从的状态中转过神来，重归安然。而当我出现在她面前时，她的目光也再不像以往那样淡定，从上下打量开始，一直到最后的密密缠绕，不离左右。

我知道，这目光是许多年、许多孤单寂寞的夜晚或白昼，许多堆积在心里的情感，经过她以心以命的细细搓捻，捻成的两条无形的绳索。如今，她要用它们将自己和她的儿子紧紧系在一起。不仅是目光，她的脚步也会常常不由自主地随着我的移动而移动，我到了哪里，她就跟到哪里，那情形就如一个三岁的孩子跟定了大人一样，怯怯地，无声地，却异常执着地。

母亲老了，老得孩童般温柔、孩童般脆弱。

去年，传统的"小年"刚过，我还没来得及考虑回家的事情，母亲就急着让妹妹给我打来电话，特意叮嘱我回家时千万别给她带钱带物。我理解她的言外之意——"我什么都不稀罕，只要你人回来就行。"

放下电话好一会儿，我才从生硬、麻木的工作状态中回转过来。虽然这些年事业、生活、情感等领域里的诸多错位，让我不得不经常从一种状态转换到另一种状态，但这种不断的转换和"穿梭"，并没有把我磨炼得更加润滑、灵敏，反而因为过于频繁的"操作"和"磨损"，让我的意识和思维里生出了斑斑"锈迹"，越来越难以在各种状态间转换自如。当我终于放下眼前的杂事和杂念，凝聚心神想一想母亲的境遇和愿望，替母亲盘点一下她生命里的存储和盈余，内心里突然生出无限的感伤，想起为人父母的不易与可怜。

"你站在桥上看风景，看风景的人在楼上看你；明月装饰了你的窗子，你装饰了别人的梦。"人生中的某些事情，怎么看都像一场执迷不悟的暗恋。每当我想起卞之琳的那首诗，就会想到天下父母对于子女的那份一往而深、一去难返的爱与情感，自然而然也想到母亲。

在我的认知当中，母亲的可怜更甚于天下其他父母，不仅仅因为她的敏感、细腻，还因为她的命，苦如黄连或比黄连更苦。她这一生啊，3岁失去了父亲；4岁失去了母亲；8岁失去了亲人的照料与家庭；13岁失去了最疼爱自己的哥哥；45岁失去了丈夫……到了最后，还能剩下些什么呢？她一生没有工作和所谓的事业，她全部的事业就是养育五个子女。

到了晚年，因为几次迁居，连证明自己身份的户口底档也弄丢了，竟然成了一个没有"身份"的人。如今，她在这个世上唯一的身份就是五个子女的母亲，她在这个世上活着或存在的唯一理由，就是盼望着一年一次或很少几次见她自己的子女一面，而她的子女大部分时间都被其他的事情追着，被其他的人追着，心思、情感以及关注的目光俱在"别处"，并没有凝注于她。

近些年，虽然我差不多每个节假日都会放弃游玩和出行的机会，赶回去看望母亲，但我还是觉得自己的"身份"有些可疑。像一个忘恩负义之人，本应该让自己的母亲晚年不再忍受思念之苦，却将少得可怜的关怀和探望当作引以为傲的"孝心"和慰藉；也像一个自私自利的小人，本来是为了获取自己心灵和情感的安慰，填补自己心中的缺憾，却俨然长了一双翅膀，忽来忽走地闪现于母亲面前，扮演着雪中送炭和抚平思念的爱之天使。

在家里，在母亲身边，我能够做的只是尽可能多地陪陪她。与她单独相处，断断续续地说一些话。有时，她也不说太多的话，只是慢条斯理地摆弄自己那些小物件儿——毛巾、手帕、围巾、床品等等，一样样地数，一样样地叠，一样样地摆，方方正正，齐齐整整，有条不紊，像是以一种珍惜的情绪梳理着往昔岁月，投入、忘情、不厌其烦。

那些物品，都是我这些年陆续给她带去以供日用"不起眼"的小东西，如今看上去依然簇新如初。看着看着，就有泪水悄悄涌入我的双眼，看着看着，我仿佛就穿越了时光隧道，抵达了岁月的另一端。呈现在我眼前的，已经不再是一位白发苍苍的老人，分明是一个埋头摆弄自己心爱的糖纸、沉醉于"过家家"的小女孩儿。

北方的春天来得迟，节气都已经到了清明，天空还有雪飘落，但这时的雪已经"站不住"了，落下来就会融化。母亲固执地认为这场雪会危及我们的行车安全，不等我们返程，就一遍遍叮嘱："路上雪大，可要多加小心呵！"跟她解释了几遍，仍不管用，待我们临出门时，听到的还是她那句充满担忧的"唠叨"。

以往告别，只要我们回头，总是能够看到母亲依恋的身影和目光，但这一次却有些出人意料，转身就不见了她的身影。大妹妹敏感，发现了我目光里的询问，便告诉我，母亲回自己房间了。我突然醒悟，母亲是基督徒呵，她此刻定然依规"走进内室，面对你的神，说出自己心中的愿望"。

就这样，我再一次从母亲身边飞驰而去，只把母亲丢在回忆之中或者说那长长的时光的倒影之中，孤独地坐在自己房间里，巴望着下一次与儿子的重逢。

大朵大朵的雪花从天空飘落下来，落到车窗上，随即融化，像雨滴，像泪水在玻璃上流淌。在一片模糊的视野之中，母亲的音容笑貌在我眼前一点点清晰起来……也许，终会有那么一天，母亲要离开我们，我想，那些与母亲共度的时光，应该会如种子一样，在我心里发芽、生长，铺满回忆吧！

（此文曾获第七届"漂母杯"全球华文母爱·爱母主题散文诗歌大赛散文组一等奖。）

再约来生

"这是哪里？"母亲迷糊了一阵子，突然睁开眼睛，怔怔地问。

"这是医院。"

"不是。"她肯定地摇摇头，尽管她的声音不大，但仍然态度坚定地说，"这是我儿子给我租的新房子。"

……

母亲的呼吸越来越紧张了，每说一句话似乎都要付出很大的力气和代价。由于癌细胞的侵蚀，她的左肺功能已经完全丧失，右肺的呼吸空间也正在被一点点侵蚀、压缩。

我觉得长期处于缺氧的状态，给母亲的脑细胞带来了很大的损害，所以，有时就会表现出明显的糊涂。

有时，她会把过去的事情说成现在的，又把现在的事情认定为早已发生在很久之前。在她那里，时间仿佛并不存在，或者说时间仅仅是她思维数轴上的一个点，过去、现在和将来，黏合在一处，并没有什么区别。

至于我内心，我倒是真的希望她更糊涂一些。真糊涂了，糊涂得一塌糊涂，就不会在这段难熬的时间里感受到更多的痛苦、恐惧和绝望。

可是，令人悲伤的是，在一些事情上，她并不糊涂，甚至十分敏感和澄澈。只是有些事情放在她心里，我们不说，她也不说。

那天，我坐在她的病床前，看她很难受的样子，便想找个什么话题分散一下她的注意力。说一说自己的烦恼吧！我知道她一向的脾气，只要是我们说了自己的烦恼或困难，不管这些事情她是否熟悉，是否有经验，她总会集中精力帮助我们动动脑子，想想办法或寻求个解决方案什么的。从前，我们嘴上不说，心里都把这些归于她的"瞎操心"。

母亲从 20 年前那次脑血栓之后，就失去了识字的能力。原来天天看书的一个人，即便不识字了，也舍不得放下曾经喜欢的书，抱着书翻来翻去，怎么翻也没把记忆翻回来，后来就只好作罢。转眼 20 年过去，她怕早就没有了读书的心得和经验。

但我还是对她说："有些书，我也知道很有名气，很受一些人的推崇，但就是读不下去，没读几行，就困得不行。"

我说过之后，她的眉头开始舒展一些，似乎已经进入了问题的思考，过一会儿，果然睁开了眼睛对我说："读不下去，就多读，一遍遍读，读得多了，就熟悉了，进去了，就看到了光亮。"

我惊异地睁大了眼睛，这是我那个糊涂的妈吗？

然而，短暂的分心并不能彻底让她忘记病痛，这不过是没有办法的权宜之计。实实在在的病在那里，只要你不想办法消灭它，它就是你最顽强的死敌。为什么说病是魔呢？因为它一旦咬住了谁，就绝不退却，永不松口，且不接受任何方式的和解。病魔的意志和专注远非人类可以想象，更不要说抗衡。

有些医生说一个病人可以与疾病共处，那是因为他们也拿不出任何有效的办法了。当然，患者也可以这么想，那是因为除了这么想，已经不能抱有其他幻想。当一个人还没有被最后击倒，还有一点余力，就只能这样想。就如在城堡没有完全被攻占之前，城堡的主人一直可以说，该来的来，该在的在吧！在不在我们都要正常生活。

从最后一次住进医院后，母亲一直处于寝食不安的"折腾"状态。躺下，觉得坐着要好一些，要坐起来；坐起来，又觉得躺下会好一些，要躺下去，反反正正都觉得胸闷上不来气。

大功率制氧机始终立在她的床边，不间断发出轰隆隆的响声和轮胎爆裂时的撒气声，如一头爬坡的牛，一边艰难地轮动四蹄，一边发出粗重的喘息。它正在代表着我们的意愿，站在母亲的身边，支持她打一场捍卫生命但注定要失败的战争。

在这最后的日子里，她的三儿二女，都紧紧地围绕在她的床边，但没有一个人能帮上她。我们一个个像有心无力、毫无办法的围观者一样，隔岸观火，眼看着她一个人依靠一台制氧机，在与力大无穷的病魔苦斗，在无边无际的痛苦中挣扎。

此前，我真不知道世界上还有那么难以权衡和难以选择的事情。每每看到母亲被病痛折磨得痛不欲生，我是那么希望她马上咽下那口气。太心疼啦！与其这样让她在比酷刑还残酷的痛苦中延续着生命，还不如早日逃离苦难，获得解脱。但同时，内心又是那么不舍，不敢想象她永远闭上眼睛后，我们应该怎么办。那时，恨不得把自己的心一撕成两半。撕去疼痛的那一半，留不疼痛的一半，是不是就剩下了一半的痛苦？结果，真的撕开才会知道，左一半是疼痛，右一半仍是疼痛，两种疼痛会叠加在一起，成为一个更大的疼痛。

母亲还是喜欢讲起我们小时候的事情。但她并不讲自己是怎样克服生活上的艰难困苦，一点点抚养我们长大；也不讲如何在缺医少药、环境恶劣的落后农村怎样一次次拼了命似的把我们从死亡的边缘挽救回来；更不讲当我们病弱之时是怎样一口水一口饭把我们将息好的。只讲我们小时候如何让她省心，又如何知道心疼父母的。在诸多的往事中，他讲得最多的还是我给她找乡医的事情。

母亲很小的时候就成了孤儿。颠沛流离和贫穷压抑的生活，夺走了她的健康，却塞给她一身疾病。我还记得小时候我家仓房里的空间一部分被粮食占据，一部分被她吃的中草药占据，有一面墙边堆的全是一个个包着草药的纸包。年复一年、日复一日的草药汤让她已经很苦的命里，更增加了苦的浓度。或许过浓的苦味本身就是对生命的巨大伤害，以致让人难以承受吧？那时，她经常会陷入剧烈的咳嗽之中，剧烈得像是要把自己的心和肺连同那些缠着她的疾病都咳出来。我那时五六岁的样子，每逢这时，便大哭着，一头撞出门，要去找村里的乡医"严大夫"。

这些事情被她一讲再讲，我知道，那是藏在她内心的对母子之情的深深留恋。但这些话，触发的却是我内心的悲哀。我那时的行为虽然也不能从根本上保护母亲，至少还有人可找。现在，我已经活过十个五六岁的年纪了，面对母亲的病痛却无能为力，已经找不到任何药、任何人能把她解救出来了。

当我内心脆弱的时候，母亲在我的眼里、心里，就是一个溺水的孩子，我看着她在痛苦中挣扎，却只能徒然焦躁，徒然悲伤。我能从她艰难的呼吸中、轻轻的呻吟中和痛苦的表情中，感受到她的孤独、无助和绝望。大水汪洋，她在汹涌的浪涛里浮上又沉下，随时都有消失的可能。我很想伸出手将她拉上岸，但不管我的手臂伸出多长，似乎总是抓不住她。

回到现实之中，即便她的手正被我攥在手中，我也能清晰感觉到，她的生命正在以一种不可阻挡的方式，迅疾远去。不忍看她可怜的神情和姿态，我甚至想如她当年把生病的我抱在怀里一样，将她紧紧抱在自己的怀中，但她忽然表现出的坚毅、刚强和冷静，又让我重新退回到"孩子"的位置。

"妈，你现在在想啥？"

"啥也没想，我在等待，等待一个旨意的降临。"母亲的话很像是从某部经典中而来，但这是她内心真实的想法吗？

记得有一天大家都不在场时，妹妹悄悄问："妈你为什么总是强迫自己醒着，困了也不安安稳稳地睡一觉？"

她说："不能睡呀，我怕一睡过去了，再也看不见你们了。"

很显然，她内心还是有太多的依恋和畏惧。但这样的话，由始至终她只说过那么一次。仅仅那一次，之后还被她自己否认了。我在想，一个人活在世上，是不是"想"和"能"永远都无法重合呢？那怎么办？也许刚强、理性如母亲一样的人，永远也不会把越来越远的"想"，当成越来越近的"能"，只要她意识清晰，她就会坚决站在理性的一边。

我不知那时母亲有没有想到最后离开的那一刻，但我觉得是时候让她对最后的离去有一个心理准备了，但又不敢直白，便明知故问："妈，你等待的那个旨意是什么？是好事或坏事？"

母亲似乎知道我要说什么，很平静地说："没有坏事，一切都是成全，都是美意，都要接受。"

我能看出她说话时表情的凝重和坚毅。我不得不承认，她的内心依然强大，强大得让我感觉自己依然是她柔弱的孩子，甚至柔弱得还没有超越六岁的光景。趁她平静下来，我把头伏在她病床的铁栏上，不抬眼看她，也不说话，就像小时候安静地伏在她的膝上一样。

突然感到了来自母亲的心跳，一种生命的律动和节奏，如神的脚步，由远而近，又由近而远，带走了我内心的悲伤和惶恐，却带来了宛若生命之初的安宁、温暖和感动。也许，这是我今生最后一次在母亲那里的索取和获得了，我想。

我抬起头，想再好好端详一下已经睡去的母亲，却看不清她依然处于风华正茂的盛年，还是已然处于不可挽留的垂危。

　　最后的时刻，终究还是到来了。

　　母亲已经进入昏睡状态达三十几个小时，其间我们对她说了很多话，也不知道她是否能听见。那天清晨，她血氧饱和度突然从接近100%的数值降到了50%，这是生命状态的重要转折，我知道那个时刻可能马上就到了。

　　我只觉得脑袋轰的一声，接下来就一片空白，在房间里一连转了几个圈儿，也不知道该做些什么。医生来了，告诉我们，她的这个状态可能要延续几天的时间，"你们要有一个充分的心理准备"。我马上意识到，实际情况很可能没有医生说的那么乐观，在接下来的时间里，我必须寸步不离地守在她身边。

　　我匆匆赶到楼下，想把我随身的药物取上来。大约也就五分钟的时间吧。当我上楼，进入病房，她已经离去，只留下了一个失去了呼吸、温度和力量支撑的身体。软软的，像一个没有人牵拉的提线木偶，那个操纵这个身体的人呢？她去了哪里？

　　想必她是怕我太难过，抓住我离开的这个时机，突然就走了。就像多年前，我怕她牵挂，每次离开都是远远地说一声"妈我走了"，就转身离开，连头也不回。但是，那时我走了之后总是惦记着回来，这次，她竟然连个招呼也不打就走了，再也不回来。

　　我的心一下子就空了，但我控制住眼泪，不哭。

　　听迷信的人讲，对于一个逝去的人，亲人的每一滴眼泪都是一个金豆，那是她一生所付出的情感和泪水的报偿。就算是这样吧，我也不哭。就算我能为母亲流下整整一海碗的泪水，算来，那也不过是区区一碗金豆，又能算得了什么呢？与母亲浩荡的恩情相比，那也不过是九牛一毛，太轻，太寒酸，根本不值一提。既然如此，这泪水就莫不如不流。免得这一串像模像样的眼泪流出来，又额外赚得了旁观者的一些赞美，说我如何如何的孝。那样，我亏欠她的就更多了，就更感觉到于心有愧。

　　一个时期以来，我已经越来越怕别人夸我孝了。我孝什么呢？这许多年以来，当母亲困苦时，我何曾立即接过她肩膀上的重担？当她孤独时，我何曾一直陪伴在她左右？当她惊惶恐惧之时，我何曾及时张开臂膀，为她庇护，为她壮胆？当她想念我时，我何曾立即回到了她身边？当她依依不舍地挽留我时，我又何曾推掉自己的事情，特地为她留在家中？

　　是的，母亲啊，这一生我欠您的太多啦！无论如何也偿还不起！如今，一切报偿的方式和机会都已经失去，我只剩下一点可怜的泪水。既然泪水也无用，那就不用泪水来还了，或干脆就不还了吧！如果真有轮回，那就让我们再约一个来世吧！来世，我做你的爸爸，你做我的女儿。我会像你曾经对我那么好一样，对你那么好；像你曾经那么爱我一样，那么爱你。